AF178325

DARK PLACES

Gregory Galloway

Die Verpflichtung

Aus dem Amerikanischen von Karin Witthuhn
Herausgegeben von Jürgen Ruckh

BERICHTIGUNG: Aus dem Amerikanischen von **Karen Witthuhn**

Originaltitel: Just Thieves
Copyright: © 2021 by Gregory Galloway
Published by arrangement with The Robbins Office, Inc.
International Rights Management: Green & Heaton

Deutsche Erstausgabe, 1. Auflage 2025
Aus dem Amerikanischen von Karen Witthuhn
Mit einem Nachwort von Jon Bassoff © 2025, übersetzt von Karen Witthuhn

© 2025 Polar Verlag e.K.

Unsere Produkte wurden im Rahmen der Verordnung zur allgemeinen Produktsicherheit (General Product Safety Regulation) einer Risikobewertung unterzogen und erfüllen gemäß Artikel 5 der GPSR die Anforderungen an sichere Produkte.

Bei Fragen zur Produktsicherheit wenden Sie sich bitte an: kontakt@polar-verlag.de
Hersteller: Polar Verlag e.K, Rippoldsauer Str. 2, DE-70372 Stuttgart, www.polar-verlag.de

Lektorat: Tobias Schumacher-Hernandéz
Korrektorat: Andreas März
Umschlaggestaltung: Britta Kuhlmann
Coverfoto: © Uzfoto / Adobe Stock
Autorenfoto: © Gina Maolucci
Satz/Layout: Martina Stolzmann
Gesetzt aus Adobe Garamond PostScript, InDesign

Druck und Bindung: Nørhaven, Agerlandsvej 3,
DK 8800 Viborg, info@norhaven.com
Printed in Denmark 2025

ISBN: 978-3-910918-24-5

Für Michael
(1959 - 2018)

»*In Zeiten des Terrors, wo jedermann etwas vom Konspirateur an sich hat, wird auch jedermann in die Lage kommen, den Detektiv zu spielen.*«
Walter Benjamin

»*Der Kriminelle ist der kreative Künstler.*«
G. K. Chesterton

1

1
DAS PFERD

Wir hatten keine Ahnung, wie es dazu gekommen war, aber als wir aufwachten, lag vor dem Hotel ein totes Pferd auf der Straße. Die Sonne stand noch nicht am Himmel, aber es war schon hell. Diese Tageszeit mag ich am liebsten, nicht mehr Nacht und nicht ganz Tag. Es fühlt sich wie ein Beginn an. Man kann rausgehen und sich die Welt ansehen, ohne dass sie einen stört. Normalerweise. Jetzt jedoch lag ein großes totes Tier auf der Straße, umringt von vielleicht fünf, sechs Menschen, die nichts Besseres zu tun hatten, als rumzustehen und Fotos zu knipsen. »Schau nicht hin«, sagte ich zu Frank und wusste, dass er nicht auf mich hören würde. Es waren weder Sattel noch Zügel noch Blut zu sehen, nur ein großes, graues Pferd, tot auf dem Asphalt. Es konnte noch nicht lange dort liegen, bisher waren weder Polizei oder Feuerwehr noch andere Hilfskräfte vor Ort, um sich um den Kadaver zu kümmern. Nur Leute wie wir, die ihren Tag beginnen wollten und im Leben nicht damit gerechnet hätten, dass ihnen buchstäblich ein totes Pferd vor die Füße fällt.

Wir hätten eigentlich schon auf dem Weg zur Arbeit sein sollen, aber so wie ich Frank kannte, würde das hier den Plan ändern, den ganzen Tag verändern. Er würde darüber nachdenken müssen. Im Rückblick hätten wir wahrscheinlich dableiben sollen, auf der Straße mit dem Pferd, damit er sich alles genau ansehen konnte. Damit er seine Schlüsse ziehen konnte. Das wäre besser gewesen. Vielleicht wäre dann der Tag anders verlaufen, vielleicht wäre alles anders gekommen. In dem Moment dachte ich jedoch, je schneller ich Frank von dem Pferd wegbekomme, desto weniger würde er darüber nachdenken. Es war nicht mein erster Irrtum.

»Gehen wir«, sagte ich, und da Frank nicht den Eindruck machte, bleiben zu wollen, begaben wir uns ins nächste Diner und setzten uns in eine der hinteren Nischen.

In diesen Phasen sah Frank in den kleinsten Ereignissen ein Omen. Er war kein abergläubischer Mensch, schwarze Katzen, zerbrochene Spiegel, sieben Jahre Pech tangierten ihn nicht. In gewisser Weise war er schlimmer. Er war überzeugt, dass die Welt mit einer effizienten unterschwelligen Bösartigkeit operierte; alles lief nach bestimmten Regeln, und wer achtgab, konnte Schaden von sich abwenden. Er glaubte nicht an Überraschungen oder Zufälle, jedes Ereignis war ein Rädchen im Getriebe einer großen Maschine, die nie innehielt und jene belohnte, die ihren inneren Abläufen folgten, und die bestrafte, die sie ignorierten. Einmal wollten wir uns bei einem ähnlichen Auftrag wie diesem mitten in der Nacht gerade auf den Weg machen, als die Alarmanlage des Hotels losging. Auf allen Fluren blinkten Notlichter und schrillten Alarmglocken. Frank wollte sofort abbrechen und wieder ins Bett gehen. Er weigerte sich, das Zimmer zu verlassen, und wollte mich auch nicht allein gehen lassen. Ich ging trotzdem. Wir hatten einen Auftrag. Da die Aufzüge außer Betrieb waren, musste ich acht Stockwerke zu Fuß runterlaufen. Im siebten Stock saß ein Mann im Rollstuhl und bat mich um Hilfe.

»Allein schaffe ich das nicht«, sagte ich. Er war ein großer Kerl. »Sie können mich nicht einfach hierlassen«, sagte der Mann. Also blieb ich bei ihm und wartete, bis noch jemand kam. Unsere guten Vorsätze wurden schnell von unserem Unvermögen vernichtet. Wir kämpften auf jeder Stufe, hievten den Mann und seinen Rollstuhl vorsichtig nach unten, und mit jedem Stockwerk wurde er mehr und mehr zu Ballast. Dabei meckerte er ohne Unterlass.

...

»Passt auf«, rief er immer wieder, überzeugt, er würde umkippen, aber wir hatten ihn im Griff. Leider hatten wir ihn im Griff. »Warum haltet ihr an?«, fragte er, als wir im vierten Stock verschnaufen mussten. Wir waren am Ende, ich und der Fremde, das harsche Notlicht ließ uns leichenblass aussehen, und der heulende Alarm machte es nicht besser. Mir klingelten die Ohren, mein Herz hämmerte in meinem Brustkorb, als wäre es darin gefangen, und ich fand, eigentlich hätte ich in den Rollstuhl gehört. Aber wir machten uns wieder an die Arbeit und schleppten den Kerl nach unten. Als wir das Erdgeschoss erreichten, funktionierte das Licht wieder, und alle kehrten in ihre Zimmer zurück. Der Kerl im Rollstuhl war sauer. Auf uns.

»Ihr hättet mich oben lassen sollen«, sagte er. »Ich wusste ja, dass es nichts Ernstes ist.«

Ich drehte mich ohne ein weiteres Wort um, fuhr zurück auf unser Zimmer und erzählte Frank nichts von dem Rollstuhl. Von diesem Rädchen in seiner Maschine brauchte er nichts zu wissen. »Der ganze Block war ohne Strom«, berichtete ich ihm. »Gute zwanzig Minuten lang.« Wieder ging das Licht aus, flackerte erst, dann wurde es dunkel, das Notlicht leuchtete auf und die Alarmglocken schepperten los. Wir gingen ins Bett. Der Auftrag musste warten. Frank konnte warten, so lange warten, bis die Rädchen wieder reibungslos liefen.

»Wir betreiben kriminelle Machenschaften«, so begründete Frank seinen Aberglauben. »Kriminelle werden geschnappt, weil sie nicht gut genug aufpassen, nicht gut genug planen, Probleme zu spät erkennen. Ich will keine Überraschungen. Die gilt es unbedingt zu vermeiden.« Deswegen habe ich es mit ihm ausgehalten. Außerdem ließ sich der Erfolg nicht leugnen. Wir waren noch nie gefasst worden. Aber Frank hatte auch mehr Glück, als er jemals zugeben wollte. Wir waren Diebe. Wir haben alles gestohlen, Gemälde, Autos, Münzen, Waffen, Zimmerpflanzen, egal. Wir haben ein Paar Sneakers gestohlen (von denen laut Frank nur dreiundzwanzig Paare hergestellt worden waren), sie lagen im Schrank des Besitzers mit Hausschuhen und Flipflops auf einem Haufen. »Die Reichen bekommen immer, was sie wollen«, sagte Frank hinterher, »und wenn sie es haben, wollen sie es oft nicht mehr.« Da kamen wir ins Spiel.

Wir haben nie etwas für uns gestohlen. Immer nur im Auftrag. Wenn irgendwer meinte »Das brauche ich«, sind wir losgezogen und haben es besorgt. Wir waren kleine Fische, die kleine krumme Dinger drehten. Als ich Frank kennenlernte, war ich schon eine Weile dabei, aber mit ihm als Kompagnon wurden die Geschäfte besser. Ich wusste, was ich tat, aber Frank hatte Fachkenntnisse. Außerdem hatte er das richtige Aussehen für den Job. Er sah gut aus, ohne herauszustechen. Und er hatte eine ruhige, freundliche Art. Angenehm. Die Leute wollten ihn mögen. Frank konnte in eine Bäckerei gehen und unbemerkt mit zwanzig Broten wieder rauskommen. Er konnte vor einem Gebäude stehen und fiel keinem auf. Er hätte den Leuten ins Gesicht sagen können »Das Haus da werde ich heute Nacht ausrauben«, und sie hätten genickt und erwidert: »Wie nett.« Wegen seines Aussehens und seiner Art. Die Menschen vertrauten ihm. Ich habe ihm lange vertraut.

Die Leute gucken, sehen aber nichts. Wenn zwölf Menschen vor einem toten Pferd auf der Straße stehen, bekommt man hinterher zehn unterschiedliche Beschreibungen der Situation. Und die beiden, die einer Meinung sind, irren sich aller Wahrscheinlichkeit nach. Eins habe ich gelernt: Wenn dich jemand anstarrt, brauchst du dir keine Sorgen zu machen. Der andere ist dann auf eine einzige Sache fixiert, auf deine Haare oder deine Nase, vielleicht auf eine Sommersprosse an deinem Ohr – wer weiß das schon –, aber er nimmt nicht dich wahr, sondern nur einen winzigen Teil, und wenn er die ganze Person aus der Erinnerung beschreiben soll, kann er das nicht. Meistens kann er nicht mal das beschreiben, auf das er fixiert war.

Ich lasse die Leute starren. Und wenn ich denke, dass sie mehr tun und mich tatsächlich betrachten, starre ich zurück. Sehe ihnen direkt in die Augen. Dann wenden sie fast immer den Blick ab, und in dem Moment erinnern sie sich schon nicht mehr. Alles verschwindet aus ihrem Gedächtnis oder verändert sich darin.

Ich sehe sowieso nicht bemerkenswert aus. Mein Gesicht bleibt nicht hängen und ist schwer zu beschreiben. Nicht gut aussehend, aber auch nicht hässlich. Beliebig. Darin liegt mein Talent. Niemand kann mich korrekt beschreiben. Ich bin mit jugendlichem Aussehen und ausdrucksvollem Mienenspiel gesegnet, was Beobachter verblüfft und mich bestens schützt. Woran soll man ein Gesicht identifizieren, das sich nach Belieben verändern kann, ganz ohne Schminke, und auf dem jeder flüchtige Ausdruck endgültig und greifbar wirkt? Die Leute wissen später nie, wie ich aussehe. Einmal wurde ich sogar verhört, nachdem ich nur eine Stunde zuvor einer Frau den Schmuck gestohlen hatte. Sie hatte mich genau gesehen, erkannte mich aber auf der Polizeiwache nicht wieder, obwohl ich direkt vor ihr stand. Als die Cops mich fassten, hatte ich mich des Zeugs längst entledigt, also stand ich da und ließ sie gucken. »Der wars nicht«, sagte die Frau, und schon durfte ich gehen.

Ich streife durchs Leben, wie es mir gefällt, und niemand achtet auf mich. Ein gutes Leben, solange es so bleibt.

• • •

Frank trank einen Kaffee, dann noch einen, und sprach kein Wort. Das war nicht gut. Er konnte den ganzen Tag so dasitzen, wie ein

Schachspieler, der überlegt, wie die Figuren auf ihre Positionen gekommen sind, und in aller Ruhe das Brett betrachtet, während neben ihm die Uhr läuft, und der dann den nächsten Zug beschließt. Frank würde über das Pferd und die Menschen, die bei unserer Ankunft auf der Straße gewesen waren, nachdenken und sich überlegen, wo sie hergekommen waren, was sie vorhatten, wo sie hinwollten und warum. Ihm klarmachen zu wollen, dass das nichts mit uns zu tun hatte, war sinnlos. Wir haben es gesehen, wir waren dabei, würde Frank sagen, also hat es selbstverständlich etwas mit uns zu tun. Aber was? Das musste Frank herauskriegen. Er würde es schaffen, das war mir klar, aber es konnte dauern. In solchen Momenten wünschte ich mir, ich würde noch trinken. Oder rauchen. Irgendwas, um mir die Zeit zu vertreiben, während Frank überlegte. Bis dahin steckten wir beide fest. Frank trank seinen Kaffee, und ich sah ihm zu und versuchte, ihn nicht zu stören. Aber wir hatten nicht den ganzen Tag Zeit.

»Wir hatten einen Plan.«

Sobald ich es ausgesprochen hatte, erkannte ich meinen Fehler.

»Jeder Tag beginnt mit einem Plan«, sagte Frank, »und dann kommt alles anders. Wir glauben, alles würde so laufen, wie wir wollen, nach unserem Plan, aber wieso sollte es das? Warum überrascht uns, dass auf der Welt viel mehr vor sich geht als das, was wir erwarten?«

»Wir haben es ganz gut hingekriegt.«

»Das haben wir. Erstaunlich, oder? Misserfolge sollten Erfolge überwiegen, so muss es auf der Welt laufen. Das weißt du. Du siehst es. Denk nur an heute. Die meisten Tage sind nicht mehr als gerade noch abgewendete Vorfälle.«

An anderen Tagen hätte ich mich auf eine Diskussion eingelassen. Hätte ihm gesagt, dass nicht der Vorfall zählt, sondern die Reaktion darauf. Der Vorfall darf sich nicht auf alles auswirken, nicht alles durcheinanderbringen. Ich weiß, was er gesagt hätte, er hatte es schon oft gesagt. »Alle glauben, die Kontrolle zu haben, aber es gibt auf der Welt Kräfte, die uns kontrollieren. Und wir können nur versuchen, mit diesen Kräften umzugehen.« Er hatte noch so einen Sinnspruch, der mir gefiel, dem ich aber nicht unbedingt zustimmte. »Autobiografien sollten eher im Passiv geschrieben werden«, sagte er. »Unser Leben wird weit mehr von Dingen bestimmt, die wir nicht kontrollieren können, als von solchen, die wir in der Hand haben. Wir werden von der Welt gemacht, nicht andersrum. Wir können nur reagieren.« Frank reagierte bestmöglich. Er berechnete alles neu, damit wir wieder auf Kurs kamen. Ich ließ ihn.

Er versank in seinem Kaffee, dachte nach über das Pferd und die Welt, die unsere Pläne vereitelte, als wären sie bedeutungslos, was sie natürlich auch waren. Frank wusste besser als die meisten, wie die Welt funktionierte, deswegen blieb ich bei ihm, deswegen hockte ich in einem Diner und starrte eine Kaffeetasse an, obwohl wir uns schon längst an die Arbeit hätten machen sollen, wie von uns erwartet wurde. Mir war klar, dass wir dafür würden geradestehen müssen. Ich würde dafür geradestehen müssen. Frank gab sich nie mit diesem Teil der Arbeit ab. Ich wurde ungeduldig. Frank tolerierte es, ließ sich aber nicht beirren.

»Also, was willst du tun, Frank?«

»Das war ein Polizeipferd«, sagte er.

»Es könnte ein Kutschpferd gewesen sein. Oder sonst was. Wir wissen es nicht.«

»Das ist nicht gut«, sagte er. »Jemand hätte bei ihm sein sollen, es nicht einfach so auf der Straße liegen lassen dürfen. Das ist nicht gut.«

»Was willst du tun?«

Frank holte sich noch eine Tasse Kaffee, sprach aber kein weiteres Wort. Ich saß und wartete. Was sollte ich sonst tun? Ohne ihn konnte ich gar nichts tun.

Wir waren beauftragt worden, etwas zu klauen. Mein üblicher Auftraggeber, Froehmer, hatte angerufen, uns die Adresse und den Namen des Typen gegeben und uns gesagt, was wir ihm abnehmen sollten. Ist ganz leicht, hatte Froehmer gesagt, so heißt es immer. Wenn es so leicht ist, hatte ich gesagt, brauchen Sie uns ja nicht. Ich habe schon viel für Froehmer gearbeitet. Er hat mir unter die Arme gegriffen, als ich noch neu war und Hilfe brauchte. Froehmer hat nicht gut gezahlt, aber mir immer Arbeit gegeben. Für ihn ist alles leicht. Solange ich ihn kenne, war immer alles leicht für ihn. Ich musste ihn daran erinnern, dass für andere, wie uns, nicht immer alles so leicht ist. Es war ihm egal. Erledige es einfach, sagte er. In den nächsten ein, zwei Tagen. Das Ding könnte sonst weggebracht werden.

»Was sollen wir tun?«

• • •

Vielleicht habe ich das hier falsch angefangen. Vielleicht habt ihr eine falsche Vorstellung von Frank und mir bekommen. Ich habe nichts an ihm auszusetzen, im Gegenteil. Ohne Frank wäre ich nicht, wo ich bin, ohne ihn hätte ich gar nichts. Er hat seine Schwächen und Eigenheiten, aber weniger als die meisten. Er hat Fehler gemacht, aber weniger als ich, und hat mich davon abgehalten, noch viel mehr zu begehen. Was den Job betrifft, trägt er mehr bei als ich und erwartet von mir nur das, was ich geben kann. Kann man sich mehr wünschen?

Frank ist ein Denker, vom Naturell her und aus freier Entscheidung. Er kann sich hinsetzen und etwas durchdenken, im Kopf auseinanderpflücken und wieder zusammensetzen, bis er es verstanden hat. Dadurch konnten wir Dinger drehen, die niemand für machbar hielt. Er könnte filmreife Einbrüche durchziehen, komplizierte Dinger drehen, die haufenweise Fachkenntnisse und Planung und perfektes Timing erfordern und nur im Kino funktionieren. Ich bin sicher, dass er das könnte. Er will nicht. Lass gut sein, sagt er. »Wenn es solchen Aufwand erfordert, ist es die Mühe nicht wert.« Wenn er wollte, könnte Frank zu Hause am Küchentisch sitzen und auf der ganzen Welt irgendwelche Sachen klauen. Er kann fast alles hacken. Ich habe gesehen, wie er in Banken und Firmen und Regierungsdatenbanken eingebrochen ist. Er wollte einfach nur wissen, wie das geht, beruflich interessiert uns der Kram nicht. Wir mögen es klein, wir brechen in Häuser oder Büros ein, wo man rein- und rauskommt, ohne erst mit einem großen Schlüsselbund klappern zu müssen. Wo ist da der Spaß? Frank sind diese Jobs am liebsten, rein, mitnehmen, raus. Er will nicht viel und braucht nicht viel. Wir kommen gut zurecht, und er beschwert sich nie. Ich bekomme die Aufträge, wir erledigen sie, fertig.

· · ·

Ich habe ihn geliebt, denke ich. Klar hat er mich auch irre gemacht. Wir sind ziemlich lange Partner gewesen und haben gut zusammengearbeitet. Das war das Wichtige. Ich hatte keine Geheimnisse vor ihm. Na ja, weniger als vor den meisten.

2
DAS HOTEL

Wir verließen das Diner und kehrten zum Hotel zurück. Das Pferd war weg, die Menschen auf der Straße verhielten sich, als wäre es nie da gewesen, als wäre das alles nie passiert. Wir dachten auch fast, dass es so war.

»Was ist aus dem Pferd geworden?«, fragte ich die Frau am Empfang.

Dieselbe Frau hatte dort gestanden, als wir das Hotel verlassen hatten, aber sie tat so, als hätte sie uns noch nie gesehen und wüsste nicht, wovon wir sprachen. »Pferd?«

»Heute Morgen lag da ein Pferd auf der Straße.«

»Ein Pferd?«

Das Telefon klingelte, sie nahm ab. Frank und ich gingen zum Aufzug. »Sie hält uns für verrückt, und wir halten sie für verrückt«, sagte Frank. »Nach nur einem Wort.«

»Pferd?«, sagte ich und ahmte dabei recht gut ihren Tonfall nach. Frank lachte kurz und versank dann wieder in Grübeleien. Wie immer.

Der Aufzug trug uns sicher und ruhig in schwindelnde Höhen, und Frank beäugte die Knöpfe in dieser kleinen Metallkiste, als gelte es, einen geheimnisvollen Code zu knacken. »Man kennt ja die Geschichte von dem experimentellen Philosophen mit der Theorie von dem Pferd, das ohne Fressen überleben sollte«, sagte Frank, weniger zu mir als zu den Knöpfen, »die er überzeugend bewies, indem er sein eigenes Pferd auf einen Strohhalm am Tag herunterbrachte und es zweifelsohne in ein äußerst lebhaftes und wildes Tier verwandelt hätte, das ohne jegliche Nahrung ausgekommen wäre, wenn das Pferd nicht vierundzwanzig Stunden, bevor es seinen ersten Happen Luft bekommen sollte, gestorben wäre.« Die Türen öffneten sich in unserem Stockwerk, ich verließ den Aufzug und bemerkte gerade noch, dass Frank den Knopf für die Lobby drückte. Er sagte nichts, ich sagte nichts. Ich würde auf unser Zimmer gehen. Frank würde auf die pferdelose Straße zurückkehren.

Ich setzte mich im Zimmer auf einen fast lebensgroßen Sessel, zog einen Zettel aus der Tasche und betrachtete die aufgeschriebene Adresse. Dort sollten wir jetzt eigentlich sein. Das war heute Morgen unser Ziel gewesen und sollte jetzt unser Ziel sein. Ich sollte nicht hier im Zimmer sitzen und eine Adresse anstarren, sondern das dort stehende Haus observieren. Mit diesem Teil des Plans hatten wir noch nie Schwierigkeiten gehabt. Ich wusste nicht, wie ich das Froehmer erklären sollte. Ich hoffte immer noch, ich würde es nicht erklären müssen.

Wir hatten gestern Abend im Hotel eingecheckt. Wir arbeiteten hin und wieder auswärts für Froehmer, aber noch nie so weit weg. Wir waren hergefahren, hatten den Wagen auf einem öffentlichen Parkplatz abgestellt, waren zum Hotel gelaufen und hatten gewartet, bis sich am Empfang eine Schlange gebildet hatte, dann hatten wir eingecheckt und unser Zimmer bezogen. Die Rezeptionisten schenken einem sowieso kaum Aufmerksamkeit. Sie sagen ein paarmal deinen Namen und sehen dich kurz an, aber sie nehmen nichts wahr. Wenn du sie ein paar Sekunden später bittest, dich zu beschreiben und deinen Namen zu nennen, kriegen sie das nicht hin. Sie haben die Informationen bereits vergessen und sind beim nächsten Gast. Trotzdem machen wir uns so unsichtbar wie möglich. Wir lassen nie den Zimmerservice kommen, sprechen möglichst mit niemandem und meiden die Lobby und andere Gemeinschaftsräume. Wir treffen Vorsichtsmaßnahmen, die fast alle überflüssig sind, aber trotzdem. »Glück ist, wenn Gelegenheit und Vorbereitung zusammenkommen«, hatte Frank gesagt, noch so ein Glückskekszitat. Das hatte ich eine Weile aufgehoben und mit mir rumgetragen. Ich kramte in der Tasche und fand einen Glückskekszettel. »Wenn du heute Erfolg haben willst, verlass dich auf dich selbst.«

Ich fuhr mit dem Aufzug runter in die Lobby und trat auf die Straße hinaus. Frank war nirgendwo zu sehen. Auf dem Weg zum Auto warf ich den Zettel in einen Mülleimer.

...

Ich saß auf der Rückbank des Mietwagens, wo mich die getönten Scheiben besser vor fremden Blicken schützten, stocherte in einem Take-away herum und beobachtete das Haus. Diesen Teil des Jobs hasse ich, er ist der Hauptgrund, warum ich mit Frank zusammenarbeitete und nicht allein. Es ist langweilig. Man hockt ein, zwei Tage rum und beobachtet. Wer wann kommt und geht, wie lange sie wegbleiben, was sie tun, wenn sie gehen. Manchmal folgen wir ihnen. Manchmal sitzen wir nur stundenlang da und gucken. Frank, fast immer ist es Frank, hält Ausschau nach Alarmanlagen und Sicherheitssystemen. Er sucht nach dem Netzwerk, WLAN oder was auch immer, alles, mit dem sich das Zielobjekt ausspionieren lässt. Neun von zehn Malen ist das ein Kinderspiel. Die Leute werden nachlässig. Manche schließen die Fenster und lassen eine Tür offen. Leute, die ihre Alarmanlage über das Handy schalten, sichern die Tür, aber lassen die Fenster deaktiviert. Ein Kinderspiel. Wir machen das nicht hauptberuflich. Wir sind keine Einbrecher, wir sind Diebe. Aber wir tun, was nötig ist. Die Chancen, ausgeraubt zu werden, liegen bei etwa sechsundzwanzig zu tausend. Nicht sehr wahrscheinlich. Das lässt die Menschen nachlässig werden. Sie vergessen, ihre Alarmanlage scharf zu schalten; wenn sie kaputtgeht, lassen sie sie nicht reparieren; sie verlängern den Vertrag mit der Sicherheitsfirma nicht; sie denken nicht daran, alle Türen und Fenster abzuschließen. Sie leben ein sorgloses Leben, und da nichts passiert, werden sie noch sorgloser und zufriedener und fauler, und wir müssen einfach nur abwarten. Wir sind selbst kleine Faulpelze, wir wollen keine Herausforderung, sondern einfach zugreifen und weg. Ihr wärt überrascht, wie einfach das ist.«In Frankreich hat jemand fünf Gemälde im Wert von über hundert Millionen Dollar gestohlen«, sagte Frank eines Nachts, als wir im Wagen warteten. »Er hat dafür bloß eine Zange, einen Schraubendreher, ein Messer und ein paar Saugglocken benutzt. Hat in einer Nacht aus einem Museum alle Bilder geklaut. Braque, Picasso, Léger, Matisse und Modigliani. Mit ein paar Werkzeugen und ein bisschen Grips. Mehr braucht es nicht.«

»Mehr braucht es nicht.«

· · ·

Ich schickte Frank eine Nachricht. »*Bin vor Ort.*« Ich kramte durch die Take-away-Tüte und zog den Glückskeks heraus. »*Der Keks des Tages*«, schrieb ich. »*Nicht alle geschlossenen Augen schlafen. Nicht alle offenen Augen sehen.*« Er schrieb nicht zurück. Vielleicht fand er es witzig. Ich stopfte alles in die Tüte und beobachtete weiter das Haus. Auf der Straße war es ruhig, tagsüber war hier kaum jemand unterwegs. Ich machte einen Spaziergang, sah mir das Haus aus der Nähe an, betrachtete die Türen und Fenster genauer, dann saß ich wieder stundenlang im Auto und wäre vor Langeweile ein paarmal fast eingenickt. Das war nichts mehr für mich allein. Früher, als ich jünger war, war ich gern allein gewesen. Aber damals hat mir Froehmer auch andere Aufträge gegeben. Die weniger Planung erforderten und dafür deutlich riskanter waren. Hier war das Risiko gering, wenn man seine Hausaufgaben machte, einen guten Plan hatte und sich an ihn hielt. Dieser Auftrag war nicht schwer. Die Familie besaß ein hübsches Haus in einer sicheren, behaglichen Gegend, und es lagen nicht haufenweise Wertsachen herum. Sie brauchten sich keine Sorgen zu machen.

Zuerst kam ein Junge nach Hause, Teenageralter, den Blick aufs Handy gesenkt, sodass er nichts anderes mehr mitbekam. Etwa anderthalb Stunden später kam eine Frau, dreißig Minuten danach ein Mann. Alles sah aus wie erwartet. Ich schrieb mir die Zeiten auf und wartete weiter. Wir konnten den Zeitplan noch einhalten. Ich konnte Froehmer sagen, dass alles klappen würde. Er würde pünktlich bekommen, was er bestellt hatte. Wir wussten noch nicht mal, was das war. So lief es meistens. Wir fuchsten aus, wie man an das Ding rankam, und wenn der Plan stand, sagte uns Froehmer, um was es ging. Ab und zu mussten wir es vorher wissen, wenn der Gegenstand zu groß oder schwer oder sonst was war, aber normalerweise erfuhren wir es erst auf den letzten Drücker. Frank fand das nicht so gut, aber es war immer so gewesen. Und hatte bisher gut funktioniert.

Frank hätte gern im Voraus gewusst, was wir stehlen sollten, damit er den Wert überschlagen konnte. Er war ihm egal, er wollte ihn nur wissen. Ihr würdet euch wundern, was Müll wert sein kann. Die hässlichsten, unscheinbarsten Dinge sind mehr wert, als man glaubt. Einmal haben wir ein schreckliches Keramikteil gestohlen, das wir für Zeitverschwendung hielten und das, wie sich herausstellte, fast zwanzigtausend Dollar wert war. Im Lauf der Jahre war Frank allerdings echt gut darin geworden, den Wert auf den ersten Blick korrekt einzuschätzen.

»Fragst du dich je, wo das Zeug hingeht?«, wollte Frank irgendwann von mir wissen.

»Es geht an Froehmer«, sagte ich.

Einen Gegenstand haben wir tatsächlich zweimal gestohlen. Froehmer hatte uns vor Jahren beauftragt, ein Gemälde zu klauen, und etwa drei Jahre später sollten wir anderswo wieder eins stehlen. Es war dasselbe Bild. Wir haben nichts gesagt und angenommen, dass Froehmer Bescheid wüsste. Außerdem war das seine Sache. Irgendjemand wollte etwas haben, das selten war, und bat Froehmer, es zu besorgen, und zahlte dafür. Das war die Rolle, die Froehmer spielte, dachten Frank und ich. Er machte das Zeug ausfindig, nannte uns den Ort, und wir brachten ihm die Beute. Wir wurden pro Auftrag bezahlt, Froehmer bekam vermutlich einen Anteil, der vom Wert des Gestohlenen abhing. Wahrscheinlich war das nicht fair, aber es war uns egal. Wirklich. Uns gings gut, Frank und mir. Ich hätte allein sicher mehr verdienen können, aber das wollte ich nicht. Und nachdem ich jetzt so lange schon mit Frank zusammenarbeitete, fand ich es furchtbar, allein zu sein. Ich observierte das Haus noch ein bisschen länger, dann fuhr ich zurück zum Hotel.

Frank saß auf dem fast lebensgroßen Sessel. »Wir brauchen uns keine Sorgen zu machen«, berichtete ich. »Wir können loslegen, sobald du bereit bist. Wenn du nicht willst, kann ich es auch allein durchziehen.«

»Ich bin bereit«, sagte Frank. »Aber du hättest warten sollen.«

»Ich weiß. Aber Froehmer hat eine Deadline.«

»Was bringt das, wenn wir erwischt werden?«

»Wir werden nicht erwischt«, sagte ich. »Wie gesagt, da ist nichts, um das man sich Sorgen machen müsste.«

»Doch.« Er meinte das Pferd.

»Hast dus rausbekommen?«

»Ich glaube schon«, sagte er, dann schwieg er. Ich beließ es dabei. Sollte er es eine Weile für sich behalten. Es war mir egal. Jedenfalls fast.

• • •

Dass Frank für dieses Leben besser geeignet war als ich, fand ich erst heraus, nachdem er sich mir angeschlossen hatte. Er hatte die nötige Ruhe, um stundenlang still zu sitzen, und ein Gespür dafür, wann man schweigen und wann sprechen sollte. Er saß da und dachte sich irgendwohin und vergaß dann, dass ich seinen Gedanken nicht gefolgt war, und dann sagte er irgendwas, und ich brauchte eine Minute, um rauszufinden, wie er da überhaupt hingekommen war. »Alles außer blind«, sagte Frank, was an ein Gespräch anknüpfte, das er mit sich selbst geführt hatte. Ich wusste, was er meinte. Das wäre das Schlimmste, erwiderte ich.

»Ich fände es nicht schlimm, Dinge nicht zu sehen«, sagte Frank, »aber nicht zu wissen, wo ich bin oder wer in meiner Nähe steht, könnte ich nicht ertragen. Ich würde denken, dass die Wände mich erdrücken wollen oder dass mir jemand an den Kragen will.«

»Irgendwer will dir immer an den Kragen, Frank.«

• • •

Ich wollte nach Hause. Ich glaube, dieser Gedanke weckte mich auf. Vielleicht war ich auch schon wach und nur überrascht von dem Gedanken. So etwas hatte ich noch nie gedacht, aber plötzlich wollte ich nur noch weg aus diesem dunklen Hotelzimmer. Die Dunkelheit schien mich zu bedrängen. Frank schlief, wahrscheinlich schlief das ganze Gebäude, alle Gäste in allen Zimmern, und die Dunkelheit hatte beschlossen, mir auf die Pelle zu rücken und mich in die Flucht zu jagen, zum ersten Mal. Ich starrte die Decke an und versuchte, mich da wieder rauszudenken. Noch ein Tag und höchstens noch eine weitere Nacht, dann wären wir fertig und auf dem Weg nach Hause und zu Froehmer und hätten das Ganze hinter uns. An diesem Auftrag war nichts, das einem Sorgen machen müsste. Das würde morgen auch Frank einsehen, und ich wäre in unter einer Minute rein und raus, und alles wäre gut. Ich sah es vor mir, den Weg ins Haus, das Zimmer, das Regal, den Gegenstand, wie ich danach griff und sofort wieder verschwunden war. Alles würde genau so laufen wie in meiner Vorstellung, alles würde so laufen wie immer, ohne Probleme. Frank hatte sein totes

Pferd durchdacht, und ich hatte das hier durchdacht. Dass ich wegwollte, war nichts als ein flüchtiger Gedanke in meinem Kopf. Ich brauchte mir keine Sorgen zu machen. Es war nur dunkel. Und Froehmer wartete auf uns. Auf seine Lieferung. Wir würden ihn nicht enttäuschen.

3
FROEHMER

Er bestellte mich ins Diner. Ich war neunzehn, hatte gerade die Schule beendet und keinen Schimmer, was ich wollte. Ich wusste nur, dass ich Hilfe brauchte. Und er konnte mir angeblich helfen. Er war mit meinem Vater befreundet. Froehmer. Ich kannte ihn fast mein ganzes Leben. In meiner Kindheit war er oft bei uns zu Besuch gewesen, jetzt hatte ich ihn seit Jahren nicht mehr gesehen. Ich war nicht mal sicher, ob ich ihn erkennen würde. Ich hatte genug anderen Mist im Kopf. Mein Vater hatte das Treffen organisiert und mir die Anweisung gegeben, auf ihn zu warten. Also wartete ich. Und wartete. Ich hatte Suppe bestellt, die nach fünfunddreißig Minuten kalt war, und noch immer wartete ich. In meinem ganzen Leben hatte ich noch nie dreißig Minuten lang auf irgendwas gewartet. Die Kellnerin kam und nahm die Suppe mit, kam wieder und nahm mein Geld. Ich wartete immer noch. Dann klingelte mein Handy.

»Wo bist du?«, fragte Froehmer.

»Da, wo ich sein soll.«

»Ich bin in dem verdammten Diner. Wo zum Teufel steckst du?«

»Ich warte genau hier.«

»Wo? Egal, ich seh dich.«

Ich steckte das Handy wieder in die Tasche, und ein Typ, mindestens dreimal so alt wie ich, kam mit einer Kaffeetasse in der Hand auf mich zu, die andere war zur Faust geballt. Halb rechnete ich mit einem Schlag. Ich stand auf und streckte die Hand aus, er ignorierte mich und schob sich in die Sitznische. Ich hätte ihn niemals erkannt. Es war zu lange her, er war alt geworden. Ich hatte einen jüngeren Mann im Kopf, gut in Form, jemanden, der auf dem College bestimmt Sport gemacht hatte, vielleicht Lacrosse oder Squash, eine der unwichtigeren Sportarten. Früher hatte er so auf mich gewirkt. Jetzt war er grau und schlaff. Es dauerte etwas, bis ich in den Falten und Runzeln sein jüngeres Ich entdeckte.

»Hast du vergessen, wer ich bin?«, sagte Froehmer.

»Nein.«

»Du hättest mich suchen sollen. Nicht umgekehrt.«

»Ich hab Sie wohl übersehen. Ich war um Punkt elf hier, wie Sie gesagt hatten.«

»Ich bin seit dreißig Jahren hier«, sagte er, »wegen Typen wie dir. Nur warte ich nicht. Normalerweise.«

Ich trank einen Schluck Wasser, obwohl das Glas leer war.

»Du solltest was bestellen«, sagte er. »Wie gehts deinem Dad?«

»Er hält die Ohren steif, so gut er kann.«

»Wie oft muss er da hin, dreimal die Woche?«

Ich nickte. »Dreimal die Woche. Und so wird es vermutlich bleiben.«

»Gute Ärzte?«

»Sehr gut.«

»Dein Dad ist ein feiner Kerl«, sagte er.

»Das sagt er auch von Ihnen.«

Die Kellnerin kam, ich bestellte einen Burger. Froehmer wollte nichts, was mich denken ließ, ich hätte besser nichts bestellen sollen. Er weiß, was er tut, dachte ich, und ich hatte keinen Schimmer.

»Dein Vater meinte, du hast eine Frage.«

»Ich könnte Hilfe brauchen«, sagte ich. »Meine Freundin hat vor etwa einem Jahr ein Kind bekommen. Jetzt ist sie mit einem Typen zusammen, den ich nicht in der Nähe meines Kindes haben will. Ich wollte fragen, was sich da machen lässt. Damit der Typ sich von meinem Kind fernhält?«

»Wer ist der Typ?«

»Ich kenne ihn nicht.«

»Du kennst den Namen.«

»Ich weiß nicht mal, wie er aussieht«, sagte ich. »Ich hab ihn nie zu Gesicht bekommen. Aber ich weiß, dass er nichts taugt. Er ist nicht gut für das Kind, er tut niemandem gut.«

»Weil er mit deiner Freundin zusammen ist?«

»Das ist es nicht«, sagte ich. »Meine Ex ist mir egal. Aber mein Kind nicht. Der Typ hat ein Drogenproblem. Ich will ihn nicht in der Nähe meines Kindes haben.«

»Kinder haben einen wirklich am Wickel, stimmts?«, sagte Froehmer. »Was ist mit der Ex? Nimmt sie Drogen?«

»Ich glaube schon, aber nicht wie er.«

»Was hast du unternommen?«

»Ich hab eine Unterlassungsklage am Hals.«

»Davon hat dein Dad nichts gesagt.«

»Er ist nicht froh darüber.«

»Und du?«

Ich zuckte die Achseln. »Ich hätte Sie gleich anrufen sollen.«

»Das wäre auf lange Sicht billiger gewesen.«

»Was wird es Ihrer Meinung nach kosten?«

»Soll er ganz weg oder nur Abstand halten?«

»Abstand, denke ich. Was sie macht, ist mir egal. Wie viel?«

»Mehr als dir lieb ist, aber ich muss mit ein paar Leuten reden. Wir kümmern uns darum.«

»Angeblich ist er ein echt harter Kerl. Er wird sich nicht einfach verziehen.«

Froehmer zuckte die Achseln. »Man kann nie wissen. Schauen wir mal, wies läuft.«

Die Kellnerin kam und stellte einen Teller mit einem Hambur-

ger und einem großen Haufen Fritten und hellgrünen Gemüse-
gurken ab.

»Was macht die Arbeit?«

Ich lachte und bereute es dann. »Ich arbeite seit fast sechs Monaten nicht mehr. Niemand baut, also stellt auch niemand ein.«

»Willst du arbeiten?«

»Das wäre super.«

Froehmer betrachtete meinen Teller und nickte. »Ich rede mit
ein paar Leuten.«

»Mein Dad sagt, Sie könnten Jesus überreden, vom Kreuz run-
terzukommen.«

»Ich bin nicht sicher, dass das eine gute Sache wäre.«

»Wie geht es jetzt weiter?«

»Ich rede mit ein paar Leuten, dann reden die mit ein paar Leuten, dann reden die mit mir, und ich rede mit dir.«

»Das ist alles?«

»Das ist alles.«

»Und dann muss ich bezahlen.«

»Ich sage dir Bescheid. Der Preis wird fair sein, aber ich sage dir
Bescheid. Du musst gar nichts tun.«

»Ich will, dass es erledigt wird, aber ich habe ja keine Arbeit.«

»Okay.«

»Könnten Sie mir einen ungefähren Preis nennen?«

»Hier geht es nicht um eine Zahl. Sondern darum, was du
willst. Du willst, dass das Kind in Sicherheit ist? Wie viel ist dir das
wert? Was würdest du investieren? Wenn du es billiger haben
willst, mach es selbst. Du weißt, wo du dann endest. Mit uns läuft
alles sauber, und du brauchst dir keine Sorgen zu machen. Wir
haben nur geplaudert. Alles andere erledigen wir, und du kriegst,
was du willst. Das verstehst du doch?«

»Okay.«

»Okay.«

Ich schaute den Teller an. Es waren nur noch Ketchupschlieren übrig. Die Kellnerin legte die Rechnung umgedreht auf den Tisch. »Ich hätte Sie eingeladen«, sagte ich.

»Ist erledigt«, sagte Froehmer.

Wir standen auf, und Froehmer begleitete mich in Richtung Parkplatz.

»Ruf mich nicht an«, sagte er. »Ich melde mich bei dir. Wenn nicht, ruf mich nicht an. Aber du hörst von mir. Mach dir keine Sorgen.«

»Sie sollten meinen Vater mal besuchen. Er würde sich freuen.«

»Ich mich auch«, sagte Froehmer. Er würde ihn nicht besuchen. Dreimal die Woche. Wer will das sehen? Er hatte ihn lange nicht mehr besucht, schon bevor er krank wurde. Es war besser, es dabei zu belassen. Dreimal die Woche an eine Maschine gefesselt, würde er wollen, dass man sich so an ihn erinnert? »Sag ihm, ich komme bald mal vorbei.«

· · ·

Ich arbeitete schon seit einigen Monaten für Froehmer und zahlte meine Schulden bei ihm ab. Ich klaute auf Baustellen in der Stadt Sachen, Werkzeug, Ausrüstung, Material, was immer er haben wollte. Dann rief er an und wollte sich wieder mit mir im Diner treffen, aber wir gingen nicht hinein. Wir saßen in seinem Wagen, immer ein schlechtes Zeichen, stimmts?

»Meinst du, du könntest mir was beschaffen?«, fragte er.

»Klar.«

»Du müsstest dafür bei einem Typen ins Haus rein«, sagte er.

»Sagen Sie mir, was es ist, dann besorge ich es Ihnen.«

Er schrieb mit einem Bleistift eine Adresse auf einen Zettel und gab ihn mir.

»Silbermünzen«, sagte er.

Ich dachte, er würde einen Witz machen, aber er lachte nicht.

»Sie liegen bei dem Typen im Arbeitszimmer«, sagte Froehmer. »In einer Holzschachtel, etwa so groß wie eine Federmappe. Entweder auf dem Schreibtisch oder in einer Schublade oder auf dem Bücherregal. Eine Holzschachtel. Sieh nach, ob die Münzen drin sind. Du erkennst die Schachtel, wenn du sie siehst. Das ist ganz leicht.«

»Was, wenn sie in einem Safe liegt oder so?«, sagte ich und bereute sofort, den Mund aufgemacht zu haben.

»Sie liegt entweder auf dem Tisch oder im Regal«, sagte Froehmer. Eigentlich wollte er dem nichts hinzufügen, überlegte es sich dann aber anders. »Die Leute sind faul«, sagte er, »aber die Reichen sind richtig faul. Oder nachlässig. Oder beides.«

Das schien logisch. Wenn man fünf Dollar und eine gute Uhr besaß, passte man darauf auf wie ein Schießhund, aber wenn man fünfzig Millionen und fünfzig Uhren besaß, waren einem fünf Dollar und eine Uhr vermutlich schnuppe, vielleicht bemerkte man den Verlust nicht mal. Ich nickte und hoffte, Froehmer würde mir trotzdem die Chance geben.

»Falls sie nicht im Büro liegt, such nicht danach, sondern verschwinde und sag mir Bescheid.«

»Bis wann wollen Sie sie?«

»Freitag«, sagte er.

Damit blieben mir ein paar Tage, um mir Gedanken zu machen, wie ich vorgehen sollte.

Stehlen ist etwas Instinktives. Wir alle (und ich meine uns alle) tun es; Raub ist eine Fähigkeit, Diebstahl eine Wissenschaft. Ich wusste, dass ich mich vorbereiten musste, also ging ich zu der Adresse, sah mich um, observierte das Haus und dessen Bewohner. Ich sah das Arbeitszimmer und den Typen, der besaß, was Froehmer wollte. Ich war vorsichtig und sorgte dafür, dass niemand mich bemerkte. Ich weiß, was ich tue, redete ich mir ein. Ich wusste, dass ich den richtigen Instinkt besaß, war aber nicht sicher, ob ich auch Talent hatte.

• • •

Hinten stand ein Fenster offen, das Fliegengitter ließ sich leicht aus dem Rahmen drücken. In Sekundenschnelle stand ich im Arbeitszimmer. Der dunkle Eichentisch sah aus wie ein Denkmal und schien den Raum fast auszufüllen. Ich stellte mich hinter den Lederstuhl und sah mich um. Ich hatte Zeit. Zwei Bücher lagen auf dem Tisch, *Labor and Organization in Crisis* und *The Study of Economic Cycles*, nichts Interessantes. Die gerahmten Fotos beachtete ich nicht weiter, außerdem waren da noch eine antike Lampe (oder ein Replikat), einige Dokumentenstapel, ein Briefbeschwerer mit einem Goldstück in der Mitte und eine kleine Holzschachtel, wie Froehmer sie beschrieben hatte. Ich klappte sie auf, um sicherzugehen, dass die Münzen darin lagen, dann steckte ich sie in meine Schultertasche und verließ das Zimmer, wie ich gekommen war. Ich hatte nichts angefasst, das ich nicht anfassen sollte, hatte keine Unordnung angerichtet, setzte sogar das Fliegengitter wieder ein. Es gab keinen Grund, sich irgendwelche Sorgen zu machen. Ich machte mir trotzdem welche, die ganze Nacht hindurch und am nächsten Tag und am übernächsten, solange sich die Schachtel in meinem Besitz befand, bis Froehmer endlich ein Treffen arrangierte und ich die Schachtel dem Mann übergab, den er schickte. Dieser Teil des Ganzen gefiel mir nicht. Ich kannte den Mann nicht. Ich kannte nur Froehmer. Und jetzt wussten beide, was ich getan hatte.

›Wie gehts dem Kind?«, fragte Froehmer eines Tages, nicht lange, nachdem er die Silbermünzen bekommen hatte.

»Gut«, sagte ich. Wahrscheinlich wusste er, dass ich das Kind nicht gesehen hatte. Wahrscheinlich wusste er mehr über das Kind als ich.

»Falls du dich fragst, du hast es abgearbeitet.« Ich hatte mich nicht gefragt. Ich nahm an, Froehmer hatte mir genug Bargeld zum Leben gegeben und den Rest abgezogen.

»Das sind gute Neuigkeiten.«

»Du kannst also entweder einfach weiterarbeiten wie bisher, oder wir treffen neue Absprachen, oder du kannst dir was anderes suchen.«

»Okay.«

»Überleg es dir.«

»Ich mache, was immer Sie wollen«, sagte ich.

»Du hast eine Begabung«, sagte Froehmer. »Die könnten wir uns zunutze machen, wie neulich. Dann musst du nicht mehr auf die Baustellen.«

»Okay.«

»Die Bezahlung ist besser. Wenn das okay ist.«

»Ist okay.«

»Okay dann«, sagte Froehmer. »Ich melde mich.«

Ich hörte fast eine Woche lang nichts von ihm. Dann schickte er mir eine Textnachricht, und wir trafen uns zum Frühstück im Diner. Er gab mir einen Zettel mit einer Adresse. »Es ist was Kleines«, sagte er. »Na ja, ein bisschen größer als ein Briefbeschwerer, aber du wirst kein Problem damit haben. Siehs dir an, und wenn du einen Plan hast, sage ich dir, um was es sich handelt.«

So lief es immer. Nur manchmal war es nicht für Froehmer. Manchmal kam jemand anders. Ich wusste nicht, ob derjenige auch für Froehmer arbeitete oder ob er mich weiterempfohlen hatte. War mir egal. Ich erledigte den Auftrag und wurde bezahlt, ein Job hier, ein Job da, genug Geld zum Leben und genug Zeit für meinen Vater, wenn er Hilfe brauchte.

»Wie läuft die Arbeit?«, fragte er gern.

»Gut.«

»Kümmert sich Froehmer um dich?«

»Er gibt mir Arbeit, wenn er welche hat.«

»Reicht es zum Leben?«

»Ich kann nicht meckern«, sagte ich.

»Es ist gut, ihn zu kennen.«

»Das sagt er auch über dich.«

»Du hättest es schlechter treffen können.« Ich wusste nicht, ob er über Froehmer oder sich selbst sprach.

»Ich weiß nicht, ob ich es besser hätte treffen können.« Mein Vater schwieg. Er war an eine Maschine angeschlossen und sah das Blut aus seinem Körper rinnen, durch Schläuche laufen und wieder in seinen Körper hineinfließen. Vier Stunden lang, an drei Tagen pro Woche. Mein Vater war nicht der jüngste Patient in der Einrichtung, es kamen auch Kinder, manche Fälle brachen einem das Herz, wenn man zu lange darüber nachdachte, aber er war noch jung, zu jung. Er hätte es besser machen sollen. Ich hätte es besser machen sollen. Ich bin sicher, dass er das dachte. Schon als Teenager war ich in Schwierigkeiten geraten, und dann noch mehr, und schließlich musste ich einen seiner Freunde bitten, mir aus der Patsche zu helfen.

»Jeder macht Fehler«, hatte er zu mir gesagt. »Es kommt nicht auf den Fehler an, sondern darauf, was du daraus machst.«

Ich hätte es besser machen können. Ich konnte es immer noch besser machen. Ich hatte dem Kind was Gutes getan, sagte ich mir, indem ich dafür gesorgt hatte, dass der andere Typ sich fernhielt. Wenn erst etwas mehr Geld reinkam, konnte ich noch mehr tun. Vielleicht würde ich wieder zur Schule gehen, das Community College beenden. Ich würde nicht ewig für Froehmer arbeiten müssen. Ich könnte mir einen besseren Job besorgen. Ich hatte Zeit. Ich wollte meinem Vater sagen, dass ich noch viel Zeit hatte, aber wozu? Er wollte es nicht hören, nicht in dem Moment.

»Froehmer sagt, er kommt bei Gelegenheit vorbei«, sagte ich.

»Ich habe ihm im Laufe der Jahre viel Arbeit gegeben«, sagte mein Vater. »Das hat er nicht vergessen.«

»Nein.«

»Wir sind gut klargekommen. Du hättest uns sehen sollen. Wir haben Uncle Sam bestohlen, aber nie zu sehr. Die hätten das Geld eh nur vergeudet. Und wir haben viel Gutes getan. Wir haben mehr für diese Stadt getan, als die Leute ahnen. Die Lorbeeren haben andere eingeheimst. Weißt du, wenn man sich Denkmäler und Statuen ansieht, steht auf dem Sockel immer ›vom Volk gestiftet‹, ›von der Stadt gestiftet‹ und so, da geht es immer um die Gesellschaft. Auf den neuen Denkmälern steht nichts mehr vom Volk. Immer nur ›vom Bürgermeister gestiftet‹ oder von irgendeinem anderen Politiker. Als würden die alles allein machen. In dieser Stadt waren wir die Macher. Wir haben viel Gutes für diese Stadt getan, weißt du? Und für uns selbst auch.« Er lachte leise. »Du hättest uns sehen sollen, mein Sohn.«

»Ich erinnere mich«, erwiderte ich. Mein Vater musste sein Stehlen rechtfertigen, indem er sich als wahrer Bürgermeister der Stadt beschrieb, der mehr verdient hatte als sein Gehalt, die Krankenversicherung, die Rente. Er stritt nie ab, ein Dieb zu sein, aber er stellte es immer so dar, als hätte er ein Anrecht darauf. Ich hatte dieses Problem nicht. Für mich ist das nichts Persönliches.

»Sag Froehmer, er soll mich besuchen«, sagte mein Vater. »Wie früher.«

»Mache ich.«

»Du siehst ihn jetzt öfter als ich. Früher war er ständig da.«

»Er schaut mal vorbei«, sagte ich.

Als ich klein war, war Froehmer oft zu Besuch gekommen, hatte mit meinem Vater in der Küche gesessen, getrunken und geredet. Froehmer brachte immer irgendwas mit, eine Flasche irgendwas, eine Tüte irgendwas, Kuchen oder Quiche, Käse, immer irgendwas. Und für mich hatte er auch immer etwas dabei, Bonbons, Kaugummi, ein Zauberer-Kartenspiel, immer irgendwas. Ich wusste, wer er war, aber ich kannte ihn nicht. Ich wusste nicht, worüber sie redeten. Ich wusste nicht, warum er kam. Froehmer war nicht der Einzige, der meinen Vater besuchte, nach dem Tod meiner Mutter kamen und gingen viele Leute, und Froehmer war auch nicht der Einzige, der etwas mitbrachte, aber der Einzige, der immer mir etwas mitbrachte. Er gehörte zum Leben meines Vaters, mehr kümmerte mich als Kind nicht, mit acht, neun, zehn. Ich wusste, wer er war, und freute mich, wenn er kam, glaube ich, und dachte nie weiter darüber nach.

»Weißt du noch, wie er uns zum Jagen mitgenommen hat?«, fragte mein Vater.

Kurz zuvor war meine Mutter gestorben. Froehmer und ein paar andere taten, was sie konnten, um meinen Vater abzulenken, ständig kamen irgendwelche Männer vorbei und versuchten, uns aus dem Haus zu locken, mal eine Weile raus aus all den Erinnerungen, vermute ich. Eines Samstagmorgens stand Froehmer vor der Tür, als es draußen noch stockdunkel war, und wir stiegen in seinen Wagen und fuhren irgendwo in den Wald. Die Fahrt war lang. Ich schlief ein. Ich war acht und hätte vermutlich gar nicht dabei sein sollen. Sie gaben mir keine Waffe. Stundenlang saßen wir zu dritt in einem Jagdunterstand. Es war kühl, und je länger wir da hockten, desto kälter schien es zu werden. Da ich nicht auf der feuchten Holzbank sitzen wollte, versuchte ich, mich wie ein Indianer oder Wilder oder irgendwer, den ich im Fernsehen gesehen hatte, hinzuhocken, hielt aber nicht lange durch, weil meine Beine schmerzten. Mein Vater ermahnte mich immer wieder im Flüsterton, leise zu sein. Die beiden Männer saßen auf Stühlen und blickten konzentriert über das Feld. Ich wusste weder, was ich tun sollte, noch, was ich falsch machte. Mein Vater wies mich ständig zurecht, und dann musste ich mir wieder was Neues einfallen lassen, mit dem ich mich ein paar Minuten lang beschäftigen konnte.

Ich war nur in dem Moment gefesselt, als das erste Licht erschien, als es hell am Himmel wurde, aber die Sonne noch nicht zu sehen war. So etwas Schönes hatte ich noch nie gesehen. Seither auch nicht. Licht ohne sichtbare Quelle. Ich weiß, dass sich das ganz einfach erklären lässt, aber es hat etwas Magisches, fast bekommt man Hoffnung. Ich beobachtete, wie sich der schwarze Himmel erst grau, dann blau, dann orange, dann wieder blau färbte, und Froehmer und mein Vater sahen nichts, zumindest nicht das, wonach sie Ausschau hielten. Wir blieben gefühlt noch hundert Stunden da sitzen, dann packte Froehmer die Waffen ein, und wir gingen.

»Ich hatte gehofft, was zu schießen«, sagte mein Vater.

»Manchmal ist das so«, sagte Froehmer. »Meistens. Ich bin gern draußen in der Stille. Ich muss nichts schießen.« Sofort bereute er seine Worte. »Aber ich hätte es dir gegönnt. Wir fahren wieder raus. Du kommst noch zum Schuss.« Wir fuhren nie wieder raus.

Auf dem Rückweg hielten wir an einem Diner, und Froehmer und mein Vater bestellten große Teller mit Steaks und Eiern und Corned Beef Hash und Toast. Ich bekam Minipfannkuchen und ein kleines Glas Saft. Froehmer schob mir seine Kaffeetasse hin. »Probier mal«, sagte er.

»Er hat den ganzen Morgen gezappelt, und jetzt willst du ihn mit Kaffee abfüllen?«

»Wird ihm schon nicht schaden«, sagte Froehmer. Ich trank einen Schluck und stellte die Tasse zurück auf den Tisch. Froehmer nahm sie und kippte Milch und Zucker hinein, bis kaum noch Kaffee übrig war. »Jetzt schmeckt es dir«, sagte er und hatte recht.

»An das Jagen erinnere ich mich nicht«, sagte ich zu meinem Vater, »aber ich weiß noch, dass ich beim Frühstück zum ersten Mal Kaffee getrunken habe, den mir Froehmer gegeben hatte.«

»Du hast so gezappelt, dass du alle Rehe vertrieben hast«, foppte mich mein Vater. »Ich habe keine Ahnung, ob Froehmer irgendwas vom Jagen versteht. Ich ganz sicher nicht. Aber er hat sich damals Mühe gegeben, stimmts? Allerdings war ich es, der dir den Kaffee gegeben hat. Erinnerst du dich nicht?«

Ich erinnerte mich. Ich wusste, wer mir den Kaffee gegeben hatte. Wie ich mich auch daran erinnerte, dass mir Froehmer vier

Jahre später mein erstes Bier gab. Ich war in die Küche gekommen, als er und mein Vater dort über irgendein Blatt Papier gebeugt saßen und redeten. Vor ihnen stand ein Sechserpack. Sie hatten nicht mit mir gerechnet, das ist sicher, aber Froehmer gab mir wie selbstverständlich ein Bier und sagte:»Nimm und setz dich zu uns.«

Während ich mich setzte, zog er das Blatt Papier vom Tisch und steckte es in seine Jackentasche. Ich hatte keine Ahnung, worüber sie geredet hatten oder was auf dem Blatt stand. Im Rückblick bin ich sicher, dass sie ihre Bilanzen geprüft hatten, wer schon bezahlt hatte (und wie viel) und vor allem, wer ihnen noch wie viel schuldete.

Ich stellte die Flasche vor mir auf den Tisch und sah meinen Vater nicht an, ich wollte nicht wissen, ob er enttäuscht war oder nicht. Ich beobachtete Froehmer. Ich beobachtete, wie lässig er die Bierflasche hielt, nur mit Zeigefinger und Daumen oben am Hals, und wie er sie an die Lippen hob. Ich zählte die Sekunden zwischen den einzelnen Schlucken. Und versuchte, ihn nachzuahmen, wusste aber sofort, dass es nicht funktionieren würde. Ich glaubte nicht, dass ich die Flasche mit nur zwei Fingern vom Tisch an meinen Mund heben könnte, so wie Froehmer.

Die Flasche war schwer und unhandlich. Also nahm ich sie unten, umklammerte sie mit allen fünf Fingern und hob sie an meinen Mund. Den Geschmack mochte ich sofort, am Ende sogar noch mehr. Ich nahm den ersten Schluck, zählte bis zweiundvierzig und nahm den nächsten. Froehmer und mein Vater unterhielten sich, aber ich habe keine Ahnung, worüber. Ich war voll damit beschäftigt, bis zweiundvierzig zu zählen. Ich wollte noch ein Bier. Mein Vater sah mich an, dann Froehmer, und sagte dann, ohne einen von uns anzusehen:»Gewöhn dich nicht daran.«

»Ich erinnere mich«, sagte ich zu meinem Vater.

»Du erinnerst dich an gar nichts, an rein gar nichts. Niemand weiß, was wir getan haben. Das Gute. Und ein bisschen was

Schlechtes.« Er lächelte. »Froehmer gings gut, das kann ich dir sagen.«

»Anscheinend geht es ihm immer noch gut«, sagte ich.

»Und sieh mich an. Sieh ihn an und sieh mich an. Ich habe viel gegeben, weißt du das? Vielleicht zu viel. Sieh dir diesen Scheiß hier an.« Er hob den Arm mit den Schläuchen. »So haben wir uns das nicht vorgestellt, wie, mein Sohn?«

»Alles wird gut, Pop.«

»Aber wird es für uns gut? Das ist die Frage. Nimm mit, was du kannst, Junge, weil man nie weiß, was noch kommt. Wenn es nicht anders geht, nimm es auch von Froehmer. Ich weiß, er hat dir geholfen, aber ich habe ihm noch mehr geholfen, das kannst du mir glauben. Was immer du ihm angeblich schuldest, er schuldet mir doppelt so viel, zehnmal so viel. Ich hoffe, er kommt mal vorbei. Dann sage ich ihm das ins Gesicht. Ich hoffe, er kommt.«

Vielleicht wollte Froehmer deswegen nicht vorbeikommen. Ich weiß es nicht. Wer will sich das anhören? Wer will das sehen? Ich sagte Froehmer nichts und redete mit meinem Vater nicht mehr über ihn. Ich machte weiter wie bisher. Froehmer hatte mich bisher fair behandelt. Ich würde nicht gierig werden. Ich würde den Kleinkram nehmen, der mir gegeben wurde, wie ich es immer getan hatte.

4
DER UMSCHLAG

Am Anfang unserer Zusammenarbeit erledigte ich den jeweiligen Auftrag und traf mich ein paar Tage später mit Froehmer im Diner. Nach einer Tasse Kaffee oder manchmal auch einem Frühstück stand er auf und ging und hinterließ einen Umschlag an seinem Sitzplatz. Außerdem überließ er mir immer die Rechnung. Das war mir egal, ich hatte den Umschlag. Wir sprachen nie darüber, wie viel er enthielt; das blieb immer ihm überlassen, und er war immer fair. Irgendwann wartete nicht Froehmer im Diner auf mich, sondern jemand, der für ihn arbeitete, wie ich.

Ich wusste, dass noch andere für Froehmer arbeiteten, aber er sprach immer nur sehr vage und verklauselt von ihnen. »Ich lasse das überprüfen«, meinte er manchmal, oder »Ich glaube, ich weiß, wer uns da helfen kann.« Daher wusste ich zwar, dass ich zu einer größeren Organisation gehörte, sah mich aber nicht als Teil von ihr und kümmerte mich nicht darum. Mir war egal, wer sonst noch dazugehörte oder was die anderen trieben oder ob ich ihnen je begegnen würde. Ich machte meine Arbeit und beließ es dabei. Aber jetzt saß da jemand anders auf Froehmers Platz und überließ mir die Frühstücksrechnung, und vielleicht hatte er was aus dem Umschlag rausgenommen, bevor er ihn mir gab. Ich musste über Bedingungen und Transaktionen und solche Dinge reden. Von Fairness konnte keine Rede mehr sein. Es wurde Buch geführt.

Es war mir egal, solange die Umschläge weiter kamen. Nachdem Frank dazugestoßen war, sahen wir Froehmer nicht wieder;

immer saß der andere im Diner, ein Typ namens Mobley. Er war fünf Jahre älter und arbeitete etwa so lange wie ich für Froehmer, vermute ich. Ich weiß es nicht genau. Ich weiß nicht, woher er kam oder wie er Froehmer kennengelernt hatte. Vielleicht so wie ich. Es war mir egal. Ich wusste nichts von ihm, außer dass er Froehmers Laufbursche war. Und dass er sich mir gegenüber immer aufspielte, eine Feindseligkeit an den Tag legte, die mich wohl einschüchtern sollte. Wir waren ähnlich gebaut, er ein bisschen größer. In einem fairen Kampf würde ich es mit ihm aufnehmen können, dachte ich. Aber bei Mobley lief nichts fair. Das sah man auf den ersten Blick. Er tat, was immer nötig war oder was Froehmer ihm auftrug. Mobleys ruhiges, gelassenes Gesicht hätte man auf eine Münze prägen können, aber man durfte sich nicht mit ihm anlegen. Und das strahlte er auch aus, deswegen saß er uns im Diner gegenüber. »Der ist wie eine Stange Dynamit«, hatte Frank über ihn gesagt. »Er wirkt erst mal harmlos, aber man spürt, dass er einem den Kopf abreißen kann.« Frank hielt es für das Beste, mich allein ins Diner gehen zu lassen. »Warum sollen wir beide in die Luft fliegen?«, zog er mich halb im Ernst auf.

Und dann wollte sich Mobley nicht mehr im Diner treffen. Er wählte irgendeinen Parkplatz, eine Einfahrt oder Straßenecke aus, gab mir den Umschlag, und ich ging meines Weges. Es war besser so. Mit Mobley gab es sowieso keine Gesprächsthemen, warum also sollten wir zusammen Kaffee trinken und uns wie alte Bekannte gegenübersitzen?

»Hast du ein Problem mit mir?«, fragte ich ihn eines Tages direkt.

»Ich hab kein Problem«, sagte er.

»Was ist es dann?«

»Ich mag dich nicht«, sagte er sachlich. Und das wars.

• • •

Ungefähr zu der Zeit fing ich an, Denise ein bisschen Geld für das Kind zu geben. Ich nahm genug für Frank und mich aus dem Umschlag, ließ einen kleinen Teil drin und fuhr rüber zu Denise. Sie war wieder clean, hatte ich jedenfalls gehört, und außerdem single, vielleicht konnte man ihr also trauen. Ich ging damals immer noch zu Meetings, vielleicht wollte ich also was wiedergutmachen, vielleicht hatte ich auch einfach ein bisschen mehr Verständnis für sie. Oder vielleicht wollte ich mich von der Vergangenheit befreien (»Du kannst die Vergangenheit nicht ändern, du kannst nur die Gegenwart verändern«, ist so eins von den Klischees, das sie dir in der Therapie einreden.) Vielleicht ein bisschen von allem. »Was auch immer dich dazu bewogen hat, es ist gut so«, sagte Frank. Er war dafür, dass ich Denise und Eva Geld brachte, kam aber nie mit.

Denise stand auf der Vordertreppe und schaute zum Auto hinüber. »Gibts Frank noch?«

»Frank gibts noch.«

»Ich dachte, Froehmer hätte ihn inzwischen vielleicht ausgebootet.«

Ich ignorierte es. »Ist Eva da?«

»Nein«, sagte Denise.

»Gehts ihr gut?«

»Wir kommen klar.« Sie wollte nicht reden, sie wollte nur den Umschlag.

»Ich hab gedacht, wir könnten ein Konto für Eva einrichten, dann müsste ich nicht immer herkommen. Ich könnte das Geld einfach auf ihr Konto einzahlen.«

»Wenn du willst. Ich dachte, du willst sie ab und zu mal sehen.«

»Das kann ich trotzdem noch«, sagte ich. »Ich dachte, sie wäre heute hier.«

»Nein. Heute nicht.«

»Ich kann ein andermal kommen.«

»Wenn du willst«, sagte sie. »Wenn Froehmer dich nicht durch die Gegend scheucht.«

»Das ist mein Job.« Ich biss nicht an.

»Solange du weißt, was du tust und für wen.«

»Weiß ich.«

»Das glaube ich nicht«, sagte sie. »Nur so als Warnung.«

»Okay.« Ich gab ihr den Umschlag.

»Ich bringe das Geld auf die Bank«, sagte sie. »Ich kann dir die Kontoauszüge zeigen, wenn du willst.«

»Alles gut.«

»Von wegen«, sagte sie und schloss die Tür.

So lief es meistens. Manchmal etwas besser. Manchmal sah ich Eva.

5
DAS ZIEL

Frank und ich hatten seit fast einer Woche nicht mehr gearbeitet, als Froehmer sich meldete und uns den Auswärtsjob übertrug.

»Ich besorge euch ein Hotel und einen Wagen.« Er holte seinen Stift heraus und schrieb den Namen des Hotels und eine Adresse auf. »Nur ein kleiner Auftrag. Aber ich entschädige euch für den Aufwand. Doppeltes Honorar.«

»Okay.«

»Ein Kurztrip. Bis Freitag müsstet ihr zurück sein.«

Ich sagte nichts.

»Sollte kein Problem sein«, sagte Froehmer. »Kleine Sache. Ganz leicht.«

»Wenn es so leicht ist, warum brauchen Sie dann mich?«

Froehmer klopfte mir auf den Rücken. »Sag Bescheid, wenn ihr bereit seid, dann gebe ich euch die Details durch.«

»Ich weiß.«

»Und bis Freitag seid ihr zurück.«

Vielleicht war er nervös, ich kann es nicht sagen. Er wirkte nervös. Oder sollte ich besser sagen, dass er rückblickend nervös wirkte.

Damals fiel mir nichts auf, oder ich habe es wider besseres Wissen ignoriert. Nichts war wie sonst – auswärts, Zeitdruck, Extrageld –, warum also sollte Froehmer wie sonst gewesen sein? Oder ich? Das alles war natürlich nicht wichtig, bis es dann doch wichtig war. Nichts davon hätte wichtig sein sollen.

Froehmer hatte recht, es war leicht.

Der Job ist immer leicht. Nur dass alles andere sich als Problem herausstellte.

· · ·

Wir hatten den Mittwoch verschwendet, vielmehr hatte Frank ihn verschwendet, aber jetzt waren wir bereit und konnten es immer noch rechtzeitig zurück zu Froehmer schaffen. Frank würde die Vorbereitungen, die ich allein getroffen hatte, akzeptieren müssen, allerdings war ich nicht sicher, dass er das tun würde. Er hatte mir schon früh mitgeteilt, was er von meinen Bemühungen hielt.

Wir waren noch vor Sonnenaufgang vor Ort gewesen. Jetzt saßen wir im Wagen und observierten das Haus. Frank scannte es mit dem selbst gebauten Gerät, das er immer benutzte, nach Kameras ab. Das funktionierte einwandfrei.

»Bist du außen rumgegangen?«, fragte er.

»Neben der Hintertür ist ein Fenster, das wir benutzen können«, erwiderte ich.

»Über der Hintertür ist eine Kamera«, sagte er.

Ich hatte sie nicht bemerkt. Dafür hatte ich Frank. Wenn er gestern dabei gewesen wäre, wenn er sich auf das konzentriert hätte, wofür er bezahlt wurde ...

»Sie ist nicht in Betrieb«, sagte Frank.

»Jetzt oder gestern?«

»Sowohl als auch«, sagte Frank. Das war seine Art, mir zu sagen, dass ich das Haus schon gestern hätte scannen müssen. Ich wusste, wie das ging, Frank hatte es mir beigebracht. Aber ich hatte es nicht getan. Das war ein Fehler gewesen, und obwohl er ohne Folgen blieb, war er wichtig.

· · ·

Frank beendete die Kamerasuche, und ich reichte ihm einen Kaffee. Wir beobachteten das Haus. Lichter gingen an. Die Sonne ging auf. Lichter gingen aus. Mein Kaffee war lange ausgetrunken. Ich zappelte wie ein Kind ohne Waffe im Jagdunterstand. Irgendwas stimmte nicht mit mir. Ich war müde, bestimmt lag es daran. Ich schloss die Augen und schlief zwanzig Minuten lang. Ich hatte Zeit. Als ich die Augen wieder öffnete, beobachtete Frank immer noch das Haus.

»Was willst du tun?«, fragte er, ohne mich anzusehen.

»Wann?«

»Wenn wir wieder zu Hause sind.«

»Hab ich nicht drüber nachgedacht.« Er schon, wie ich wusste.

»Vielleicht können wir irgendwohin fahren.«

»Du magst Hotels.«

»Ich könnte Urlaub gebrauchen«, sagte Frank. »Du nicht?«

»Doch. Wo wollen wir hinfahren?«

»Ich hab da eine Idee«, sagte Frank und verstummte.

»Irgendwo, wos Wasser gibt«, sagte ich.

»Ich kenne da einen Ort.«

Ich konnte warten. Das ist mein Ding. Genau gesehen verbringt man doch eh einen Großteil seiner Zeit mit Warten. Auf den Feierabend, darauf, dass der Tag zu Ende geht, auf den Zug, den Flieger, das Taxi, den Bus, darauf, nach Hause zu kommen, dass jemand anders nach Hause kommt, dass es was zu essen gibt, dass man schlafen gehen kann, dass jemand das sagt, was man hören will. Vielleicht wartet ihr darauf, dass ich zum Punkt komme. Der Punkt ist, wie Frank mich gern erinnerte, dass es so etwas wie Warten gar nicht gibt. Nicht wirklich. Nicht, wenn man es richtig macht. Warten ist nichts anderes als Vorbereitung. Und wie ein anderer gesagt hat: Erfolg ist nichts anderes als Gelegenheit plus Vorbereitung. Und gut vorbereitet zu sein, bedeutet, man ist bereit, wenn sich die Gelegenheit ergibt. Wir beobachten das Haus, wir kennen das Haus, und dann warten wir darauf, dass alle gehen. Darin bestand unser Job. Was wir mitnahmen, gehörte sowieso nicht uns. Wir taten es für Froehmer. Den Rest machten wir für uns. Ich war nicht mehr müde. Ich war bereit. Ich schickte Froehmer eine Nachricht, und er schickte genaue Angaben zu dem, was er haben wollte.

...

Ein Mann und ein Junge kamen aus dem Haus. Der Mann trug eine Umhängetasche über der Schulter, der Junge hatte einen kleinen Rucksack dabei. Vater und Sohn auf dem Weg zur Arbeit und in die Schule. Den Jungen, ein Teenager, hielten wir für ein Highschool-Kid, auch wenn er alt genug fürs College aussah. Der Vater war viel älter als sein Sohn. Etwa so alt wie Froehmer, tippte ich. »Zweite Ehe«, sagte Frank. Wir warteten, dass auch sie das Haus verließ. Etwa eine halbe Stunde später war es so weit. Mindestens fünfzehn Jahre jünger als ihr Mann, dachte ich. Das war mir gestern gar nicht aufgefallen. »Zweite Ehe«, sagte Frank überzeugt.

»Mein Vater hätte fast noch mal geheiratet«, sagte ich.

»Das wusste ich gar nicht«, sagte Frank. »Wann denn?«

»Etwa ein Jahr, nachdem meine Mutter gestorben war. Er war einsam. Hat er gesagt. Er hatte eine Frau kennengelernt, geschieden, mit zwei Kindern. Er wollte um ihre Hand anhalten. Und hat mich gefragt, was ich davon halten würde – ich war noch nicht ganz neun –, und ich habe ihn gefragt, ob er sie liebt. Er sagte Nein, aber er wollte nicht allein sein. Er wollte nicht, dass ich allein bin. Ich habe ihm gesagt, wenn er sie nicht liebt, soll er sie nicht heiraten. Er hat trotzdem um ihre Hand angehalten.«

»Hat sie Nein gesagt?«

»Sie wollte warten. Fand, es war zu früh. Also haben sie gewartet. Irgendwann hatte sie wohl genug vom Warten und hat sich anderweitig umgesehen. Und mein Vater hat sich ans Alleinsein gewöhnt.«

»Dein ganzes Leben wäre anders verlaufen.«

»Vielleicht. Vielleicht wäre ich dann anständig.«

»So anders auch nicht«, sagte Frank. »Du bist der geborene Dieb.«

6
DER VATER

Wir sind alle geborene Diebe. Eva und der Apfel und so. Jakob und Esau. Die Bibel ist voll von Dieben; sogar Jesus schleicht sich wie ein Dieb ein und wird zwischen zwei Dieben ans Kreuz genagelt, einem von beiden verspricht er sogar das Himmelreich. Ich habe in genug Hotels übernachtet, um Gideon's Bible zu kennen. Und ich weiß, wenn sich etwas stehlen lässt, ist es irgendwann mal geklaut worden. Buddhas Zahn, der Kopf der Heiligen Katharina, Jesus' Vorhaut, alles. Museen sind voll von Diebesgut, lauter Dinge, die den antiken Zivilisationen gestohlen wurden, den Griechen, den Römern oder den alten Ägyptern. Die Römer haben von den Ägyptern gestohlen, Obelisken und was immer sie haben wollten. Echt, mitten in Rom steht eine Pyramide. Ganze Länder sind gestohlen worden. Amerika hat den Indianern und Mexikanern und wer immer ihnen im Weg stand, den Großteil ihres Landes gestohlen (»Besitz ist Diebstahl!«). Alle stehlen, vor allem die Reichen. Was hat Meyer Lansky gesagt? »Seht euch die Astors und Vanderbilts an, die ganzen Gesellschaftsgrößen. Die sind die schlimmsten Diebe.« Durch Arbeit ist keiner reich geworden.

Geschäftsleute, Erfinder und Künstler stehlen alles und jedes. Filmemacher, Maler, Schriftsteller, die meisten hätten nie was zustande gebracht, ohne andere abzuziehen. Musiker haben sich wahrscheinlich schon zu Zeiten der Musen gegenseitig beklaut – wenn Elvis und Led Zeppelin nicht so dreist abgekupfert hätten, wäre nie was aus ihnen geworden –, und Schriftsteller nehmen sich, was sie brauchen (»unreife Dichter imitieren, reife Dichter stehlen«). Und Regierungen, tja, jeder weiß, dass die sich alles nehmen, was sie wollen. Ich dachte immer, Dylan hätte gesagt, wenn man ein bisschen stiehlt, stecken sie einen ins Gefängnis, aber wenn man viel stiehlt, machen sie einen zum König, aber Frank sagt, das stammt von Eugene O'Neill. Vielleicht hat Dylan es von Gene geklaut, und der hat es von irgendwem anders geklaut. Nichts gehört irgendwem, alles wird immer nur weitergereicht, auch wenn wir alle nicht mehr da sind. Das, was einem Gegenstand Wert und Geschichte verleiht und was bleibt, ist das Gestohlenwerden.

Wir alle stehlen irgendwas, so sind wir nun mal. Mein Vater war ein Dieb, aber mehr noch ein Gauner. Er hat im Rathaus bei der Bauaufsicht gearbeitet, ein Schreibtischjob. Er hat Schmiergelder genommen und aus dem Haushaltsbudget abgezwackt, was immer möglich war, hier ein bisschen und da ein bisschen, genug, um Misstrauen zu erregen, aber nie so viel, dass man ihm irgendwas nachweisen konnte. Zweimal wurde gegen ihn ermittelt, aber daraus ist nie mehr geworden. Er war unehrlich, und ob die Leute davon wussten, war ihm egal, solange sie es nicht beweisen konnten. »Man darf nicht gierig werden«, sagte er. »Nimm ein bisschen und mach trotzdem deinen Job, dann schert es keinen. Wenn man zu viel nimmt, dann kriegt man Ärger.«

· · ·

»Man braucht nicht viel, um gut durchs Leben zu kommen«, sagte Frank einmal, als wir ein Zielobjekt observierten. Wir saßen auf dem Parkplatz eines Mietlagers, wo Leute Lagerplatz mieten können für Sachen, die sie wahrscheinlich nie wieder brauchen werden. »Als ob man einen Mülleimer mietet«, sagte Frank. »Die meisten Menschen haben einfach zu viel.« »Viele Menschen haben nicht genug«, entgegnete ich. »Mit zu wenig kommt die Welt gut klar«, sagte Frank. »Aber wie wir mit zu viel umgehen sollen, haben wir noch nicht rausgekriegt.«

»Mein Vater hätte dich gemocht«, sagte ich.

»Das bezweifle ich.«

»Du denkst wie er«, sagte ich, »aber du fasst es besser in Worte. Hast studiert. Das hätte ihm gefallen.«

»War er auf dem College?«

»Nein, mein Vater doch nicht. Handelsschule. Aber er war intelligent. Hat viel gelesen wie du. Hatte von allem Möglichen Ahnung. Hat immer versucht, alles zu durchschauen, wie du, alle Perspektiven zu sehen. Er wollte, dass ich aufs College gehe. Das war eine Riesenenttäuschung, das kannst du mir glauben.«

»Junior College. Das ist doch was.«

»Nur ein Jahr lang. Dann habe ich aufgehört und bin arbeiten gegangen, weil das Baby unterwegs war.«

»Das kann ich immer noch nicht glauben.«

»Jeder macht Fehler. Meine sind nur ein bisschen größer.«

»Habt ihr überlegt zu heiraten?«

»Nie. Ich wollte für sie da sein, aber das wollte sie nicht. Sie wollte nur Geld, nichts anderes. Dann hat sie den falschen Typen kennengelernt. Dann ging das Geld nicht mehr für das Kind drauf, daher ...«

Wir observierten die Mietmüllhalde noch etwas länger. Die großen Metallgebäude waren erleuchtet und wirkten künstlich wie ein Filmset. Es war spät, die Zeit, zu der man Dinge sagt, die man vielleicht besser für sich behalten sollte. Aber es stimmte. Mein Vater hätte Frank gemocht, unter den richtigen Umständen. Er hätte ihn sogar mehr gemocht als mich, glaube ich. Sie hatten mehr gemeinsam. Frank hatte viele Dinge getan, die auch mein Vater getan hatte, viele Dinge, die ich seinen Wünschen nach hätte tun sollen. Ich hätte den Mund halten sollen, redete aber weiter. »Als ich klein war, hat irgendein Typ immer Geld aus den Parkuhren geklaut und wurde erwischt«, erzählte ich Frank. »Irgendwie hatte er rausgekriegt, wie er das Geld da rausholen konnte, und hat Tausende gestohlen. Zehntausende. Alles Kleingeld. Er dachte, sein Trick wäre totsicher, aber irgendjemand hat es gemerkt und sich auf die Suche nach dem verschwundenen Geld gemacht. Der Typ wusste also, wie man Geld stiehlt, aber dann hat er sich zu viel genommen. So um die sechzigtausend. Alles Münzen. Mein Vater meinte, man müsste den Typen wenigstens ein bisschen dafür bewundern, dass er das ganze Klimpergeld abgeschleppt hat. Aber er wurde zu gierig, ließ sich schnappen und landete im Knast. ›Nimm genug‹, sagte mein Vater, ›aber nie mehr als das‹. Genau das würdest du auch sagen«, sagte ich zu Frank.

»Ich hätte ihn gern kennengelernt.«

• • •

Ich weiß nicht, wann mein Vater ein Dieb wurde. Vielleicht hat er so jung angefangen wie ich, vielleicht hat er erst nach dem Tod meiner Mutter gestohlen, oder vielleicht hat er für sie gestohlen. Ich erinnere mich, dass er Dinge nach Hause mitbrachte, Geschenke für meine Mutter, eine schöne Flasche Wein zum Abendessen, ein bisschen Luxus, und dann scherzte »Mit Grüßen von Onkel Sam«. Als Kind habe ich mir nichts dabei gedacht. Mein Vater arbeitete für die Regierung, also war irgendwie alles »mit Grüßen von Onkel Sam«. Ich schöpfte keinen Verdacht, bis ich auf die Highschool ging und meinte, jetzt wüsste ich, wie die Dinge laufen.

Eigentlich glaube ich, dass mein Vater erst nach dem Tod meiner Mutter anfing zu stehlen. Die Menschen stehlen aus vielen Gründen, aus Verzweiflung, Gelegenheit, Rache, Eifersucht. Ich glaube, mein Vater stahl aus Verbitterung. Er gehörte zu den Menschen, die irgendwo einen Job antreten, alles läuft gut, keine

Probleme, keine Versuchungen, aber je länger er da arbeitet, desto mehr fällt ihm auf, wie viele Leute nicht richtig mit anpacken und wer mehr Geld bekommt, aber er gibt weiter sein Bestes und bleibt sauber; dann sieht er die Verschwendung und die Ineffizienz und Inkompetenz und begreift, dass er nicht vorankommen wird. Alle scheinen mehr zu kriegen und weniger zu leisten. Also zweigt er ein bisschen was für sich ab. Besonders in Behörden hat das System, man nimmt hier ein bisschen und da ein bisschen und fällt nicht auf. So ist es immer gewesen, und alle anderen machen es genauso.

• • •

Meine Mutter ist mit dreißig gestorben. Ein Besoffener hatte sie auf dem Highway gerammt. Ich erinnere mich, dass ich beim Bestatter mit meinem Vater Totenwache gehalten habe, in einem komischen Raum voller schweigender Menschen, vor uns der geschlossene Sarg. Mein Vater betrachtete den Sarg mit einem seltsamen Gesichtsausdruck, mit fragendem Blick, wie jemand, der versucht, ein fremdsprachiges Schild zu entziffern. »So schnell kanns gehen«, sagte er mit einem Fingerschnippen, ein Geräusch wie ein Peitschenknall in der trockenen Luft.

Schon wenige Tage nach der Beerdigung packte er die Sachen meiner Mutter in Kisten, all ihre Kleidung, Fotos, Kosmetika, sogar ihre Zahnbürste, alles wurde in Kisten verstaut und in den Keller getragen. »Wegwerfen kann man immer«, sagte mein Vater, »aber man bekommt es nicht zurück.« Die Kisten stehen immer noch im Keller, jede einzelne, ungeöffnet. Jetzt sind sie meine Verantwortung. Jetzt muss ich alles zusammenpacken.

Mein Vater starb jung; er war noch keine fünfzig, als die Krankheit ihn umbrachte. Ich saß im Krankenhaus bei ihm, erlebte seinen Verfall und dachte, ich würde nicht wie er werden. Ich dachte, ich würde es besser machen als er, ein besseres Leben haben.

»Ist noch gar nicht lange her, da hätten die Besucher hier Schlange gestanden«, sagte mein Vater, in seinem Krankenbett sitzend. All die, die bei uns zu Hause ein und aus gegangen waren, die vor seinem Büro auf ihn gewartet hatten – keiner kam mehr. Außer mir besuchte ihn niemand im Krankenhaus. »Die Leute tun, was sie können«, sagte ich.

»Die Leute tun, womit sie durchkommen«, erwiderte mein Vater. »Wie du. Wann hast du dein Kind zum letzten Mal gesehen?«

Das war eine Weile her. »Ich fahr rüber, sobald du hier raus bist«, sagte ich.

»Ich habe dem Kind ein bisschen was vermacht«, sagte er. »Im Testament.«

Bei diesen Worten schaute er den Fernseher an, nicht mich. Bevor er weitersprach, drehte er die Lautstärke hoch.

»Da ist nicht viel«, sagte er. »Nicht so viel, wie da sein sollte, das kann ich dir sagen. Also mach dir keine falschen Hoffnungen. Du wirst arbeiten müssen, hast du verstanden?«

»Dir ist noch nicht eingefallen, wie du es mitnehmen kannst?«

»Dabei könnte ich echt ein bisschen was gebrauchen«, sagte er, »um durch die Pforte zu kommen.« Darüber lachte er.

Er hatte immer Umschläge voller Geld rumliegen, unter dem Bett, unter dem Sofa, unter dem Silbertablett in der Küchenschublade, unter dem Autositz. Immer ein paar Hundert Dollar in weißen Umschlägen. Ich habe mir nie einen einzigen Schein genommen. Ich glaube, das hat meinen Vater enttäuscht. Als er dann im Sarg lag und eine ganze Parade von Männern an ihm vorbeiflanierte, sah ich, dass einer ihm einen weißen Umschlag in die Anzugtasche steckte, eine Geste des Respekts, vielleicht eine kleine Gabe für das Jenseits. Ich wartete, bis alle gegangen waren, holte den Umschlag aus dem Jackett, nahm mir ein paar Scheine – mehr wollte ich nicht –, steckte den Rest wieder in den Umschlag und den Umschlag in die Tasche. Ich musste ihm etwas lassen, als Obolus für Charon, den Fährmann ins Jenseits, damit er durch die Pforte kam. Und nahm nur genug, um ihm eine Freude zu machen, aus Respekt. Um ihm zu zeigen, dass ich ein paar Dinge gelernt hatte. Damit er wusste, dass er sich keine Sorgen zu machen brauchte.

Die Parade von Männern – Bauunternehmer, Zimmerleute, Elektriker, Klempner, Tischler, Dachdecker, Ladenbesitzer, Stadtangestellte, alles Männer, mit denen er im Laufe der Jahre beruflich zu tun gehabt hatte – bestand zum großen Teil aus denen, die bei uns ein und aus gegangen waren. Sie alle kamen zur Totenwache und zur Beerdigung. Kein Einziger war ins Krankenhaus gekommen. Außer Froehmer. Der kam zu gar nichts.

Ich weiß nicht, ob mein Vater Freunde hatte. Er war kein umgänglicher Mensch. Er ging nicht gern unter Leute, er pflegte keine Hobbys. Wenn er eingeladen wurde (meistens von Froehmer), ging er mit zum Angeln oder Jagen, er selbst machte nie den ersten Schritt. Er muss manchmal ausgegangen sein, aber ich erinnere mich nicht. Auch nicht, dass er je irgendwen als »mein Freund« bezeichnet hätte. Er beschrieb Menschen immer durch ihre Tätigkeit oder ihren Arbeitsort. »Ustico, der Klempner« oder »Sweeney aus der Schulverwaltung«. Das allein zählte. Die Männer, die zu uns nach Hause kamen, die sich an seiner Leiche vorbeischoben, waren allesamt Geschäftspartner, Kollegen, Bekannte. Ich weiß nicht, ob er je in irgendwem etwas anderes gesehen hat als eine Person, mit der er zusammenarbeitete, für die er etwas erledigte oder die ihm Geld schuldete. Ich glaube nicht, dass auch nur ein Einziger sein Freund war. Ein Freund ist da, wenn man ihn braucht, ein Freund besucht einen im Krankenhaus. Ein Freund trägt auf deiner Beerdigung den Sarg. Oder taucht zumindest auf. Froehmer schickte Blumen. Und einen Umschlag.

Solange ich zurückdenken kann, war Froehmer immer da gewesen. Erst für meinen Vater, dann für mich. Ich verstand es nicht. Ich verstehe es immer noch nicht.

»Man weiß nie, wie jemand auf den Tod reagiert«, war Franks Meinung. »Manchmal handeln die Menschen nicht so, wie man es erwartet.«

»Du findest, ich sollte ihm verzeihen?«

»Das meine ich nicht«, sagte Frank. »Du solltest es in den Kontext des Verhaltens setzen, das du sonst von ihm kennst.«

Ich versuchte es. Froehmer würde noch mehr für mich tun, mehr noch als mein eigener Vater.

• • •

Was das Geld anging, behielt mein Vater recht. Es war weniger da, als ich gedacht hatte. Viel war für die medizinische Behandlung draufgegangen, das wusste ich, ein weiterer Teil für die Beerdigung. Vielleicht hatte er den Rest ausgegeben, vielleicht hatte er nie so viel genommen, wie alle glauben sollten. Oder vielleicht hatte er doch einen Weg gefunden, es mitzunehmen. Mir schien, es hätte mehr da sein müssen, aber dem war nicht so. Ich leerte sein Bankkonto und suchte das Haus nach weißen Umschlägen ab. Dann verließ ich die Stadt. Ich hatte nicht vor, mich noch einmal umzudrehen, und tat es auch nicht. Was ich zurückließ, holte mich auch so wieder ein.

Etwa ein Jahr später hatte ich einen hübschen Batzen Schulden und war drogensüchtig. Ich musste das Haus meines Vaters für etwa die Hälfte des Werts verkaufen und schnorrte und kratzte von Tag zu Tag gerade genug Kohle zusammen, um die Drogensucht am Laufen zu halten. Ich hatte keinen festen Wohnsitz, keinen Job, keine Zukunft und keine Sorgen. So war es nicht geplant gewesen – ich hatte gedacht, ich würde durch einen Neuanfang an einem anderen Ort ein besseres Leben haben –, aber am Ende war ich schlimmer dran als zuvor und kapierte es nicht mal. Es war mir scheißegal. Ich dachte, ich könnte jederzeit aufhören und würde nur nicht aufhören wollen. Sobald ich will, wird alles anders, dachte ich, aber gar nichts wurde anders. Dann rief Froehmer an. »Ich komme dich holen«, sagte er. Er fuhr runter und stöberte mich auf und brachte mich auf direktem Weg in eine Entzugsklinik.

»Das kann ich nicht«, sagte ich.

»Nicht allein«, sagte er.

»Ich meine, das kann ich mir nicht leisten.«

»Ist erledigt.«

Ich dachte mal, Froehmer hätte das für meinen Vater getan, manchmal denke ich immer noch, er hat es meinetwegen getan; und dann weiß ich wieder, dass er es nur für sich selbst getan hat. Ich war für ihn eine verlässliche Maschine, die kaputt war und repariert werden musste – wie ein zuverlässiger alter Trecker –, mehr nicht. Und die Reparatur war nicht billig. Froehmer mag es für mich getan haben, aber nicht ohne Bedingungen. In der Spalte neben meinem Namen stand meine Schuld.

7
DAS FEUER

»Wie gehts dem Mädchen?«, fragte Froehmer aus dem Blauen heraus.

Wir saßen im Diner und beendeten gerade unser Frühstück, und die Frage erwischte mich kalt. Er hatte sie lange nicht mehr gestellt. Es war jetzt vier oder fünf Jahre her, dass er mir aus der Patsche geholfen hatte, als ich es allein nicht schaffte, und er hatte mich lange nicht mehr daran erinnert. Ich dachte, wir wären quitt. Ich hatte gehofft, er würde nicht mehr daran denken.

»Ich weiß es nicht«, sagte ich. »Ich sehe sie kaum.«

»Du solltest dir mehr Mühe geben«, sagte er.

»Das ist Vergangenheit.«

Froehmer trank den letzten Schluck Kaffee und schüttelte missbilligend den Kopf. »Ein Mann sollte eine Beziehung zu seinen Kindern haben«, sagte er. »Du solltest dich um das Mädchen kümmern.«

Ich dachte, er spräche von Denise, nicht Eva. Ich nickte. »Ich gebe mir Mühe.«

»Denk an dich und deinen Vater«, sagte Froehmer. »Es kann so sein, oder es kann so sein wie bei uns damals, weißt du noch?«

Ich nickte.

»Du hast dich gefreut, wenn ich zu Besuch kam, oder?«

»Klar«, sagte ich.

»Eine Weile hatten wir uns aus den Augen verloren, aber danach gleich wieder angeknüpft. Du hast doch gewusst, dass wir uns wiedersehen würden, oder? Du hast gewusst, dass du dich melden kannst, wenn du Hilfe brauchst. So kann es auch mit dem Mädchen werden. Aber dafür musst du erst mal die Grundlage schaffen. Das tut ihr gut. Sie weiß dann, dass sie auf dich zählen kann, verstehst du?«

»Ich gebe mir Mühe.«

Froehmer stand auf, legte eine Sekunde lang seine Hand auf meine Schulter und ging. Er hatte recht, aber es war nicht so einfach. Es ist nie so einfach.

Ich stand im Korridor eines beschissenen Wohnblocks und wäre fast wieder gegangen. Ich könnte Denise eine Nachricht schreiben, dass was dazwischengekommen wäre. Ihr wäre es egal. Und Eva auch. Ich hatte das Kind hin und wieder gesehen, ich hatte mir Mühe gegeben, ich hatte das Richtige getan, aber das hier war was anderes. Denise wollte, dass ich Eva für mehrere Stunden nehme, nur sie und ich. Deswegen stand ich im Korridor und wollte kneifen. Aber ich tat es nicht. Ich klopfte an die Tür, und die beiden waren bereit.

»Ich hab mich schon gewundert«, sagte Denise.

»So verspätet bin ich doch gar nicht«, sagte ich.

»Spät genug«, sagte sie. »Ich hab was zu erledigen.«

»Okay.«

Sie umarmte Eva und schob sie mir dann hin. »Was habt ihr vor?«

»Ich dachte, wir gehen vielleicht in den Park«, sagte ich.

»Da geht sie gern hin. Stimmts, Süße?«

Eva nickte, und ich nahm ihre Hand und ging mit ihr zum Auto. Sie sah mir ähnlicher als noch bei unserer letzten Begegnung. »Dein Blut kannst du nicht verleugnen«, hatte mich mein Vater gern erinnert. Es machte mich nicht stolz. Ich hoffte nur, dass es irgendwann eine Kurskorrektur geben würde, je früher, desto besser für sie. Ich wollte der Welt keine zweite Version von mir antun. Am Aussehen konnte ich nichts ändern, aber vielleicht konnte ich auf andere Weise helfen. Deswegen war ich hier, oder?

»Wie läufts in der Schule?«, fragte ich sie.

Ich glaube, sie ging noch in den Kindergarten. Meine Versuche, ihr eine Antwort zu entlocken, fruchteten nicht. Sie schaute aus dem Fenster und gab einsilbige Antworten. Ich war nur jemand, der sie in den Park brachte. Dagegen hatte ich erst mal nichts. Ich erwartete nicht viel, ich wollte nicht viel, bloß eine Grundlage schaffen, wie Froehmer gesagt hatte. Der Park lag etwa eine halbe Meile entfernt. Wir kamen nie an.

Die Straße war von Cops und Feuerwehrleuten versperrt. Ein Haus brannte. Man sah die Flammen seitlich herausschlagen, aus einer Fensteröffnung im oberen Stock quoll schwarzer Rauch. Die Feuerwehr war gerade eingetroffen und arbeitete schnell und effizient daran, die Schläuche bereit zu machen und das Haus zu räumen. Ich legte den Rückwärtsgang ein und wollte wenden, aber Eva bestand darauf zu bleiben. »Ich will den Feuerwehrmännern zugucken«, sagte sie, ohne mich anzusehen. Sie war völlig fasziniert. Ich parkte am Straßenrand.

Eva stellte endlose Fragen. »Was machen die da? Warum machen die das? Was machen sie jetzt? Warum machen sie das? Warum sind sie ins Haus gelaufen? Warum stellen sie das Wasser nicht an?« Ich gab mir Mühe, bestmöglich zu antworten, und dachte, wenn eine Frage zur nächsten führt, habe ich alles richtig gemacht. Aber vielleicht waren Eva nicht die Antworten wichtig, sondern nur die Fragen. Das stimmte nicht.

»Wie hat das Feuer angefangen?«, fragte sie.

»Ich weiß es nicht. Die Feuerwehr wird es rausfinden.«

»Vielleicht hat jemand es angezündet«, sagte Eva.

»Vielleicht, aber vielleicht auch nicht. Wahrscheinlich war es ein Unfall.«

»Was für einer?«

»Jemand hat den Herd angelassen oder eine Kerze nicht ausgeblasen. Ich weiß es nicht. Feuer kann viele Ursachen haben.«

»Ja?«

»Klar«, sagte ich und überlegte es mir anders. »Aber meistens hat einfach jemand nicht aufgepasst oder was getan, das er nicht sollte.«

»Warum kommt keiner raus?«

»Ich glaube, es war niemand zu Hause.«

»Nehmen die Feuerwehrmänner Sachen mit?«

»Was meinst du damit?«

»Feuerwehrmänner nehmen Sachen aus Häusern mit.«

»Die löschen nur das Feuer.«

»Sie stehlen Dinge«, sagte Eva. »Das habe ich im Fernsehen gesehen. Wenn sie das Feuer gelöscht haben, nehmen sie Sachen mit.«

»Das bezweifle ich.«

»Ich habs gesehen«, sagte Eva. »Ich hab gesehen, dass sie Sachen mitgenommen haben. Guck hin. Du wirst sehen.«

Also saßen wir da und schauten der Feuerwehr zu, bis das Feuer gelöscht war, die Schläuche aufgerollt und auf den Wagen verstaut waren, die Ausrüstung verpackt und die Männer eingestiegen waren. Das Haus war verwüstet, und alles von Rauch und Wasser zerstört. Es war nichts mehr übrig, das sich hätte mitnehmen lassen. Vielleicht Kleinkram, Schmuck, Silber, Münzen. Ich dachte darüber nach. Stellte mir vor, dass sie sich ihre Jacken mit allem möglichen Zeug hätten vollstopfen können. Die Löschwagen fuhren ab. Das Haus war eine offene Wunde. Eva sagte nichts. Wir fuhren zum Park, aber Eva wollte nicht aussteigen.

»Würdest du in ein brennendes Haus reinlaufen?«, fragte sie.

»Nein«, sagte ich. »Nur wenn ich Feuerwehrmann wäre. Was ich nicht bin.«

»Und wenn ich da drin wäre?«

»Klar, dann würde ich reingehen. Ich würde reingehen und dich rausholen.«

»Du würdest aber nichts mitnehmen, oder? Würdest du mir irgendwas wegnehmen?«

»Das würde mir im Traum nicht einfallen. Ich würde dich holen und dich so schnell wie möglich vom Feuer wegbringen. So macht man das nämlich.«

»Und du würdest nicht die Feuerwehr rufen?«

»Doch, die müssten wir rufen«, sagte ich. »Die muss ja das Feuer löschen.«

»Ja«, sagte sie und dachte noch eine Weile darüber nach.

»Die wären nicht wie die, die du im Fernsehen gesehen hast«, sagte ich. »Die wären wie die, die wir heute gesehen haben. Die haben nichts weggenommen, stimmts?«

»Ich glaube nicht.«

»Außerdem wird dein Haus nicht in Brand geraten. Du passt gut auf.«

»Aber Mom nicht. Und ihre Freunde auch nicht. Die passen nicht auf.«

»Doch, bestimmt«, sagte ich. »Sag ihnen, dass sie aufpassen sollen.«

»Okay«, sagte Eva.

Es wurde Zeit, sie zu ihrer Mutter zurückzubringen. Auf der Fahrt dachte ich darüber nach, dass es fast so war, als hätte ich Eva mit zur Arbeit genommen. Wir hatten im Auto gesessen und ein Haus beobachtet. Sie war diejenige, die darüber nachgedacht hatte, es auszurauben. Das bekommt man dafür, wenn man sich Mühe gibt. Auf der Rückfahrt war sie still, an der Wohnungstür verabschiedete sie sich kaum von mir. Sie umarmte ihre Mutter und verschwand in irgendeinem Zimmer. Ich wurde nicht hereingebeten.

»Sie ist müde«, sagte Denise. »Ich sehe es ihr an. Du musst mit ihr durch den ganzen Park gerannt sein.«

»Wir sind nie angekommen«, sagte ich. »Sie wollte der Feuerwehr bei der Arbeit zugucken.«

»Das fand sie bestimmt aufregend.«

»Ja. Sie hatte eine Menge Fragen.«

»Sie hat immer eine Menge Fragen.«

»Sie wollte wissen, ob die Feuerwehrmänner das Haus plündern. Angeblich hat sie das im Fernsehen gesehen.«

Denise lachte. »Das hat sie tatsächlich im Fernsehen gesehen. Neulich bei den *Simpsons*.«

Ich lachte. »Sie hat behauptet, es wäre real.«

»Sie hat behauptet«, sagte Denise.

»Nicht so. Kein Vorwurf.«

»Ja, ich weiß, dass das eine Einbahnstraße für dich ist.«

Ich hätte nicht davon erzählen sollen. Jetzt waren wir in einem Moment gefangen, in dem wir nichts mehr sagen konnten. Ich dachte, ich hätte alles ganz gut gemacht, aber Denise war plötzlich nicht mehr so zufrieden. Scheiß drauf, dachte ich. Ich muss nicht nach ihrer Pfeife tanzen.

»Also dann«, sagte ich und ging und dachte den Rest des Abends darüber nach, dass ich Eva wiedersehen wollte.

• • •

Ich hatte Denise am Community College in einem Kurs kennengelernt, der reine Zeitverschwendung war. Ich hatte auf die Berufsschule gehen und was Sinnvolles lernen wollen, Elektriker oder so, aber mein Vater bestand darauf, dass ich studiere. »Mach ein paar Wirtschaftskurse, lerne, wie das System funktioniert«, sagte er. Das hätte er mir auch selbst beibringen können. Und zwar besser als die unterbezahlten, lustlosen, uninteressanten, uninspirierenden Lehrer, die in den kahlen Räumen des Community College vor sich hin nuschelten. »Bleib ein, zwei Jahre dabei«, sagte mein Vater. »Und wenn es nichts für dich ist und du nicht auf die Universität gehen willst, kannst du ein Handwerk lernen. Dann weißt du, wie man eine Firma führt, denn eins kann ich dir sagen, du wirst nicht für andere arbeiten wollen. Du wirst deine eigene Firma haben wollen. Wenn du diesen Weg einschlagen willst. Aber gib dem College eine Chance.« Da er dafür zahlte, konnte ich schlecht etwas sagen. Ich hockte im Unterricht und versuchte, mich zu konzentrieren.

Wir waren noch nicht mal in der zweiten Woche, als sie sich zu mir rüberbeugte und sagte: »Bin ich blöd, oder ist dieser Kurs grauenhaft?«

»Der Typ ist brillant«, sagte ich. »Deswegen unterrichtet er hier, anstatt irgendeine Fortune-500-Firma zu leiten. Er ist ein Genie, wir sind die Idioten.«

Ein paar Wochen lang redeten wir so weiter. Sie flüsterte mir im Unterricht irgendwas zu, ich versuchte, mir eine witzige Antwort einfallen zu lassen. Sie war ganz nett. Ich wusste kaum mehr von ihr, als dass sie den Kurs genauso beschissen fand wie ich. Ehrlich gesagt dachte ich nicht weiter an sie, aber dann sagte sie eines Tages: »Ich gebe Samstag eine Party, falls du kommen willst.«

»Klar«, sagte ich.

»Sei um acht da«, sagte sie. »Das reicht.«

»Okay.«

Also stand ich Samstagabend um acht in ihrer Wohnung und war der einzige Gast. Nur sie und ich.

»Wie viele Leute braucht man schon für eine Party«, sagte sie und schenkte Wein ein. »Ich wusste nicht, was du sagen würdest, wenn ich dich um ein Date bitte, also dachte ich, mal sehen, ob du zu einer Party kommst. Alles entspannt. Wenn du willst, kannst du gehen.«

Natürlich ging ich nicht. Die Tür stand offen, ich ging nicht durch. Stattdessen saß ich dort, wo sie mich hinsetzte, trank den

Wein, den sie mir einschenkte, und beantwortete ihre Fragen. Ich erzählte, mein Vater würde im Rathaus arbeiten, mehr nicht.

»Ah ja«, sagte sie. »Der Bürgermeister.«

»Genau«, sagte ich. »Ich bin der Sohn vom Bürgermeister. Das vergesse ich immer.«

Da ich ahnte, dass sie als Nächstes nach meiner Mutter fragen würde, kam ich ihr zuvor und erzählte, was passiert war.

»Meine Mutter versaut jede Party«, sagte ich, aber sie lachte nicht.

»Meine Eltern haben sich scheiden lassen, als ich etwa im selben Alter war«, sagte sie, »und ich habe mich immer noch nicht daran gewöhnt.«

»Vielleicht, weil beide noch da sind«, sagte ich.

»Meine Mom ist hier, mein Vater ist lange weg«, sagte sie. »In Kalifornien oder Korea, keine Ahnung.«

• • •

»College ist schlimmer als Highschool, findest du nicht auch?«, sagte sie.

»Kann ich dich was fragen«, sagte ich, »aber es wird unverschämter klingen, als es gemeint ist.«

»Okay«, sagte sie unsicher.

»Bist du bei allem so negativ oder nur, was das Community College angeht?«

Sie lachte. »Ich rede von nichts anderem, stimmts? Ich kenne dich noch nicht gut genug, um über was anderes zu reden. Ich bin kein negativer Mensch. Glaube ich jedenfalls. Ich bin nur enttäuscht von den Kursen, die ich belegt habe.«

»Was würdest du denn lieber machen?«

Sie wusste es nicht. »Ich habe noch Zeit, das rauszufinden. Was ist mit dir?«

»Ich wollte ein Handwerk lernen«, sagte ich. »Elektriker werden, meinen eigenen Betrieb haben. Ich dachte, mein Vater würde mir helfen, damit ich Aufträge bekomme und mich etablieren kann. Mir wärs lieber, er würde mir das Geld, das er fürs College ausgibt, einfach geben und mich machen lassen, was ich will.«

»Wer ist dein Vater?«

Ich sagte es ihr, sie nickte.

Bei unserem nächsten Treffen sagte sie: »Ich habe mit meiner Mutter über dich und deinen Dad geredet.«

»Was hat sie gesagt?«, fragte ich.

»Sie meint, dein Vater ist ein Gauner.«

»Ein Schreibtischgauner«, sagte ich. Darüber lachte sie.

»Ich hab gesagt, so ein großer Gauner kann er ja nicht sein, wenn er dir nichts von seinem Schmiergeld abgibt, sondern dich zwingt, aufs College zu gehen.«

»Er will, dass ich anständig lebe«, sagte ich.

»Wo bleibt da der Spaß?«, sagte sie.

So redeten wir meistens, mehr oder weniger. So redeten wir ein paar Monate lang weiter, und dann redeten wir kaum noch. Sie war schwanger und wollte nicht darüber reden. Sie verließ das College und wollte nicht darüber reden. Ich musste sie Monate später anrufen, um mich nach dem Baby zu erkundigen. Ich musste nach dem Namen fragen.

»Eva«, sagte sie, das war alles.

»Ich will helfen«, sagte ich. Sie wollte meine Hilfe nicht. Ich verließ das College, arbeitete auf Baustellen – den Job hatte mir mein Vater verschafft – und versuchte, ein bisschen Geld für sie zu verdienen. Ich wollte nicht darüber reden.

Unter den Bauarbeitern machten Drogen die Runde. Ohne Drogen hätten manche den Tag nicht überstanden, und ohne das Gegenmittel die Nacht nicht. Pillen wurden ge- und verkauft und eingeworfen wie Bonbons. Einer der Jungs nannte sie »Raufputscher« und »Runterputscher«. Erstere habe ich nie gebraucht, zweitere gefielen mir. Ich erinnere mich an das erste Mal, ich saß mit einigen Kollegen in einer Bar, zusammen mit ein paar Frauen, die irgendwer angeschleppt hatte, und es war, als würde ein Schalter umgelegt werden, das letzte Puzzleteil am Platz. Eine Antwort, auf die ich gewartet hatte. Ich konnte eine Zeit lang ein anderer sein, mal nicht ich. Wer immer ich war, was immer sonst ich fühlte oder dachte, all das Chaos und die Zweifel und Unsicherheiten waren weg, waren woanders, nur noch schwache Schatten in der Ferne. Mit ein, zwei Pillen konnte ich ein anderer sein. So einfach war das.

Ich hatte vorher kaum Drogen genommen, überhaupt wenig konsumiert, außer mit Denise, bevor sie schwanger wurde, meine ich. Wir trafen uns, tranken Wein, warfen ein paar Pillen ein, und alles war gut. Worüber soll man auch reden, wenn alles leicht vor sich hin fließt und alles andere weit weg und vergessen ist? Drogen lösen nichts, sie lassen es nur so aussehen, als wäre alles gelöst. Manchmal ist das genug. Manchmal ist das mehr als genug.

Wir haben uns viermal abgeschossen und sind viermal zusammen im Bett gelandet. Sie hatte Kondome in der Nachttischschublade liegen. Ich wusste, dass die nicht hundertprozentig sicher waren, aber zuerst war ich nicht sicher, ob das Kind von mir war. Sie hatte die Schachtel nicht nur für mich gekauft.

»Du bist der Einzige«, sagte sie.

Später fand ich heraus, dass das nicht stimmte, aber es änderte die Mathematik nicht.

»Bist du bereit dazu?«, fragte ich.

»Ich bin bereit«, sagte sie.

»Du musst das nicht durchziehen.«

»Ich kann nicht abtreiben«, sagte sie. »Ich bin katholisch.«

Nicht katholisch genug, dachte ich, um bis zur Hochzeit keusch zu bleiben.

»Ich erwarte nichts«, sagte sie. »Ich will dich nicht heiraten, falls du das denkst. Dazu bin ich nicht bereit.«

Wir waren nicht verliebt, wir waren uns nicht mal besonders nah. Wir hingen zusammen ab und verbrachten ein paar gemeinsame Nächte, und dann wurde sie schwanger, weil eben nichts hundertprozentig sicher ist.

Frank sagte: »Aber das wusstest du, als du dich darauf eingelassen hast. Du warst nicht gut vorbereitet, du hast dein Risiko nicht ausgeglichen.«

Doch, hatte ich, schließlich konnte ich mich einfach aus dem Staub machen und ihr alles überlassen. Mit Denise und mir war es vorbei. Es war alles ein Riesenfehler gewesen, aber es ging nicht um sie. Es ging um das Kind. Ich fand, ich müsste einen Beitrag leisten. Denise versuchte, mich vom Haken zu lassen. Aber ich biss mich daran fest, zumindest am Anfang.

»Ich muss nicht mehr sein als der Vater des Kindes«, sagte ich. »Aber lass mich zumindest das sein.«

Wenn Zahltag war, brachte ich ihr Geld und verbrachte Zeit mit dem Baby, aber es dauerte nicht lange, und dann lernte sie diesen anderen Typen kennen. Ich habe ihn nie getroffen, sie hat nie von ihm geredet. Ich wusste einfach, dass es vorbei war.

»Ich will, dass du nicht mehr vorbeikommst«, sagte sie.

Ich wusste, dass sie Drogen nahm. Der neue Typ hatte sie auf härtere Sachen gebracht. Sie erklärte, dass mich das nichts anginge. Wir bekamen uns ein paarmal in die Haare, und sie rief die Cops. Es reichte für ein Kontaktverbot. Sie blies es zu mehr auf, als es war. Aber ich mache ihr keinen Vorwurf.

Mir ist klar, dass ich für den Großteil der schlechten Dinge in ihrem Leben verantwortlich bin. Ich bin sicher, könnte sie alles noch einmal machen, würde sie sich im College nicht zu mir rüberbeugen und mich ansprechen. Man weiß nie, was kommt. Ich habe ihr gegenüber ein schlechtes Gewissen. Aber ich will auch das hier sagen: Ich wollte Teil ihres Lebens sein, für sie und das Baby da sein. Sie wollte das nicht und dachte, sie würde was Besseres als mich kriegen. Hätte sie auch. Mit Leichtigkeit. Hat sie aber nicht. Und das war ein Problem, das mir angehängt wurde, und dann wurde mir gerichtlich auferlegt, mich fernzuhalten. In dem Moment rief ich Froehmer an. Und eine Zeit lang war ich fertig mit ihr, aber am Ende führte alles zu ihr zurück, zurück zu Eva, in dem Versuch, etwas wiedergutzumachen, etwas auszugleichen.

8
DIE ZIEGE

Egal wie gut man sich vorbereitet, das Unerwartete lässt sich nicht vorhersehen. »Ich sage ja nicht, dass man es eliminieren kann, aber man kann die Folgen minimieren«, argumentierte Frank. Und ich mag ihn wegen seiner Vorbereitungen, seiner Vorsichtsmaßnahmen, seines Aberglaubens auf die Schippe nehmen, aber Franks wahres Talent tritt zutage, wenn es mal nicht nach Plan läuft. Der Job ist leicht, sage ich immer, schwer ist das, was drumherum passiert. Der Job war leicht, wenn man darunter versteht, dass wir das mitgenommen haben, was wir holen sollten. Wenn man darunter aber versteht, das Diebesgut dem Mann zu bringen, der einen angeheuert hat, tja, das ist die eigentliche Geschichte hier. Da wird das Ganze nämlich schwierig.

»Wir sollten noch einen Tag warten«, sagte Frank.

Ich wollte erwidern, dass wir den Job gestern schon hätten erledigen sollen. Stattdessen erwiderte ich, dass alles gut gehen würde. »Morgen ist ein neuer Tag. Von dem wir nichts wissen. Wir kennen nur das Heute. Alle sind weg. Das Haus ist leer. Ich bin in fünf Minuten wieder draußen. Höchstens.«

Frank war nicht überzeugt. Er vertraute mir und wusste, dass ich recht hatte, aber da er die Vorbereitungen nicht selbst getroffen hatte, war er nicht hundertprozentig sicher. Er hatte nicht alles so vorbereitet wie sonst. Er hatte sich nicht jede Verzahnung angesehen und herausgefunden, wie die ganze Maschine funktionierte. Wir waren schon einmal in dieser Situation gewesen. Frank und sein Aberglaube. Er brauchte nur ein wenig mehr Zeit. Wir saßen im Auto und warteten. Das Haus lag verlassen vor uns. Wir beobachteten es noch etwas länger. Wir sahen die Nachbarn gehen, der ganze Wohnblock schien sich zu leeren, die Kinder gingen zur Schule, die Eltern zur Arbeit. Wir hätten wahrscheinlich alles mitgehen lassen können. Wir hätten mit einem Lkw herkommen sollen, dachte ich. Aber so lief es nicht. Wir waren nicht auf anderer Leute Sachen aus. Wir wollten nur ein einziges Ding, und ich wusste, was und wo es war. Frank scannte noch einmal das Haus ab, nur um zu sehen, ob sich irgendwas verändert hatte. Nein, nichts. Er würde das noch ein paarmal machen, bis zu dem Moment, in dem ich reinging. Wir sahen den Mann und den Jungen das Haus verlassen, dann die Frau. Wäre Frank gestern hier gewesen, wäre ich ihr gefolgt. Hätten wir mehr Zeit, wären wir auch dem Jungen und dem Mann gefolgt. Wir hätten gewusst, wo der Mann arbeitet und wo die Frau, und sogar rausgefunden, auf welche Schule der Junge ging. Kurz bevor ich reingegangen wäre, hätten wir die Büros angerufen. Nur um sicherzugehen, dass alle dort waren, wo sie sein sollten. Nur damit Frank sicher war.

• • •

Als Frank endlich bereit war, war es fast Mittag. Wir hatten noch nicht mal aus dem Hotel ausgecheckt. Frank rief an und erkundigte sich, ob wir später auschecken konnten. Nach kurzer Diskussion buchte er für eine weitere Nacht. »Wir sollten heute zurückfahren«, sagte ich. »Sobald ich da raus bin.«

»Lass uns bleiben«, sagte Frank. »Wir müssen das Zimmer sowieso bezahlen, ob wir bleiben oder nicht.«

Das war unser erster Fehler. Wir hätten das Hotel vor Stunden verlassen sollen. Was uns erst einfiel, als wir schon stundenlang im Wagen gehockt hatten. Es gab keinen Grund, sich so viel Zeit zu lassen. Na ja, schon, aber ich mache Frank keinen Vorwurf. Alles hängt an jenem Moment, als ich ihn von dem Pferd wegholte. Das hat alles in Gang gebracht, damit ist das Zahnrad in der Maschine eingerastet, und daran bin ich schuld. Ihr seht, welche Folgen eine einzige Entscheidung haben kann.

»Wir kommen noch rechtzeitig nach Hause.« Franks Versuch, mich zu beschwichtigen. »Wann hat Froehmer gesagt?«

»Am Vormittag«, sagte ich. Froehmer hatte keine genaue Zeit genannt.

»Er kann auch mal ein bisschen warten«, sagte Frank, und dann: »Wir werden da sein. Wir kommen rechtzeitig zurück. Froehmer wird kriegen, was er will. Wie immer.«

Ich entschied, dass ich nicht länger warten konnte. »Ich gehe rein«, sagte ich, »wenn du nichts dagegen hast.«

»Ich weiß ja nicht, warum du nicht schon längst wieder draußen bist«, sagte Frank.

Die Straße war menschenleer, hinter den Fenstern waren keine Nachbarn zu sehen. Ich stieg aus und ging um das Haus herum, direkt zu dem Fenster, das ich mir am Tag zuvor ausgesucht hatte. Ich sah die kleine Kamera am Hintereingang, über der Tür. Sie war alt und wahrscheinlich seit Jahren außer Betrieb. Im Fenster der Tür hing der Aufkleber einer Sicherheitsfirma, blau mit weißen Initialen. Sobald sie sich sicher fühlen, werden sie nachlässig. Wahrscheinlich eine sichere Gegend.

Ich brach das Fliegengitter aus dem Fensterrahmen, natürlich war das Fenster dahinter unverschlossen, genau wie gestern. Ich schob es auf, kletterte in die Küche, durchquerte sie, dann das Esszimmer und warf einen Blick ins Wohnzimmer. Am Ende des Flurs lag ein kleines Arbeitszimmer mit einem Schreibtisch, einem kleinen Sofa an der Wand und einigen Bücherregalen mit Familienfotos und anderem Mist. Ein kurzer Blick, schon hatte ich entdeckt, was wir holen sollten, direkt vor mir. Ein Kinderspiel.

Es handelte sich um die kleine Statue einer Ziege, eine billige silberne Tiertrophäe mit eingravierten römischen Zahlen und Initialen, eine Abkürzung für irgendetwas. Ehrlich gesagt schaute ich nicht so genau hin, es war mir egal. Ich war hier, um das Ding zu holen, also griff ich zu, steckte es in meine Umhängetasche und trat den Rückweg an. Ich kletterte wieder aus dem Fenster, setzte das Fliegengitter ein und spazierte um die nächste Ecke, wo Frank auf mich wartete.

Ich gab ihm die Tasche, damit er sich das Ding ansehen konnte.

»Nicht viel wert«, sagte ich. »Jedenfalls nicht viel Geld wert.«

»Die Dinge, die keinen Wert haben, sind am wertvollsten«, sagte Frank, als wäre er ein weiser Mann auf irgendeinem Scheißberg.

»Das hab ich mal in einem Glückskeks gelesen«, scherzte er, aber er hatte es früher schon mal gesagt, es war etwas, an das er glaubte.

»Machst du dir Sorgen deswegen?«

»Noch nicht«, sagte Frank, »aber ich arbeite daran.«

Wir fuhren zum Hotel zurück, und Frank begann zu grübeln. Wir würden es nicht rechtzeitig zurückschaffen. Fast wären wir gar nicht zurückgekommen.

• • •

»Etwas, das Wert hat, kann ersetzt werden«, hatte er gesagt. »Ein Haus, ein Auto, Geld. Fast alles, das man kaufen kann, kann man auch noch mal kaufen. Aber die Dinge von sentimentalem Wert, Familienstücke, Sachen von deiner Ex-Freundin, die erste Zeichnung deines Kindes, Dinge, die nur dir etwas bedeuten, die sind die wertvollsten. Überleg mal. Wenn du nur ein Ding auf der ganzen Welt mitnehmen könntest, was wäre das?«

Frank war in materiellen Dingen wenig sentimental. Im Laufe der Jahre bin wohl auch ich weniger sentimental geworden, aber ich glaube, ich weiß, was Frank gerettet hätte. Wenn er nur einen Gegenstand mitnehmen könnte, wäre das vermutlich ein Buch.

Vielleicht Platos *Politeia*. Aber das stimmt nicht. Ein Buch lässt sich ersetzen. Nein, er würde etwas mitnehmen, das ihm nicht gehört. Er würde meine Jacke mitnehmen. Die war sowieso ein Geschenk von ihm. Eine alte schwarze Lederjacke, die ich fast das ganze Jahr über trug. Die würde er mitnehmen. Wahrscheinlich, damit er sie mir wiedergeben konnte. Meine Antwort kannte er schon. Eine Geldklammer, die ich immer bei mir trug. Ich hatte sie von meinem Vater bekommen. Er hatte sie von seinem Vater bekommen. Es waren Initialen eingraviert. Die Klammer war zerkratzt und verbogen und nicht mehr wert als der Edelstahl, aus dem sie gemacht war, aber sie war das Wichtigste, das ich besaß. Mein Vater hatte sie mir an dem Tag gegeben, an dem ich meinen ersten Lohnscheck einlöste, und seither habe ich sie jeden Tag bei mir getragen.

»Was würdest du tun, wenn dir die jemand wegnähme?«, fragte Frank.

»Was immer nötig ist, um sie wiederzubekommen. Aber das hier ist was anderes. Oder was meinst du?«

• • •

Frank öffnete die Umhängetasche, betrachtete die kleine silberne Ziegenstatue und stellte sie zwischen uns auf den Sitz. »Tja, für irgendwen ist sie wertvoll genug, um sie stehlen zu lassen. Was bedeutet, jemand weiß mehr darüber als wir.« Was Frank nicht gefiel, niemals. »Das ist nicht gut«, sagte er. »Das bedeutet Ärger.«

»Wir geben sie Froehmer, dann ist es sein Ärger.« Ich ließ die Statue zurück in die Tasche gleiten und stellte sie auf die Rückbank. »Dann gibts keinen Ärger. Jedenfalls nicht für uns.«

Frank nickte, war aber nicht überzeugt. Und der Ärger, der dann kam, bewies, dass ich mich geirrt hatte.

• • •

Wir waren etwa vier Blocks vom Haus entfernt und mitten auf einer Kreuzung, als ich aus dem linken Augenwinkel ein Auto das Stoppschild ignorieren und direkt auf uns zufahren sah. Frank bemerkte es ebenfalls und trat aufs Gas, aber es war zu spät. Das Auto rammte unseren Hinterreifen und schob uns quer über die Straße. Sekunden später war alles vorbei.

»Bist du okay?«, fragte Frank, als wir zum Stehen kamen.

»Ja, alles okay.«

»Bleib hier«, sagte Frank, stieg aus und ging zu dem Wagen, der uns gerammt hatte. Ich schaute über meine Schulter, sah aber nicht viel, außer dem Airbag in dem anderen Auto und Frank, der an der Fahrertür stand. Nach ein paar Sekunden war er wieder da, beugte sich in den Wagen und sagte mir, was ich tun sollte.

»Nimm unsere Sachen und hau ab, wir treffen uns im Hotel.« Er sah sich um. Noch waren keine Gaffer da. »Los«, sagte er. »Ich hab das hier im Griff.«

Ich nahm unsere zwei Taschen und ging, ohne genau zu wissen, wohin oder wie ich zum Hotel zurückkommen würde. Ich überlegte nicht. Ich dachte nicht richtig nach und lief unbewusst in die Richtung, aus der wir gerade gekommen waren, in die Straße mit dem Haus hinein. Ich drehte um und lief weiter. Sirenen näherten sich. Frank würde sich um alles kümmern. Ich musste nur zum Hotel zurückkommen.

Nach gut zwanzig Minuten fand ich ein Taxi. Als ich im Hotelzimmer ankam, hatte Frank schon eine Nachricht geschickt. *»Hinterreifen/Achse am Mietauto kaputt. Warte auf Abschleppwagen. Sonst alles gut.«*

Aus alter Gewohnheit legte ich die Tasche mit der Trophäe in den Safe. Ich packte unsere Sachen zusammen, stellte sie in den Schrank und schloss die Tür. Dann schickte ich Froehmer eine Nachricht. *»Haben es. Probleme mit dem Wagen. Sage schnellstmöglich Bescheid.«* Ich sah, dass er die Nachricht gelesen hatte, dann wurde sie gelöscht. Ich setzte mich mit dem Handy in einen Sessel und wartete. Eine Stunde lang. Noch eine Stunde lang. Ich versuchte, es wie Frank zu machen und alles genau zu durchdenken, von dem Moment, in dem ich wieder in den Wagen gestiegen war, über den Unfall bis hin zu meiner Rückkehr ins Hotel. Ich versuchte, herauszufiltern, was ich wusste, und alles andere zu vergessen. Ich versuchte, nicht an die Cops zu denken, an den anderen Fahrer, an alles, was jetzt noch schiefgehen könnte. Frank war gegen den Mietwagen gewesen, er hatte nicht verstanden, warum Froehmer darauf pochte, auch wenn er unter anderem Namen gemietet worden war. Alles war unter anderen Namen gelaufen, das Hotel, das Auto, der Führerschein. Darauf bestand Frank immer. »Weißt du, warum sie Timothy McVeigh geschnappt haben?«, hatte er mich belehrt. »Weil ein Kennzeichen an seinem Fluchtwagen fehlte. Ein übersehenes Detail, und alles war vorbei.« Es gab keinen Grund zur Sorge, redete ich mir ein. Schlimmstenfalls hatten wir eine kleine Statue gestohlen, aber keine Bundesbehörde in die Luft gejagt. Außerdem war Frank nicht so dumm wie Timothy McVeigh. Dennoch versuchte ich, nicht daran zu denken, dass Frank vielleicht in Schwierigkeiten steckte und ich ihm nicht helfen konnte. Es gibt keinen Ärger, sagte ich mir immer wieder.

Endlich kam eine Nachricht von Frank. »Keine Autos mehr da. Nichts. Hab Nase voll vom Warten. Bis gleich.«

Ich ertrug das Zimmer nicht länger, ging raus, stand in der Nähe des Hotels auf der Straße, musterte die Passanten und hielt nach Taxis Ausschau. Es war später Nachmittag. Ich schrieb Froehmer. *Alles gut. Mietwagen liegen geblieben. Kein Auto bis morgen.* Froehmer antwortete. *Kein Problem. Bis dann.* Jetzt war alles in Ordnung. Wir würden morgen zurückfahren, Froehmer das Ding geben, unser Geld bekommen und auf den nächsten Auftrag warten. Das war ein kleiner Zwischenfall, mehr nicht. Ein Typ, der ein Stoppschild übersehen hatte. Wir waren unverletzt. Es hatte nichts zu bedeuten. Ich würde dafür sorgen, dass Frank wusste, dass es nichts zu bedeuten hatte. Wir konnten noch viele solcher Jobs machen, dachte ich; wir würden in irgendeine Stadt fahren, holen, was Froehmer haben wollte, und nach Hause zurückkehren. So konnte es ewig weitergehen. Leicht verdientes Geld. So dachte ich. Ich denke zu viel oder nicht genug und gerade genug, um falschzuliegen.

Ich sah Frank nie aus einem Taxi steigen. Er stand einfach plötzlich vor mir auf dem Gehweg. »Alles in Ordnung?«, fragte er.

»Bei mir schon«, sagte ich. »Und bei dir?«

Er zuckte die Achseln. »Wir haben, was wir holen sollten. Wir können abhauen, irgendwo anders einen Wagen mieten, den Bus nehmen. Wir können nach Hause fahren.«

»Lass uns bleiben«, sagte ich. Das Hotelzimmer war bezahlt, Froehmer wusste Bescheid, und ich war nicht scharf darauf, mich wieder in einen Wagen zu setzen. Ich war immer noch mitgenommen. Frank war einverstanden. Der Mann, der einen Tag lang über ein totes Pferd hatte nachdenken müssen, war jetzt völlig unbekümmert. Für ihn war der Job erledigt.

»Lass uns was essen gehen«, sagte Frank.

Wir liefen durch die Straßen, bis wir etwas Passendes fanden. »Falls Froehmer ein Problem hat«, sagte Frank, »sag ihm, es war meine Schuld.«

»Ein Autofahrer hat uns gerammt. Das ist nicht deine Schuld. Wer war der Fahrer eigentlich? Ich hab ihn nicht gesehen.«

»Ein Teenager«, erwiderte Frank. »Am Handy.«

»Die Cops?«

»Waren mehr an ihm als an mir interessiert.«

»Der Fahrer hat nichts von mir gesagt?«

»Nichts. Hat dich wahrscheinlich gar nicht gesehen. Er wusste nicht genau, was eigentlich passiert war, hat den Cops aber sofort gesagt, dass er am Handy gewesen war. Danach haben sie mir so wenig Aufmerksamkeit geschenkt, dass ich auch im Streifenwagen hätte wegfahren können.«

»Da haben wir wohl Glück gehabt«, sagte ich.

»Aber ich habe ihn gesehen«, sagte Frank.

»Ich weiß. Ich hab gemerkt, dass du aufs Gas getreten bist.«

»Ich habe ihn nicht früh genug gesehen.« Das beschäftigte ihn.

»Es ist meine Schuld«, sagte er.

»Fifty-fifty, wie immer.«

Frank sah auf seine Uhr. »Wir könnten immer noch heute Abend nach Hause fahren.«

»Alles gut«, sagte ich. »Wir fahren gleich morgen früh.«

Als wir wieder im Hotelzimmer waren, las Frank ein Buch, das er mitgebracht hatte. Ich daddelte erst irgendein Spiel auf meinem Handy, dann griff ich zu einem von Franks Büchern. Ich weiß nicht mehr, wie es hieß oder worum es ging. Ich dachte an etwas, das mein Vater mir im Krankenhaus gesagt hatte.

»Letzten Endes«, hatte er gesagt, »ist den Leuten egal, wie es für dich ausgeht. Ich meine, manche sind vielleicht froh, andere vielleicht sauer oder neidisch oder was auch immer. Aber prinzipiell ist es ihnen egal. Sie denken nur an sich. Und wenn es ihnen egal ist, wenn es überhaupt egal ist, warum sich dann an die Regeln halten? Wenn es ihnen egal ist, warum sollte es uns wichtig sein?«

Ich weiß nicht, wieso mir das in den Sinn kam. Bei anderer Gelegenheit hätte ich mit Frank darüber gesprochen. Das war genau die Art Gespräch, die ihm gefiel. Ich sagte nichts. Frank war woanders, in seiner Lektüre versunken. Ich konnte mich nicht konzentrieren. Meine Gedanken hingen an irgendetwas fest, an einem Schatten von etwas, das mein Vater mir gesagt hatte. Ich dachte, vielleicht bin ich der Einzige, dem es nicht egal ist, und wollte es nicht glauben. Ich wollte zur Abwechslung mal selbst drauf kommen, meine eigenen Entscheidungen treffen. Ich schlief ein, bevor es so weit war.

9
DAS AUTO

Ich wette, dass wir bei unseren Aufträgen bestimmt neunzig Prozent unserer Zeit im Auto hocken. Wahrscheinlich verbringen wir mehr Zeit im Auto als sonst irgendwo, unsere Wohnung eingeschlossen. Am Anfang hatte ich einen Pickup-Truck, den mein Vater mir gekauft hatte, dann, als ich Baustellen abräumte, einen Van, der aber für das, was wir jetzt machen, nicht geeignet wäre. Viel zu auffällig, um damit stundenlang irgendwo rumzustehen. Außerdem hatte ich vor dem Entzug alles verloren. Für den Neuanfang, das wusste ich, würden wir etwas Unauffälliges brauchen. Eigentlich hatten Frank und ich gar keine Lust gehabt, Geld für ein Auto auszugeben, aber wir fanden uns damit ab und besorgten uns einen Wagen, der nirgendwo auffällt, der allgegenwärtig ist, einen unscheinbaren Honda Civic. Frank hatte die Scheiben getönt, sodass wir unbemerkt und ungestört darin sitzen können. Wir sitzen und beobachten stundenlang, manchmal verbringen wir ganze Tage im Wagen. Wenn nötig, essen und schlafen wir darin. Aber meistens sitzen wir schweigend da und beobachten. Frank weiß, wann man schweigen und wann sprechen muss, um die Monotonie zu unterbrechen, um das Gehirn in Gang zu halten, um das zu besprechen, was besprochen werden muss.

»Ich kann das hier nicht ewig machen«, sagte Frank. Wir führten dieses Gespräch immer dann, wenn Frank besonders angeödet war, es satthatte, schon wieder tagelang im Auto zu hocken oder auf einen Anruf von Froehmer oder sonst irgendwem zu warten, unserer Routine überdrüssig war, wie man des Alltags eben überdrüssig wird. »Ich kann das nicht«, sagte er. »Nicht auf Dauer.«

»Niemand zwingt dich.«

»Hast du Pläne für uns?«

Wir wissen beide, dass ich nicht der Typ für Pläne bin. »Was würdest du stattdessen machen wollen?«

»Vielleicht wieder unterrichten. Noch mal nach Italien fahren. Wir könnten in Italien leben. Wir könnten überall leben. Ich weiß es nicht. Wenn ich es wüsste, würde ich es tun, anstatt darüber zu reden. Aber ich weiß, dass wir einen Plan brauchen. Eines Tages wird das hier vorbei sein, so oder so.«

Natürlich hatte Frank recht, aber ihm standen auch Optionen offen. Er konnte wieder unterrichten, er konnte alles Mögliche tun. Aber ich? Ich hatte nie was anderes gemacht. Und war für nichts anderes qualifiziert, nicht für richtige Jobs. Wenn ich noch mal von vorn anfangen könnte, würde ich das College beenden und keine Scheiße bauen. Das konnte ich Frank nicht sagen. Solchen Mist hören sie in der Therapie nicht gern, man soll nach vorn schauen. Morgen wird besser als heute, so lautet der Glaubensspruch, den man verinnerlichen soll. Glaubt mir, ich bin alles andere als überzeugt, dass morgen wirklich besser wird als heute, aber ich weiß, dass die Vergangenheit es hätte sein können. Ich weiß, dass ich sie immer in mir trage. Was ich damals getan habe, hat mich dahin geführt, wo ich heute bin. Und ich will mich nicht beschweren – mein Leben ist besser, als es je war –, aber ich weiß auch, dass ich aus meinen Umständen das Beste mache. Meine Optionen sind sehr begrenzt.

»Was würdest du tun, wenn nicht das hier?«, fragte Frank.

»Wahrscheinlich rumsitzen wie meistens«, erwiderte ich. Ich konnte nicht ewig so weitermachen, aber ich konnte gut rumsitzen und nichts machen, vor allem an einem sonnigen Plätzchen irgendwo am Wasser. »Italien war toll, stimmts? Und wenn ich mich recht erinnere, war da nicht ich derjenige, der Ärger bekommen hat«, sagte ich.

»Das war ganz und gar nicht das Gleiche«, sagte Frank. »Wie du genau weißt. Wir sollten noch mal hinfahren. Ich zeige es dir.«

»Alles, was du willst, aber bitte nicht in einem verdammten Civic.«

»In Italien gibts keine Civics«, sagte Frank. »Jedenfalls nicht solche wie den hier.«

10
DIE ARMBANDUHR

Vor ein paar Jahren waren wir nach Italien gefahren und hatten eine Woche an der Amalfiküste verbracht. An einem Ort, von dem John Steinbeck einst gesagt hatte, er sollte nicht von mehr als fünfhundert Menschen gleichzeitig besucht werden, sonst wäre er verdorben. Jetzt waren vermutlich zwanzigmal so viele da. Auf den engen, in die steilen Felsen hineingefrästen Straßen drängten sich Reisebusse, Autos, Motorräder, Vespas, Fahrräder, alles, was Räder hatte, und bewegten sich nur in jähen, kurzen Sätzen weiter. Die Gehwege waren voller Menschen, die in alle möglichen Richtungen schoben oder, schlimmer noch, stehen blieben, Selfie um Selfie schossen und allen anderen den Weg versperrten. Es war überfüllt und chaotisch und unverdorben. Anscheinend konnte nichts die dem Ort innewohnende Ruhe untergraben; stille Gebäude, die an steilen Hängen klebten – einige waren Hunderte von Jahren alt und hatten die eine oder andere Armee überstanden –, Boote, die in der Bucht dümpelten wie schon seit Jahrhunderten, die blaue Ruhe des unendlichen Meeres, das an die Küste und in die Luft hinein und über die Hügel hinwegzurauschen schien und immer weiter in den stillen blauen Himmel hinein. All das konnte nicht verdorben werden, obwohl die Menschen sich alle Mühe gaben.

Wir hielten uns fern von all dem Chaos und den Menschen und wohnten in einem nach Neptun benannten Hotel, weit über den hell getünchten Häusern, der Kirche mit der Majolika-Kuppel, dem schmalen Sandstrand und dem Tyrrhenischen Meer gelegen. Morgens frühstückten wir im Hotel, liefen dann die etwa zweihundert Stufen zum Strand hinunter und setzten uns in die Sonne oder unter einen orangeblauen Sonnenschirm. Wenn es Zeit zum Mittagessen war, stiegen wir hoch zum Hotel, duschten und gingen irgendwo essen. Dann zurück ins Hotel, wo wir am Pool saßen, bis es Zeit für ein Nickerchen war oder die Hitze unerträglich wurde. Frank war der Pool lieber, mir der Strand. Ich wollte den Wellen zuschauen. Ich war weiß wie Papier und wäre wahrscheinlich zu Asche verbrannt, wäre Frank nicht gewesen. Das ist wahrscheinlich etwas übertrieben ausgedrückt, aber mir gefällt der Ausdruck. Er stellte den Sonnenschirm auf, ermahnte mich, »regelmäßig Sonnenschutz aufzutragen« und kümmerte sich geradezu rührend um mich. Die Wellen rauschten an den Strand und zogen sich zurück, und ich sah ihnen voller Zufriedenheit zu. In meinem Kopf tauchten poetische Gedanken auf, die helle Sonne auf den unablässigen Wellen ließ mich denken, wie einfach es wäre, frei zu sein, frei von unserem Leben, frei von Froehmer und anderen Männern wie ihm, die zum Telefon greifen und alles kriegen, was sie haben wollen, und das für ein Kinderspiel halten, weil es Leute wie uns gibt. Ich missgönne Froehmer nichts. Ich bereue unser Leben nicht, Franks und meins. Ich denke nur darüber nach, wie einfach es wäre, alles hinter uns zu lassen.

Solche Gedanken fallen einem leicht, wenn man sich an einem italienischen Strand entspannt, in einem schönen Hotel wohnt, das einem alle Wünsche erfüllt, und Frank sich um mich kümmert, und fast alles gut ist in der Welt. Nur dass es nicht leicht ist. Frank und ich lebten von Auftrag zu Auftrag, wir verdienten mehr als die meisten und mehr als genug für die Mühe, die wir dafür aufbringen mussten, aber weniger, als man meinen würde. Wir wohnten in einer Zwei-Zimmer-Wohnung und lebten sparsam.

Die Reise nach Italien war die erste überhaupt, seit wir zusammenarbeiteten. Frank hatte überlegt, sie auf ein, zwei gestohlene Kreditkarten zu legen oder eine Reise-Website zu hacken, irgendwas, das uns Geld gespart hätte. Aber wir nahmen den ehrlichen Weg und klauten nicht einmal irgendwas im Hotel, weder die Stifte noch die Hausschuhe, die man gestellt bekommt. Eine Woche lang verhielten wir uns wie anständige Bürger und nahmen uns eine Auszeit von unserem normalen Leben. Na ja, fast.

Frank las ständig, die großen Philosophen, besonders die italienischen Denker, Marcus Aurelius, Giambattista Vico, Antonio Rosmini-Serbati und Benedetto Croce. Er hatte sogar die *Annalen* von Tacitus dabei. »Ort als Ordnungsprinzip«, sagte er und betrachtete bewundernd seinen kleinen Bücherstapel. Er las und las und las. Und wenn er nicht las, erzählte er mir, was er gelesen hatte, und wenn wir wieder im Hotelzimmer waren, redete er, während im Fernsehen irgendeine italienische Sendung in voller Lautstärke lief. »Man kann ein bisschen was von der Sprache lernen«, sagte er. Ich lernte nie was. Für mich fühlte es sich an, als wäre ich taub, als würde ich gar nichts hören.

Beim Abendessen im Hotel saß immer ein älteres britisches Ehepaar am Nebentisch. Sie waren gerade in Rente gegangen, also vermutlich nicht so alt, aber altmodisch. Sie zogen sich zum Abendessen um, er mit Anzug und Krawatte, sie mit Schmuck und Schminke und zurechtgemachter Frisur. Wir saßen auf der Veranda und schauten aufs Meer, die kleinen Wellen glitzerten silbern. Der Strand war selbst nachts noch bevölkert. Touristen trotteten auf den Treppen zwischen Parkplätzen, Strand und Meer auf und ab. Sie tauchten auf und verschwanden wieder. Alles lag in sicherer Ferne. Alles war still und ruhig. Und dann sprach der Brite.

»Das mache ich gern«, sagte er, »hier sitzen und den Leuten zusehen. Man bekommt eine andere Sicht auf das Leben.«

Frank und ich nickten, gaben aber keine Antwort, um ihn nicht zu ermutigen. Wir betrachteten die Wellen, die Lichter in der Ferne. Frank schloss die Augen und hielt sein Gesicht in die warme Brise.

»Die kommt aus Afrika«, sagte der Mann. »Morgen wird es noch heißer.« Er stellte sich und seine Frau vor und ratterte alles herunter, was er über das Wetter und die Stadt und das Hotel wusste. Er und seine Frau kamen seit fast dreißig Jahren immer in dasselbe Hotel. Sie kamen immer in der gleichen Woche. Er hörte sich gern reden, wir ließen ihn. Wir erfuhren, welche Veränderungen es im Hotel im Lauf der Jahre gegeben hatte, nicht viele, und wie sich die Gäste verändert hatten, bedauerlicherweise. »Sie versuchen, ein bisschen auszusieben«, sagte der Mann, »aber ein paar seltsame Vögel rutschen immer wieder durch.« Frank warf dem Mann einen langen Blick zu, aber wir verstanden ihn unterschiedlich. Er lächelte, seine Frau lächelte, und dann redete er weiter und erzählte uns alles über seine Lieblingsorte, solche Sachen.

»Ganz in der Nähe gibt es einen Tennisplatz. Spielen Sie?« Ich erwiderte, dass ich auf der Highschool in der Schulmannschaft gewesen war. Frank warf mir einen Blick zu. Es war eine Lüge und ein Fehler, wie mir klar war. Aber wir waren im Urlaub. Ich wollte dem Mann etwas geben. Und jetzt hatte er es und ließ nicht locker. »Haben Sie Ihren Schläger dabei?«, wollte er wissen. Hatte ich nicht, sagte ich. Ich hätte seit Jahren nicht gespielt. »Schade«, sagte er. »Ich würde Sie zu gern zu einem Match herausfordern.« Das sagte er bei jeder unserer nächsten Begegnungen. »Ich habe nach einem Tennisschläger gefragt«, teilte er mir beim Frühstück mit.

»Ich habe nicht die richtigen Schuhe dabei«, sagte ich. »Außerdem wäre ich kein guter Gegner für Sie.«

»Jeder Gegner ist gut«, sagte er und beklagte wieder meine fehlende Ausrüstung.

Frank wollte ihnen aus dem Weg gehen, aber eigentlich waren

sie ganz nett. Unser Tagesablauf schien mit ihrem übereinzustimmen – man traf sich zum Frühstück und beim Abendessen im Hotel –, und ich wollte nichts ändern, also sahen wir sie weiterhin. Er redete über Tennis und frühere Reisen, sie schwieg meistens, und wir mussten nur ein paar Minuten lang zuhören. Sie hatten einen gewissen Charme und schienen jeden Laden, jedes Restaurant und jede Tür in der Gegend zu kennen. Irgendwie gehörten sie zum Inventar und erinnerten mich daran, wie die Welt früher gewesen war, als die Menschen sich noch auf Kavaliersreise begaben, wie ich mir ausmalte. »Kolonialismus«, sagte Frank.

Sie hatten uns am ersten Abend natürlich ihre Namen genannt, und hätten wir geahnt, dass wir sie täglich sehen würden, manchmal mehrmals, hätten wir uns die Mühe gemacht, sie uns zu merken, aber wir hatten das als unnütze Information abgetan, und inzwischen waren wir ihnen zu oft begegnet, um nachfragen zu können. Man kannte sich und musste so tun, als wäre man befreundet. Wir waren nicht befreundet. Wir waren Fremde. Frank und ich fingen an, sie als Mr. und Mrs. Brit zu bezeichnen, aber nur unter uns. Da wir nicht wussten, wie wir sie ansprechen sollten, nahmen wir Zuflucht zu der förmlichen Anrede »Sir« und »Ma'am« und hofften, sie würden darin eine Respektsbezeugung sehen und nicht einen blöden Verlegenheitskniff. Es schien zu funktionieren, denn sie suchten beim Frühstück und Abendessen unsere Nähe und setzten sich an den Nebentisch. Und jeden Morgen kam er auf das Thema Tennis zu sprechen und kommentierte meine nicht vorhandenen Fähigkeiten. »Sie müssen wirklich spielen«, sagte er. Mr. Brit erschien zum Frühstück nie in Tenniskleidung. Sie war passend gekleidet, in Sommerkleidern oder eleganten Hosen. Sie wusste, was ihr stand, und vermutlich legte sie auch ihm die Kleidung hin. Sie trug geschmackvollen, schlichten Schmuck, mit Ausnahme einer klassischen Cartier-Tank-Armbanduhr, Gold mit

Diamanten, die Frank sofort ins Auge fiel. »Die Uhr ist dreißigtausend Dollar wert«, sagte er. »Mindestens.« Ich warf ihm einen Blick zu, wie er es gern umgekehrt tat. »Nur eine professionelle Beobachtung«, sagte er.

· · ·

Der Wind kam aus Afrika, genau wie Mr. Brit vorhergesagt hatte, und wir hatten schnell genug von der Hitze und dem umherwehenden Sand am Strand und beschlossen, eine Bootstour zu unternehmen. Wir stellten uns in die Schlange für die Fähre, oder was in Italien als Fähre gilt, die Sonne knallte von oben auf uns herunter, die Steine des Piers gaben von unten Hitze ab. Wir kamen uns vor wie Schadrasch und Meschach, als Abed-Nego und seine Braut, Mr. und Mrs. Brit, aus der Menge auftauchten, entzückt, uns zu sehen. Während wir vor Schweiß tropften, wirkte Mr. Brit kühl und trocken in einem gebügelten Leinenjackett mit passender Hose. Mrs. Brit trug eine weiße Leinenhose, ein gestärktes Baumwollhemd und einen breitkrempigen Sommerhut. Ihre Cartier trug sie über der Manschette am linken Ärmel.

Die Fähre hatte ein Doppeldeck, und Frank und ich diskutierten, ob wir lieber oben in der Hitze und Sonne, oder unten in der Hitze im Schatten sitzen sollten. »Wetten, es gibt keine Klimaanlage?«, sagte Frank. Die Klimaanlage im Hotel funktionierte fast nie, und als Frank sich beim Personal beschwerte, zuckte man die Achseln und sagte, da könne man nichts machen. »Die Italiener hassen Klimaanlagen«, sagte Mr. Brit. »Aber die Hitze scheint ihnen nicht so viel auszumachen wie manch anderen.« Frank schwört, dass Mr. Brit unsere verschwitzten T-Shirts missbilligend ansah, aber das glaube ich nicht. »Ich weiß, wo man am besten sitzt«, sagte Mr. Brit. »Halten Sie sich an uns.«

Die Fähre konnte etwa vierhundert Passagiere aufnehmen, etwa doppelt so viele standen in der Schlange, aber als es an Bord ging, verließen gar nicht so viele den Pier. Mr. und Mrs. Brit führten uns auf die linke Seite des Oberdecks, sodass wir einen besseren Blick auf die Küste hatten, und in den Schatten der Führerkabine, um die Sonne vermeiden zu können. Wir setzten uns auf Aluminiumbänke, Frank Mr. Brit gegenüber, ich seiner Frau. »Besser als der Bus«, sagte Mr. Brit. Er hatte völlig recht, bis alles schiefging. Wir schipperten die Küste entlang, als das Boot plötzlich langsamer wurde. Wir wussten nicht, ob die Maschinen absichtlich gestoppt worden oder von allein ausgegangen waren, jedenfalls dümpelten wir etwa hundert Meter vom felsigen Ufer entfernt auf dem Wasser herum. Wir saßen eine Viertelstunde einfach da, während die Fähre auf den Wellen schaukelte, die Sonne auf das Deck brannte und der Wind von Afrika her wehte. Ein paar Menschen wurden seekrank und übergaben sich über die Reling. »So etwas haben wir noch nie erlebt«, sagte Mr. Brit. Frank zog ein Buch aus seiner Tasche.

Mr. Brit warf einen Blick darauf und riss es Frank aus der Hand. »Tacitus!«, rief er aus, blätterte an die Stelle mit Franks Lesezeichen und begann laut vorzulesen. »Ganz allgemein liegt eine schwarze und schändliche Zeit vor mir.« Er klappte das Buch zu und sah Frank an. »Lesen Sie dieses Buch nicht«, sagte Mr. Brit. »Das ist Gift. Ich kenne Tacitus. In meiner Studentenzeit hätte er mich fast zum Zyniker gemacht. Ich bin schon lange der Meinung, dass diese Klassiker der Fluch der Universitäten sind. Aber Tacitus – der ist das Paradebeispiel eines Häretikers, er hat wirklich kein Quäntchen Vertrauen in seine Mitmenschen. Und da er selbst kein Vertrauen hat, zerstört er es in seinen Lesern. Werfen Sie Tacitus weg. Wissen Sie was, ich werfe das Buch über Bord.« Frank wollte nach seinem Buch greifen, aber Mr. Brit hielt es fest an sich gedrückt und schien Frank fast damit reizen zu wollen. »Darf ich dieses Buch für Sie ertränken?«, fragte er.

»Nicht«, sagte Mrs. Brit zu ihrem Mann, es klang wie jemand, der seinen Hund ausschimpft. Sie nahm ihm das Buch ab und gab es Frank zurück. Mit der linken Hand, an der sie die Cartier-Uhr trug. Frank warf einen Blick darauf und dankte ihr für das Buch. Mr. Brit und Frank übertrafen sich dann gegenseitig darin, beleidigt zu sein. Frank widmete sich wieder seinem Tacitus und hielt das Buch trotzig in die Höhe, während Mr. Brit uns keines Blickes mehr würdigte und in eine Richtung starrte, in der niemand von Tacitus auch nur gehört hatte. Mrs. Brit warf mir ein verschwörerisches Lächeln zu, das untypische und beleidigte Schweigen ihres Gatten schien sie zu amüsieren. Die Fähre dümpelte immer noch, weder gab es irgendeine Erklärung, noch schien sich jemand des Problems anzunehmen. Die Felsenküste schwankte auf und ab, auf der Straße über uns schlängelten sich die Autokolonnen, andere Schiffe fuhren vorbei, die Besatzungen gafften neugierig, boten aber keine Hilfe an.

»Die werden ein anderes Boot schicken«, sagte Mrs. Brit zu mir. Ihr Mann erwiderte nichts und starrte weiter woandershin. Dann sprangen stotternd die Maschinen an, und wir setzten unsere Reise fort. »Schon besser«, sagte Mr. Brit zum Wind oder den Wellen oder der Küste, bevor er sich endlich wieder seiner Frau zuwandte. Sie griff mit der linken Hand nach seiner rechten, hielt sie fest und lockte ihn allmählich wieder zu seinem alten Selbst zurück. Schon bald redete er wie eh und je und informierte uns über dies und jenes auf der linken Seite und über die Stadt, in der wir bald anlegen würden. Frank ließ sein Buch sinken und nickte zu Mr. Brits Erläuterungen, aber ich hätte wissen müssen, dass das Scharmützel vielleicht beendet war, die Schlacht aber noch bevorstand.

In Amalfi gingen wir alle von Bord, und Mrs. Brit wollte uns zum Mittagessen einladen, eine indirekte Entschuldigung für das Verhalten ihres Mannes. »Das ist nicht nötig«, sagte ich, »außerdem sind wir nicht entsprechend gekleidet.«

»Dann lassen Sie mich wenigstens einen Drink ausgeben«, sagte sie und reagierte unnötig verlegen, als ich sagte, dass wir nicht tranken. »Tja, na dann«, sagte Mr. Brit. »Dann sehen wir uns beim Abendessen«, sagte Mrs. Brit, und ich versicherte es ihr.

Wir spazierten durch überfüllte Seitenstraßen, um uns in erster Linie die Zeit zu vertreiben und zweitens Mr. und Mrs. Brit nicht zu begegnen. Frank wollte nicht mal mit der Fähre zurückfahren. »Nie das Boot besteigen«, scherzte Frank. »Es heißt, nie das Boot *verlassen*«, korrigierte ich ihn. »Nicht in diesem Film.« Wir fuhren mit dem Bus zurück, obwohl wir nicht mal Sitzplätze bekamen und die ganze Fahrt im Gang stehen mussten und versuchten, nicht umzufallen, wenn der Bus die scharfen Kurven nahm. Die Klimaanlage pfiff aus dem letzten Loch, es roch nach abgestandenem Schweiß. Wir leisteten unseren Beitrag, unsere T-Shirts waren durch die Hitze und die Anstrengung des Im-Gang-Stehens-und-sich-Festhaltens klatschnass. Unser so idyllischer Urlaub hatte einen Knacks bekommen, und wir hielten es für das Beste, so schnell wie möglich ins Hotel zurückzukehren.

Wir duschten und hielten ein langes Nickerchen. Als wir aufstanden, versank bereits die Sonne. Wir blieben zum Abendessen nicht im Hotel, sondern gingen ein Stück spazieren und aßen an einem Tisch im Freien mit Blick aufs Meer eine Pizza.

»Es ist immer noch wunderschön«, sagte Frank. »Solange man hierbleibt.«

»Wenn wir Menschenmengen vermeiden wollen, hätten wir nicht in eine überfüllte Gegend fahren sollen«, sagte ich.

»Alles gut. Morgen wird besser. Aber denk dran, nie das Boot besteigen«, sagte Frank.

Als ich am nächsten Morgen aufwachte, war Frank schon weg, und als ich in den Speisesaal kam, hatte er bereits gefrühstückt, saß auf der Veranda und schaute auf den Strand und das Meer hinunter. Der Wind hatte gewechselt. Graue Wolken schoben sich über die Klippen und trugen kühlere Luft heran, aber keinen Regen.

Das Meer war aufgeraut, zu rau für kleinere Boote. Tacitus lag neben Franks leerer Kaffeetasse auf dem Verandatisch. »Du hast geschlafen«, sagte Frank. Ich holte mir einen Teller für das Büfett und wie üblich Obst und Käse und ein paar kleine Gebäckstücke und setzte mich zu Frank auf die Veranda. Der Kellner brachte einen Cappuccino, Frank bestellte ebenfalls noch einen.

»Noch ein paar Tage«, sagte ich. »Vielleicht hält sich das Wetter.«

»Lass uns heute nicht nach Capri fahren«, sagte Frank und änderte damit unsere Pläne.

»Okay.« Mir war es recht. Ich musste nirgendwohin fahren und ganz sicher musste ich so schnell nicht wieder irgendein Boot besteigen.

Ich bestellte Kaffee nach und sah auf meine Uhr. »Mr. und Mrs. Brit sind heute Morgen spät dran.« Frank antwortete nicht. Oder doch, indem er sich Tacitus widmete. Ich saß da und wartete, wartete darauf, dass die Sonne die Wolken auflöste, dass Frank herausfand, was er unternehmen wollte, von mir aus auch gar nichts, wartete, wie wir in den vergangenen Tagen gewartet hatten, dass der Tag seinen natürlichen Gang nahm und wir uns um nichts zu kümmern brauchten, nirgendwohin mussten, nichts erledigen und nichts leisten mussten. »Das nennt sich entspannen«, hatte Frank gesagt.

Kurz bevor das Frühstücksbüfett abgeräumt wurde, erschienen Mr. und Mrs. Brit. Sie waren nicht entspannt. Zwar waren sie akkurat gekleidet, aber sichtlich aufgebracht. Sie füllten ihre Teller und setzten sich neben uns, und Mrs. Brit schien zu zögern, als würde sie uns etwas erzählen wollen, aber nicht sicher sein, ob sie sollte. »Wir dachten schon, wir hätten Sie heute Morgen verpasst«, sagte ich.

»Wir hatten einen ziemlich schlimmen Morgen«, sagte Mrs. Brit, und ihr Mann schien sich damit abzufinden, dass die Geschichte herauskommen würde.

»So was ist mir noch nie passiert«, sagte er. »Jedenfalls nicht hier.«

»Vielleicht hast du recht, und ich habe sie irgendwo verlegt«, sagte Mrs. Brit.

»Ich vertraue eher deiner Version«, erwiderte er. »Wenn du sagst, du hast sie in den Safe gelegt, dann hast du sie in den Safe gelegt.«

»Meine Uhr ist weg«, sagte Mrs. Brit. »Ich weiß, dass ich sie gestern in den Safe gelegt habe. Wie jeden Abend.«

»Wie sicher sind diese Hotelsafes schon? Es muss einen Generalschlüssel oder so geben. Jemand hat das verdammte Ding geklaut.«

»Sonst fehlt nichts«, sagte Mrs. Brit.

»Gestohlen«, sagte er. »Die wussten, was sich lohnt und was nicht.«

»Ich verstehe nicht, warum sie nicht alles mitgenommen haben«, sagte sie.

»Haben Sie mit der Polizei gesprochen?«, fragte ich.

»Haben wir, aber die ist keine große Hilfe«, sagte Mr. Brit. »Wahrscheinlich liegt die Uhr längst in irgendeinem Pfandhaus in Neapel.«

»Man kann nie wissen«, sagte Frank. »Vielleicht taucht sie wieder auf.«

»Hier gehts ja nicht um eine entlaufene Katze, die wieder nach Hause findet«, sagte Mr. Brit. »Jemand hat sich die Uhr unter den Nagel gerissen.«

»Sie müssen Vertrauen haben«, sagte Frank, und da wusste ich Bescheid. Ich wusste, was mit der Uhr passiert war und was aus ihr werden würde. Ich sagte nichts. Am Nachmittag hatte sich die Uhr wieder angefunden, im Safe der Brits, genau da, wo sie ihren Aussagen nach nicht mehr gewesen war.

»Du kannst die Uhr verschwinden und wiederauftauchen lassen, so oft du willst«, sagte ich zu Frank, »aber hau ihm nicht Tacitus um die Ohren. Sogar ich hab das kapiert. Er wird drauf kommen.« Frank sagte nichts, gab nie etwas zu, gab mir weder eine Erklärung noch eine Entschuldigung und änderte sich nicht. Ich dachte, er würde geschnappt werden, Mr. Brit musste doch wissen, dass Frank ihn herausgefordert hatte. Aber er blieb ahnungslos. Die Uhr verschwand noch einmal und tauchte wieder auf, direkt vor unserer Abreise. Franks letzte Botschaft an Mr. Brit oder an mich oder vielleicht an uns beide. Frank wusste, was er tat, aber das hieß nicht, dass er nie erwischt werden würde. Die Gefängnisse sind voll von Leuten, die wussten, was sie taten. Ich fragte mich, wie ein italienisches Gefängnis aussehen mochte.

Die Brits checkten aus und zogen in ein anderes Hotel um, und Frank sagte, er wäre gern noch länger geblieben. Als wir im Flugzeug saßen, rechnete ich halb damit, die Cartier an Franks Handgelenk zu sehen, aber das war nicht seine Art. »Ist doch am Ende alles gut geworden«, sagte er. »Siehst du, mein Vertrauen wurde nicht zerstört.«

11
DER ABGANG

Sobald ich die Augen öffnete, wusste ich, dass er weg war. Im Zimmer war es dunkel und still, nichts schien ungewöhnlich, aber ich spürte, dass das Bett halb leer war, dass der Raum sich verändert hatte, dass Frank nicht da war. Eine Sekunde lang versuchte ich, nicht darüber nachzudenken. Ich wollte mir einreden, dass er losgegangen war, um den Wagen zu holen, damit wir so schnell wie möglich losfahren konnten. Aber ich wusste, dass das nicht stimmte. Ich blieb noch etwas länger liegen. Das Zimmer hatte die gleiche Farbe wie die Innenseite meiner Augenlider. Ich öffnete und schloss sie ein paarmal. Genau die gleiche Farbe. Nicht auseinanderzuhalten. Ich wollte warten, wusste aber, dass es sinnlos war. Es würde sich nichts ändern. Ich knipste das Licht an und ging zum Schrank. Franks Sachen waren weg. Die Tasche für Froehmer war weg.

Ich hatte geahnt, dass dieser Tag kommen würde, hatte halb darauf gewartet, aber immer gedacht, der Grund würde sein, dass ich irgendwas falsch gemacht hätte, irgendeinen Fehler, den er mir nicht verzeihen konnte. Ich hatte mir nie vorstellen können, was das sein mochte, vielleicht gar nichts, vielleicht einfach das Gefühl, dass er lieber gehen als sich noch länger mit mir abgeben wollte. Aber ich hatte mir immer ausgemalt, dass er durch unsere Tür gehen, mich in unserem Zuhause zurücklassen würde, nicht in irgendeinem Hotelzimmer in einer fremden Stadt. Ich dachte, es würde meine Schuld sein; ich hätte nie gedacht, dass Frank mich bestehlen würde.

Ich schrieb ihm eine Nachricht und wusste, dass er nicht antworten würde. »*Ruf mich an. Sag mir, dass es dir gut geht.*« Ich rief an und hinterließ eine Nachricht. Ich schrieb noch eine Nachricht. Und rief wieder an. Und bei jedem Versuch spürte ich die Distanz zwischen uns größer werden. Irgendwann zog ich mich an und packte meine Sachen, blieb aber im Zimmer. Vielleicht würde er doch noch zurückkommen. Ich wusste es besser. Ich stand lange ratlos im Zimmer; ich stand still bei hundert Stundenkilometern, als wären Gaspedal und Bremse gleichzeitig bis zum Anschlag durchgedrückt, versuchte fieberhaft, einen klaren Gedanken zu fassen. Irgendwas musste ich tun. Widerwillig verließ ich schließlich das Zimmer und ging hinunter in die Lobby. Da war es noch schlimmer, ich kam mir in dem hellen, leeren Raum vor wie auf einer Bühne, vor Publikum. Draußen wurde es langsam hell. Ich ging vor die Tür, hier hatte ich zuletzt auf Frank gewartet, und er war gekommen. Also ging ich raus. Frank war nicht da, aber das Scheißpferd lag auf der Straße, als wäre es nie weg gewesen. Ich trat aus dem Zimmer heraus in einen Albtraum hinein.

2

12
FRANK

»Die Leute denken, die Welt würde keinen Sinn ergeben«, sagte Frank nicht lange nach unserer ersten Begegnung zu mir. »Nur weil sie nicht so ist, wie sie sie haben wollen. Wenn man an Fairness oder Gerechtigkeit glaubt, ergibt sie vielleicht keinen Sinn, aber wenn man sie als emotionslose Maschine betrachtet, ergibt sie vollkommen Sinn. Die Welt ist emotionslos, grausam und abgefuckt, aber sie ergibt Sinn. Wie ein Spielautomat. Man hockt da und wirft stundenlang Geld rein, Münze um Münze, und bekommt nichts zurück. Irgendwann gibt man auf, und irgendein Typ hockt sich an denselben Automaten, schmeißt eine Münze rein und gewinnt den Jackpot. Ist das fair? Aber das erwartet auch keiner. Das hat nichts mit Pech oder Glück oder Schicksal zu tun, es ist einfach purer Zufall, den niemand hinterfragt, niemand prangert die Ungerechtigkeit an. Alle wissen, dass es nicht fair ist. Aber jeder muss spielen, und alle müssen immer weiterspielen, und je mehr man spielt, selbst wenn man ein-, zweimal den Jackpot zieht oder sogar mal eine tolle Gewinnsträhne hat, je mehr man spielt, desto mehr verliert man. Und am Ende nimmt einem der Automat alles, was man hat. So funktioniert das Universum.«

Ich habe ihn in der Therapie kennengelernt. Er leitete einen Lesezirkel. Die größten Hits westlicher Philosophie, mehr oder weniger. Ich erinnere mich noch an den ersten Satz, den ich von ihm hörte: »Sokrates sagt, das unerforschte Leben sei nicht lebenswert.

Sartre sagt, das erforschte Leben sei nicht lebenswert. Ich sage, beide irren sich. Jedes Leben ist lebenswert.«Fast wäre ich wieder gegangen, aber es war besser als der meiste andere Mist, dem sie einem in Therapie einreden wollen, und nach einer Weile wurde Franks Kurs immer interessanter.

»Ich bin nicht dazu da, euer Leben zu rechtfertigen«, sagte Frank, »oder was ihr damit gemacht habt. Aber ich bin dazu da, eure Existenz zu rechtfertigen und euch hoffentlich ein paar Leute nahezubringen, die darüber nachdenken, was das bedeutet.«

Ich bemühte mich, nicht darüber nachzudenken. Ich wusste, wo ich war und was ich getan hatte, um hierherzukommen. Und in wessen Schuld ich stand, weil er mir geholfen hatte. Froehmer bezahlte die Therapie. »Was glaubst du, hätte dein Vater getan?«, fragte er mich.

»Ich wäre auf mich allein gestellt und wohl im Knast, ihm wäre es egal.«

»Nun, ich tue das nicht für deinen Dad, ich tue es für dich.«

Die Behandlung war nicht billig, und mir war klar, dass Froehmer die Kosten nicht umsonst übernahm. Sobald ich rauskäme, würde ich wieder auf Baustellen und in Industriegebieten und Parkhäusern, und wo auch immer er mich hinschickte, auf Diebestour gehen. Was sollte ich sonst tun? Dabei konnten mir Sokrates und Sartre und Frank nicht helfen. Zumindest dachte ich das. Ich wollte nur eine Ablenkung von dem ganzen anderen Kram, den ich machen musste, Gruppensitzungen und Einzeltherapie, reden und noch mehr reden. Bei Frank bekamen wir zumindest etwas zu lesen und konnten über was anderes reden als immer nur uns selbst.

Frank ist sieben Jahre älter als ich, er hat studiert und eine Menge unterschiedlicher Jobs gemacht. Er hat bei irgendeiner großen Tech-Firma auf der Serverfarm gearbeitet, im Lager eines Onlinehändlers Kisten gepackt, eine Zeit lang Alarmanlagen installiert, als Landschaftsgärtner und Handwerker gearbeitet, als Hausmeister einen Besen durch die Gegend geschoben, Häuser gestrichen, lauter solche Jobs, einer nach dem anderen, nie war er irgendwo lange geblieben. »Ich hab Drogen genommen und bin nicht zur Arbeit gegangen«, sagte er, »manchmal tagelang. Und dann bin ich einfach ganz weggeblieben. Oder man hat mich beim Klauen erwischt. Ich bin oft gefeuert worden.«

»Was hast du gestohlen?«

»Alles, was ich schnell mitnehmen und verticken konnte. Egal was, solange ich es zu Geld machen konnte, um an Drogen ranzukommen.«

»Knast?«

»Einmal. Normalerweise wussten sie nicht mit Sicherheit, ob ich es gewesen war. Oder vielmehr, sie wussten es schon, konnten es aber nicht beweisen. Also habe ich meistens nur einen Tritt in den Hintern bekommen. Ich kanns nicht empfehlen, aber zumindest habe ich viel gesehen, zumindest in beruflicher Hinsicht.«

»Was willst du in Zukunft tun?«

»So wenig wie möglich«, sagte er. »Das, was ich jetzt tue. Ein bisschen unterrichten, ein bisschen reisen, viel lesen. Was ist mit dir?«

»Ich habe bisher nur einen richtigen Job gehabt. An einem Ort. Und viel gelesen habe ich auch nicht.«

»Was war das für ein Job?«

»Inventarmanagement und persönlicher Beschaffungsspezialist, so könnte man das nennen.« Wir kannten einander gut genug, dass ich es ihm sagen wollte.

»Persönlich?«

»Jemand sagt mir, was er haben will, und ich gehe los und besorge es.«

»Wie kommen die auf dich?«

»Nicht direkt. Ich habe einen Vermittler. Er ruft mich an und sagt mir, was ich holen soll. Ich weiß nie, für wen es ist.«

»Bist du je erwischt worden?«

»Bisher nicht.«

»Willst du in den Job zurück?«

»Nur so lange, bis ich den Typen auszahlen kann, der mir hier unter die Arme gegriffen hat«, sagte ich.

»Wie lange wird das dauern?«

»Ich weiß nicht. Vermutlich ein paar Jahre. Länger, als mir lieb ist, das ist sicher.«

»Würde es zu zweit schneller gehen?«

»Kann ich nicht sagen. Es würde sich bestimmt schneller anfühlen. Aber ich brauche keine Hilfe.«

»Weißt du, was ein SafeTight 4000 ist?«

»Nein.«

»Du könntest Hilfe gebrauchen«, sagte Frank und schwieg.

»Du wirst es mir nicht verraten.«

»Was verraten?«

»Was dieses Safe-Dings ist?«

»Das ist eine der beliebtesten Alarmanlagen auf dem Markt. Genauer gesagt, das Keypad. Hast du noch nie eins gesehen?«

»Das ist nicht mein Gebiet. Ich habe andere Wege, an die Beute ranzukommen.«

»Aber man weiß nie, wann diese Art von Wissen nützlich sein könnte.«

• • •

Ich war mit der Therapie fast fertig, stand kurz vor der Entlassung, und Frank machte sich Sorgen, was dann passieren würde. Mir machte nur Sorgen, wo ich dann hingehen würde. Alles andere war gebongt, glaubte ich. Ich würde für Froehmer arbeiten, mich weiterhin mit Frank treffen, clean bleiben. Alles würde gut werden.

»Du solltest weiter zu den Meetings gehen«, sagte Frank.

»Ich sage dir jetzt was, das ich dir vielleicht nicht sagen sollte«, erwiderte ich. »Ich bin nicht abhängig.« Seit drei Monaten behauptete ich das jetzt, glaubte es aber nicht. »Ich bin nach Drogen süchtig, aber nicht abhängig von ihnen. Ich brauche die Meetings nicht.«

»Du kannst nicht dein altes Leben wiederaufnehmen und glauben, du würdest nicht in die alte Routine verfallen, in die alten Verhaltensweisen.«

»Es gibt kein altes Leben«, sagte ich. »Ich bin jetzt ein anderer Mensch. Das weißt du. Ich habe Drogen genommen, um ein anderer zu sein, mich wie ein anderer zu fühlen, aber jetzt weiß ich, wer ich bin. Ich mag, wer ich bin. Das hast du mir beigebracht.«

»Das ist nicht so einfach, wie du denkst«, sagte Frank.

»Für mich ist es einfach«, sagte ich. »Wirst sehen.«

»Werde ich«, sagte Frank. Er bot mir an, bei ihm zu wohnen.

• • •

Ich zog zu Frank in seine kleine Zweizimmerwohnung. Im Schlafzimmer gab es eine Matratze auf einem Metallrahmen, einen Nachttisch und eine Lampe, im Wohnzimmer einen Stuhl. Und überall Bücher. »Ich habe immer noch mehr, als ich brauche«, sagte Frank.

»Ist irgendwas in den Schränken?«, fragte ich.

»Eine Menge.« Er hatte Geschirr und Töpfe und Pfannen – mit denen er gut umgehen konnte – und Lebensmittel auf den Regalen und im Kühlschrank. »Ich gehe nicht gern raus«, sagte er. Also blieben wir zu Hause. Wir besorgten uns einen zweiten Stuhl. Und einige Monate später auch eine Couch, was ich als großen Erfolg und Frank als Anlass zur Sorge sah. »Ich will keinen Krimskrams«, sagte der Mann, der in der ganzen Wohnung Bücher verteilt hatte.

»Nicht viel«, sagte ich, »nur so viel, dass es aussieht, als wohnt hier jemand.«

Frank hatte seine Aversion zu Dingen aus Büchern, eine aus

verschiedensten Quellen zusammengesetzte Philosophie, herunterdestilliert auf das, was ihm nützlich war, in etwa wie Thomas Jefferson die Teile aus der Bibel und dem Koran herausgeschnitten hatte, die ihm nicht passten oder nicht sinnvoll erschienen. Meine Aversion beruhte auf Erfahrung. Ich wollte nichts besitzen, weil mir schon einmal alles genommen worden war. Ich würde nicht zulassen, dass sie noch mehr holten. Wenn man nichts besaß, gab es nichts wegzunehmen, nichts zu verlieren. Eins lernt man in Therapie: ohne auszukommen. Man versagt sich das, was man am meisten will, das Gefühl, das einem Drogen geben, die Drogen, die einem dieses Gefühl geben, das Bedürfnis an sich. Man kommt heute ohne aus und macht sich um das Morgen Gedanken, wenn es so weit ist. Man kommt jeden Tag ohne aus, bis das Bedürfnis vergeht, was es selten tut. Zumindest nicht für lange. Die meisten Leute können das Bedürfnis nicht leugnen, schaffen es nicht ohne und werden rückfällig. Das ist keine Schande, aber ich glaubte nicht, dass uns das passieren würde. Frank und ich kamen ohne klar. Vielleicht half uns, dass wir andere Dinge nahmen, keine Ahnung. Ich überließ Frank das Nachdenken darüber. Und was er dachte, setzte er in die Praxis um. »Wir haben nicht zu wenig«, sagte er gern, »alle anderen haben zu viel.«

• • •

»Ich habe jetzt einen Partner«, sagte ich zu Froehmer.

»Was bringt er dir?«, fragte Froehmer.

Frank und ich hatten bereits sechs Monate zusammengearbeitet, bevor ich Froehmer davon erzählte. Bei den ersten Aufträgen hatte er nur zugeschaut, wollte sehen, ob er irgendetwas beitragen konnte. Er saß neben mir und beobachtete die Häuser, genau wie ich, sah aber Dinge, die mir entgingen. »Die haben einen Dogwalker«, sagte er einmal. Ich hatte den Hund im Fenster sitzen sehen, aber nicht weiter darüber nachgedacht. »Woher weißt du das?«, fragte ich. Frank zuckte die Achseln. »Warte ab«, sagte er. Kurz darauf erschien eine Frau mit drei Hunden im Schlepptau. Sie ging die Treppe hinauf, öffnete die Tür und kam wenig später mit dem Hund aus dem Fenster zurück. »Jeden Tag zur selben Zeit, Pi mal Daumen«, sagte Frank.

»Wie willst du wissen, dass die da drin keine Kameras haben?«, wollte Frank wissen.

»Ist mir egal«, erwiderte ich. »Ich bin nur ein paar Minuten lang drin, nicht lang genug, dass irgendwer was unternehmen könnte, selbst wenn sie mich sehen. Außerdem hab ich das hier.« Ich zeigte ihm die Strumpfmaske, die ich mir immer über das Gesicht zog, sobald ich reinging.

»Und was ist mit Sicherheitssystemen?«

»Rein und raus, bevor die Cops da sind.«

»Safes?«

»Davon lasse ich die Finger. Wenn ich nicht finde, was ich suche, haue ich ab.«

»Und du bist nie erwischt worden?«

»Nie«, sagte ich.

»Dann hast du Glück gehabt«, sagte Frank. »Und du hast Glück, mich gefunden zu haben.«

Und dann stellte Frank unseren Werkzeugkasten zusammen. Er konnte nach Kameras scannen, sie bei Bedarf manipulieren, an Alarmanlagen vorbeikommen und sogar ein paar der billigeren Safes knacken, wenn nötig.

»Er erweitert unsere Expertise«, erklärte ich Froehmer. Ich war ein paarmal mit leeren Händen zu Froehmer zurückgekommen, entweder, weil ich nicht finden konnte, wonach ich suchte, oder, öfter noch, weil es mir nicht gelungen war, ins Haus einzudringen. Weder beschwerte sich Froehmer, noch bekrittelte er mich. Er sagte nur »Du hast getan, was du konntest, stimmts?«, und das wars. Da ich nur bei Lieferung bezahlt wurde, verlor er kein Geld, wenn ich nicht lieferte. Ich nahm immer an, er besorgte sich das Gewünschte auf anderen Wegen, mithilfe von jemand anderes. »Wir können mehr Aufträge übernehmen.«

»Ich kann dir nur geben, was ich habe«, erwiderte Froehmer, aber wir bekamen dann doch mehr Jobs.

»Sein Anteil kommt aus deinem«, sagte Froehmer noch, erhöhte aber nach einigen schwierigen Aufträgen meinen Anteil. Froehmer ließ es unerwähnt. Er sagte nur: »Denk dran, je mehr Teile eine Maschine hat, desto mehr kann schiefgehen.«

Ich hatte immer damit gerechnet, erwischt zu werden, entweder aus eigener Dummheit oder aus dem Gesetz der Wahrscheinlichkeit heraus, aber mit Frank als Partner begann ich zu denken, dass vielleicht jeder Job perfekt laufen könnte. Frank hatte ein Talent zur Problemlösung. Man dachte, nichts könnte schiefgehen, man dachte nicht, dass der Zufall einem je in die Quere kommen könnte.

• • •

Frank ist Froehmer nie begegnet und wollte es auch nicht. »Er ist dein Typ«, sagte er, »außerdem muss er ja nicht uns beide kennen, oder?« Frank wollte niemanden in seinem Leben haben, den er nicht ausdrücklich einlud, und soweit ich sehen konnte, war das außer mir kaum jemand. Ich habe seine Familie nie kennengelernt, er sprach nicht mal von ihr. Bestimmt hatte er Freunde, aber auch denen bin ich nie begegnet. Frank konnte Mauern um seine verschiedenen Persönlichkeitsanteile ziehen, sein Leben aufteilen. Vielleicht wollte er deswegen Froehmer nicht treffen. Aber ich glaube, der Hauptgrund war, dass er immer noch mit einem Fuß im respektablen Teil der Welt stand. Er arbeitete immer noch freiwillig in der Therapieeinrichtung, hatte enge Verbindungen zu Kollegen und Patienten und den Drang, ihnen ein paar Dinge beizubringen, die er aus seinen Büchern hatte. Er war für viele als

Sponsor eingesprungen, und soweit ich wusste, tat er das immer noch. Er verbrachte viel Zeit am Telefon und versuchte, diesem oder jenem zu helfen. Er sprach nie mit mir konkret über einzelne Personen, aber tat, was er konnte, um möglichst vielen Menschen zu helfen.

»Manchmal muss man etwas zurückgeben«, sagte Frank, nicht als Erklärung, sondern als Erwartung.

»Dir fällt das leicht«, sagte ich. »Du bist klug. Du kannst gut mit Menschen umgehen. Sie mögen dich und hören dir zu. Ich habe nichts zu geben.«

»Zeit«, sagte Frank. »Du kannst ihnen Zeit schenken. Mehr brauchen sie nicht. Mehr gebe ich ihnen auch nicht. Alles andere ist für mich. Glaub mir, ich nehme mehr, als ich je geben kann.«

Am Ende nahm er alles.

13
DIE BAR

Es ist schwer, allein an einer Bar zu sitzen und sich nicht selbst zu hassen. Fast glaube ich, die sind deswegen so gebaut, ein langer Tresen aus festem Holz mit Platz für viele Menschen, die sich alle allein fühlen, selbst wenn sie mit jemand anderem da sind, und einem langen Spiegel vor ihrer Nase, der sie daran erinnert, wie wahrhaft allein und trübselig sie sind. Ich war auch so schon trübselig genug, aber ich wollte daran erinnert werden.

Ich war nicht gleich dort gelandet. Ich hatte das Hotelzimmer verlassen und das Pferd auf der Straße liegen lassen und war in das Diner gegangen, in dem wir vor ein paar Tagen gesessen hatten, die sich bereits wie Jahre anfühlten. Dort saß ich eine Weile herum, bis ich es nicht mehr aushielt und woanders hingehen musste, wo wir noch nie gewesen waren. Wieder rief ich Frank an. Schrieb ihm Nachrichten. Rief die Autovermietung an. Den Busbahnhof. Nur nicht Froehmer. Ich saß im Diner, während es sich mit Menschen auf dem Weg zur Arbeit füllte, die hereinstürmten und davoneilten, als würden sie die Welt verändern. Ich saß da und schaute immer wieder auf mein Handy, bis ich es in die Tasche stecken musste. Ich konnte nicht länger dasitzen, mit den Geräuschen von Menschen in Eile, die genau wussten, wohin sie wollten und was sie vorhatten. Ich wusste nichts. Nur, dass ich da rausmusste, also lief ich herum, zurück zum Hotel. Das Pferd war weg. Ich ging aufs Zimmer, hielt es aber nur wenige Minuten darin aus, dann musste ich weiter.

Ich streifte umher und in die nächste Bar hinein. Es war noch nicht mal Mittag. Frank war weg, und ich hatte keine Ahnung, was ich tun oder wo ich hin oder was ich Froehmer sagen sollte. Irgendwas musste ich ihm sagen. Irgendwas musste ich tun. Ich musste dahinterkommen. Ich saß sowieso nur rum, also warum nicht in einer Bar, wo so was ja erwartet wird? Es waren fünf Menschen anwesend, und die beiden Frauen am Ende des Tresens schauten mich missbilligend an. Zwischen ihnen lag ein dicker Stadtführer, und sie reichten einen Sprachführer hin und her. Untereinander sprachen sie Italienisch, aber versuchten, auf Englisch mit der Barfrau zu kommunizieren, die vor ihnen stand und mich ignorierte. Ich konnte nicht hören, was sie sagten, und hätte es wahrscheinlich auch nicht gewollt.

Ich war der einzige Mann in der Bar und hatte offensichtlich versehentlich eine Lesbenkneipe betreten. Es war mir egal. Ich brauchte nur einen Ort zum Nachdenken und wollte nicht in irgendein Diner gehen. Die beiden italienischen Lesben am Tresen waren gleich gekleidet, in Jeans und grauen Hoodies. Sie hatten kurze schwarze Haare und dunkle Augen, die immer wieder auf mich gerichtet wurden. Trotz allen Bemühens sahen sie sich nicht ähnlich. Aber sie wussten, wie ich aussah, sie nahmen von allem Notiz. Ich überlegte, wieder zu gehen, blieb aber sitzen und sah hin und wieder die Barfrau an. Schließlich kam sie zu mir.

»Touris«, sagte sie. Ich bemühte mich, es nicht persönlich zu nehmen.

»Kaffee«, sagte ich.

Sie schenkte ein und stellte mir die Tasse hin. »Ich weiß nicht, wie gut der ist«, sagte sie. »Sagen Sie Bescheid. Ich kann frischen aufsetzen.« Sie wartete die Antwort nicht ab und ging wieder zu den beiden Italienerinnen.

Ich betrachtete den Kaffee, eine kleine schwarze Pfütze in einer weißen Tasse, und versuchte, über Frank nachzudenken, wie Frank über sich nachdenken würde, wenn er das Problem wäre, das es zu lösen galt. Warum war er gegangen? Ich war nicht mal sicher, ob das die richtige Frage war. Ich ging alles durch, von dem Moment, in dem Frank ins Hotel zurückgekommen war, über den Unfall bis hin zu dem Augenblick, in dem ich Frank die Statue gegeben hatte. Irgendwo musste etwas sein, das ihn zum Gehen veranlasst hatte. Ich erinnerte mich, dass er gesagt hatte, die Statue sei wertlos. Diese Aussage war entweder wahr oder falsch. Entweder hatte die Statue einen Wert oder nicht. Falls ja, reichte das, damit sich Frank damit aus dem Staub machte? Offensichtlich hatte sie einen Wert, sonst hätte er sie nicht genommen, aber sehr viel konnte es nicht sein, also, kein eigentlicher Wert. Nicht für Frank, sondern nur für die Person, die Froehmer beauftragt hatte. Aber wenn die Statue nicht viel wert war, wieso war er dann damit abgehauen? Wir hatten viele Dinge gestohlen, die anderen mehr Geld wert gewesen wären, die Frank mitnehmen und irgendwo hätte verticken können, ganz einfach. Also warum dieses Ding? War das überhaupt die richtige Frage?

Die Barfrau kam zurück und schenkte mir Kaffee nach. »Ist alles in Ordnung?«, fragte sie. Ich nickte. »Sind Sie sicher, dass Sie hier richtig sind?«

»Ich bin mit jemandem verabredet«, sagte ich. Sie antwortete mit einer Art ermutigendem Zucken mit dem Mundwinkel, sah auf ihre Uhr und ging wieder zu den Italienerinnen, die ihr Bilder in dem Stadtführer zeigten, der so dick wie mehrere Bibeln war, und die Barfrau nickte und bemühte sich, sich verständlich zu machen.

Zum hundertsten Mal schaute ich auf mein Handy und dann wieder in den Kaffee. Ich musste Froehmer irgendwas sagen. Er wollte wissen, wann wir liefern würden. Ich konnte ihn nicht länger hinhalten. Ich hoffte, Frank zu finden, bevor ich Froehmer anlügen müsste. Ich war sicher, dass ich Frank finden würde, ich musste nur noch etwas länger darüber nachdenken. Wenn nötig, konnte ich Dinge durchblicken. Frank wusste immer, wo ich zu finden war, aber konnte ich ihn finden, wenn er nicht gefunden werden wollte? Vielleicht hatte ich nicht am Anfang angefangen, vielleicht war ich nicht weit genug zurückgegangen. Vielleicht hatte alles mit dem gottverdammten Pferd zu tun. Vielleicht war Frank deswegen weg. Er hatte es rausbekommen, hatte er gesagt. Er hatte mir nie gesagt, was. Ich hinkte weit hinterher. Ich trank Kaffee und beobachtete die Italienerinnen. Wir ließen einander in Ruhe.

Hinter dem Tresen standen Unmengen von Flaschen aufgereiht. Es ließ mich kalt. Ich betrachtete den Kaffee und dann den Tresen. Er war beeindruckend, sechs Meter Eiche, weit über hundert Jahre alt, wette ich. Beeindruckend genug, um einen Eintrag in jedem guten Stadtführer zu verdienen. Abhängig vom Hersteller und dem Zustand der Teile, die ich nicht sehen konnte, war der Tresen wahrscheinlich gute zwanzigtausend wert. Ich fragte mich, ob außer mir noch jemand eine Vorstellung vom Wert dieses Dings hatte.

Als ich mir noch mit Trinken die Zeit vertrieben habe, war ich öfter in eine Kaschemme gegangen, in der ein Brunswick von etwa 1880 stand, der an der Fußstütze noch eine Rinne hatte. Es wurde ewig darüber debattiert, ob das ein Spucknapf oder ein Urinal war. »Die haben reingespuckt und vielleicht den Dreck von den Stiefeln gekratzt, mehr nicht«, sagte der Barmann, »ein Urinal war das bestimmt nicht.« »Kein Klo«, sagte einer der Stammgäste, »und keine Frauen. Warum sollten die nicht in das Ding da reinpissen?« Jeder neue Kunde trat die Debatte von Neuem los. Ich glaube nicht, dass irgendwer wirklich dahinterkommen wollte. Worüber sollte man dann reden? Die Kaschemme existiert nicht mehr. Die Theke ist weg, von irgendwem, der ihren Wert kannte, einem anderen, der keine Ahnung hatte, billig abgeluchst. Und ich hockte mit einem Kaffee und ein paar Lesben vor zwanzigtausend Dollar, an die ich nicht rankam.

Über eine Stunde lang hatte ich den kalten Kaffee angestarrt. Die Italienerinnen hatten ihren Stadtführer eingepackt und sich auf Sightseeingtour begeben, die Theke war noch da, ebenso der Spiegel und die trostlose Einsamkeit. Die Barfrau kam wieder vorbei, obwohl sie wusste, dass ich nichts brauchte, jedenfalls nichts, das sie mir geben konnte.

»Glauben Sie, sie kommt noch?«

»Er weiß, wo er mich findet«, sagte ich. »Aber ich weiß nicht, wie ich ihn finden soll.«

»So geht das immer, stimmts?«, fragte sie. »Bleiben Sie, so lange Sie wollen. Sagen Sie Bescheid, wenn ich helfen kann.«

• • •

Erst am späten Nachmittag kehrte ich ins Hotel zurück. Ich war so lange wie möglich in der Bar geblieben und hatte darauf gewartet, dass Frank mich finden würde, dass Frank sich meldete, dass ich verstehen würde, was geschehen und wo er war, dass mir einfallen würde, was ich Froehmer sagen könnte. Nichts davon war eingetreten. Schließlich hatte ich Froehmer eine Nachricht geschrieben, dass wir erst morgen zurückkommen würden. Er schrieb nicht zurück. Als ich im Hotel eintraf, wusste ich warum. Er wartete auf mich.

Die Aufzugtüren wollten sich gerade schließen, als ein Arm sie wieder zum Öffnen brachte. Die anderen drei Gäste im Aufzug wirkten wenig erfreut, dass ihr Aufstieg nun um einige Sekunden verzögert wurde. Froehmer stieg ein und ignorierte mich komplett. Er stand mir schweigend gegenüber, dann warf er mir einen harten Blick zu. Ich starrte geradeaus und behielt die Knöpfe im Blick. Noch zwei Zwischenstopps bis zu meiner Etage, und ich wusste nicht, was ich Froehmer sagen sollte, wenn es so weit war. Der Aufzug hielt, die Türen gingen auf, und ich ging den Flur entlang auf mein Zimmer zu. Froehmer folgte mir, und ich spürte seine

Verärgerung wie eine Hand im Nacken, wie Hitze aus einem Ofen. Ich hielt vor der Zimmertür inne und wartete auf ihn. Er blieb auf Distanz und sah mich durchdringend an. »Alles in Ordnung?«, fragte er.

»Es ist alles in Ordnung«, erwiderte ich.

»Wo ist dein Partner?« Er nannte ihn nie beim Namen, sagte immer nur »Partner«.

»Er müsste bald hier sein.«

»Sollen wir auf ihn warten?« Froehmer bedeutete mir, die Tür zu öffnen.

Es war sinnlos, ihn weiter anzulügen. Entweder hatte ich das Ding für ihn oder nicht, und wenn nicht, musste ich ihm sagen, wo es war. Wir traten ein, und Froehmer sah sich um. Er sah das gemachte Bett, das leere Badezimmer, den leeren Schrank. Er setzte sich und wartete, dass ich etwas sagte.

»Ich weiß nicht, wo Frank ist, und er hat das Ding, aber bestimmt meldet er sich bald. Ich brauche nur ein bisschen Zeit.«

»Wann hast du zuletzt von ihm gehört?«

»Heute Morgen«, sagte ich.

»Und da hatte er das Ding bei sich?«

»Er hat es danach genommen«, sagte ich. »Aber er kommt damit zurück.«

»Da wäre ich nicht so sicher«, sagte Froehmer.

»Was kann er überhaupt damit anfangen?«

»Er kann Scheiße bauen«, sagte Froehmer. »Und er ist bereits dabei.«

»Es gibt eine Erklärung«, sagte ich. »Sie werden bekommen, was Sie haben wollen.«

»Du biegst das wieder gerade.«

»Mache ich.«

Froehmer stand auf, und ich wusste, dass er mich nicht schlagen würde oder so – er war nicht der Typ dafür –, aber sicher war ich mir nicht. Früher, als er jünger gewesen war, im College, hätte er mich vielleicht angegriffen. Vielleicht auch jetzt noch, aber ich konnte dagegenhalten, dachte ich, wenn er es versuchen sollte. Ich hatte Angst vor ihm, aber nicht davor, mich notfalls gegen ihn zu wehren. »Du hast mich bestohlen«, sagte er. »Du denkst vielleicht, dein Partner hätte dich bestohlen, aber tatsächlich hast du mich bestohlen. Also musst du das Richtige tun. Du musst das wiedergutmachen. Verstanden?«

Ich hatte verstanden. Er hatte mich wegen Frank am Schlafittchen, und wegen dem, was Frank genommen hatte. Froehmer ging, und ich stand da, wo er mich zurückgelassen hatte, und hatte keine Ahnung, was ich tun sollte. Keinen Schimmer. Ich schrieb Frank eine Nachricht. Ich versuchte, ihn anzurufen, und schrieb noch eine Nachricht. Es war alles sinnlos. Es war alles sinnlos, bis ich von ihm hörte oder herausfand, wohin er gegangen war.

• • •

Ich blieb im Zimmer und bemühte mich, nicht alle fünf Sekunden aufs Handy zu schauen. Ich versuchte zu lesen; ich versuchte, fernzusehen, aber nichts packte mich. Die Rädchen in meinem Kopf drehten sich im Leerlauf vor sich hin, ohne dass ich vorankam. Irgendwann war ich so angespannt, dass ich zitterte, ich zitterte vor Frustration, Grauen, Unentschlossenheit und Ratlosigkeit. Im Zimmer würde ich noch durchdrehen. Ich überlegte, wieder in die Bar zu gehen, ich überlegte, in irgendeine Bar zu gehen, aber es blieb bei dem Gedanken. Ich wusste, wohin das führen würde, weit weg von dort, wo ich sein musste.

Am Ende begab ich mich zu der Autovermietung, nahm mir einen Wagen und fuhr nach Hause. Vielleicht lag dort die Antwort. Der Wagen war so groß und einsam wie der schwarze, sternenlose Himmel. Seit ich Frank zuletzt gesehen hatte, waren fast vierundzwanzig Stunden vergangen. Ich glaube nicht, dass wir in unseren fünf gemeinsamen Jahren je annähernd so lange getrennt gewesen waren. Wir waren immer zusammen. Ich versuchte, nicht darüber nachzudenken, aber es gibt nichts Einsameres als eine lange Fahrt in einem halb leeren Auto, außer eine lange Nacht in einem halb leeren Bett.

Gegen drei Uhr morgens kam ich zu Hause an. Unser Auto stand noch an derselben Stelle. Ich fragte mich, ob Frank es mitgenommen hätte, wenn wir damit zum Auftrag gefahren wären, wenn Froehmer nicht auf den Mietwagen bestanden hätte. Ich betrat die Wohnung und wusste, dass niemand dort gewesen war. Nichts war verändert. Alles war, wo wir es zurückgelassen hatten, Franks Klamotten im Schrank, seine Zahnbürste neben meiner, seine Ausgabe von *Meditationen*, dort aufgeschlagen, wo er sie beiseitegelegt hatte. Sein Saxofon stand im Wohnzimmer. Alles war genau dort, wo wir es zurückgelassen hatten, und vielleicht würde es dortbleiben. Es schien unmöglich, dass er das alles ohne eine Erklärung zurücklassen würde, aber ich dachte, wenn er jetzt nicht zurückgekommen war, würde er nie mehr zurückkommen. Plötzlich fühlte es sich nicht mehr wie zu Hause an. Vielleicht kam Frank wirklich nicht mehr zurück. Nirgendwo eine Antwort.

Ich wachte erst am frühen Nachmittag auf, war immer noch müde und hätte gut eine Woche oder länger im Bett liegen können. Aber ich tat es nicht. Ich schaute aufs Handy und machte ein paar Anrufe und suchte mir dann ein Meeting. Ich ging nicht täglich hin, aber häufig genug, dass ein paar Leute mich kannten, und noch mehr kannten Frank. Er redete mit Leuten, die mal mit jemandem reden mussten, und sie mussten immer mit jemandem reden. Niemand wusste irgendwas über Frank. Ein paar hatten versucht, ihn zu erreichen, aber auch nichts gehört.

»Ärger im Paradies?«, fragte irgendwer hämisch, ich ignorierte es. Ich wusste nicht, was ich sagen sollte, wie viel ich ihnen erzählen sollte. Das waren keine Freunde. Aber es war meine Community.

»Sich um Leute zu kümmern, die man mag, ist einfach«, hatte Frank gesagt. »Sich um die zu kümmern, die man nicht mag, ist was ganz anderes.«

Die meisten machten sich nichts aus mir, alle machten sich etwas aus Frank.

»Ich habe seit ein paar Tagen nichts von ihm gehört«, sagte ich. »Das passt einfach nicht zu ihm.«

Alle stimmten zu. Es passte nicht zu ihm. Ich glaubte nicht, dass er die Art Mensch war, die einfach allem den Rücken kehrt, seine Welt einfach so verlässt, ohne ein Wort, ohne eine Erklärung. Aber vielleicht war er genau die Art Mensch. Vielleicht kriegte er es nur auf diese Weise hin. In der Therapie erzählen sie einem, dass man nicht in sein altes Leben zurückkehren kann, weil man dann in alte Gewohnheiten verfällt, vielleicht also hatte Frank das getan, alles verändert.

Ich erinnere mich kaum an das Meeting – die laufen immer gleich ab, die gleichen Beichten, die gleichen Gespräche, die gleichen schlechten Snacks und der gleiche miese Kaffee –, nur an eine Frau, die gleich zu Beginn aufstand und sprach. Sie war etwa so alt wie ich, vielleicht ein bisschen älter. Das Jugendamt hatte ihr wegen ihres Verhaltens die Tochter weggenommen. Sie hatte vielen Menschen wehgetan, »mehr als ich mir selbst wehgetan habe«, sagte sie. Aber jetzt, heute, war sie nüchtern und versuchte, ihr Leben wieder auf die Reihe zu bringen. Sie fühlte sich gut, nicht die Euphorie unmittelbar nach der Therapie, sondern die tiefere, stetige Zufriedenheit darüber, nüchtern und clean zu sein, etwas beizutragen, anstatt immer nur etwas zu nehmen. »Ich weiß, dass man nicht sagen soll ›Ich habs im Griff‹«, sagte sie. »Ich weiß, dass man das nicht sagen soll, denn sobald man glaubt, die Krankheit hinter sich gelassen zu haben, holt sie einen wieder ein. Aber ich kann sagen, ich fühle mich gut. Heute. Heute habe ich es im Griff. Ich bin heute seit einhundertachtzig Tagen nüchtern und habe das noch nie gesagt, und vielleicht werde ich es morgen nicht mehr sagen. Aber heute kann ich es sagen. Ich habs im Griff.« Sie bekam viel Applaus, auch ich klatschte, dachte aber an Frank. Genau das hatte er gesagt, als er aus dem Wagen gestiegen war. Ich erinnerte mich erst jetzt wieder daran.

Ich glaube nicht wirklich an all die Therapien und Meetings und alles andere, mit dem sie einem die Abstinenz verkaufen. Frank schon. Vermutlich konnte ich es mir leisten, die Struktur und die Unterstützung in den Gruppen auszuschlagen; auf mich passte schließlich fast rund um die Uhr Frank auf. Wenn der Drang mich packte, war er sofort bei mir. Aber, wie gesagt, ich habe mich nie als abhängig betrachtet. Es ist nicht so, dass ich nicht versucht gewesen wäre, zu Alkohol und Drogen zurückzukehren, aber die Entscheidung war mir immer leichtgefallen. Bei Abhängigen ist das anders. Ein Abhängiger hat etwa so viel Kontrolle über seine Entscheidungen wie ein Bluter über sein Nasenbluten.

»Die Welt ist eine Falle«, sagte Frank gern, »und je besser man versteht, wie die Falle gebaut ist, desto besser kann man sie vermeiden.« Er erzählte den Leuten, denen er half, gern, dass die Welt darauf ausgelegt ist, Menschen zu Süchtigen zu machen; man schafft eine stressreiche Umgebung und trichtert den Leuten dann ein, sich Entspannung kaufen zu können, sei es durch Alkohol, Sex, Fernsehen, Essen, Drogen, einkaufen. Komaglotzen, Komafressen, Komashoppen, alles vermarktet und gefeiert, und dann für die schlechtgemacht, die süchtig danach werden.

»Sie stellen die Fallen auf und geben dir dann die Schuld, wenn du hineintappst«, sagte Frank oft. Er glaubte daran. Er glaubte, dass die Welt auf eine bestimmte Weise funktionierte, aber er glaubte auch an Ungewissheit. Man wusste nicht, was morgen passieren würde, aber man konnte sich vorbereiten. Vielleicht glaubte er daran, weil er abergläubisch war, vielleicht war er abergläubisch, weil er daran glaubte. Ich glaube, er wollte immer die Kontrolle über sein Leben behalten, weil er immer mit der nächsten Falle rechnete. Vielleicht war er jetzt in eine reingeraten. Wenn man viel Zeit auf Meetings verbringt, wird man schnell zum Hobbypsychologen. Das brachte mir nichts. Ich musste ein Hobbydetektiv werden. Und ich hatte verstanden, dass Frank nicht nach Hause gekommen war und nicht kommen würde. Er war immer noch irgendwo in der Stadt, also musste ich dorthin zurück.

14
DER POOL

Ich steckte immer noch in meiner nächtlichen Routine fest: Erst nach Mitternacht checkte ich in ein Hotel ein. Ich wollte eins mit einem Pool, und als ich die Lobby betrat, wusste ich sofort, dass es hier einen gab. Der Komiker fiel mir ein, der gescherzt hatte, dass man anhand des Geruchs nie sicher sein konnte, ob das Hotel einen Pool hatte oder einen Mord vertuschen wollte. Vielleicht lag es an der Art, wie er den Witz erzählte. Der Typ am Empfang fand ihn jedenfalls nicht komisch. Vermutlich hatte er schon alles gehört.

Ich hatte mir ein Hotel mit Pool ausgesucht, weil ich in der Nähe von Wasser sein wollte. Es wäre besser gewesen, im Bad das Waschbecken volllaufen zu lassen und mich danebenzusetzen. Nach dem Aufwachen holte ich mir einen Kaffee und folgte dem Geruch von Chlor. Im Becken balgten sich drei Geschwister – zwei Mädchen und ein Junge, die sich bespritzten und hänselten und einander bei den Eltern verpetzten, welche sich bloß zu einem laschen »Benehmt euch« aufrafften und die Kinder dann ignorierten, wie man jaulende Hunde ignoriert. Die Eltern saßen in Stühlen am Beckenrand und hofften wahrscheinlich, ihren Nachwuchs in irgendein Museum oder auf eine Bustour schleppen zu können, irgendwas, das die Kinder garantiert hassen würden. Die wollten viel lieber den ganzen Tag im Pool rumtoben, und eine Zeit lang sah es aus, als bekämen sie ihren Willen.

Ich ließ mich auf einer Liege am anderen Ende des Beckens nieder; mir war bewusst, dass ich voll bekleidet, samt Schuhen und Socken, suspekt wirkte. Ich zog mir das Basecap über die Augen und versuchte, mich auf das Wasser zu konzentrieren, es zu betrachten und über die nächsten Schritte nachzudenken. Die Kinder tobten und spritzten, das Wasser schwappte gegen den Beckenrand, und der Lärm hallte von der Glaswand wider, die den Pool gleichzeitig in das Hotel integrieren und davon trennen sollte. Die Kinder waren zwischen acht und zwölf, schnell hintereinander gezeugt, als die Eltern noch jung genug gewesen waren, um die Mühe auf sich zu nehmen. Der Junge war der Jüngste, hätte aber auch dann das Nachsehen gehabt, wenn er der Älteste gewesen wäre. Er gab alles, um seine Schwestern zu ärgern, wann immer er meinte, seine Eltern würden es nicht mitbekommen. Die Kinder hielten sich am flachen Ende des Beckens auf. Sie waren weiß wie Handtücher, unter Wasser schimmerten sie fast. Keiner von uns gehörte hierher.

Ich versuchte, sie zu ignorieren, aber dann bekamen die Kinder sich wegen irgendwas in die Haare, das der Junge hatte und die Mädchen wollten. »Gib wieder her«, sagte eine, und die Eltern wiederholten es. Der Junge hielt den Gegenstand verlegen in der ausgestreckten Hand (was es war, konnte ich nicht erkennen, er war zu weit weg), aber dann – aus Arglist oder Tollpatschigkeit – fiel er ihm aus der Hand und versank im Pool. Es folgte ein kurzer Disput, wer ihn holen sollte. Der Junge schien nicht runtertauchen zu wollen, vielleicht war das Becken zu tief für ihn. Schließlich schwamm eins der Mädchen nach unten und holte den Gegenstand. Daraus wurde ein Spiel. Der Vater nahm das Ding, das das Ganze ausgelöst hatte, an sich und warf stattdessen Münzen ins Becken, nach denen die Kinder tauchten. Nur der Junge nicht. Selbst als die Mädchen ihn hänselten, blieb er auf einer der Stufen am flachen Ende hocken, wo er bis zum Kinn im Wasser war. Seine Schwester brachten ihm die Münzen, und er warf sie wieder ins Wasser, dorthin, wo das Becken immer tiefer wurde.

»Das reicht«, sagte der Vater, aber die Mädchen tauchten weiter und holten die Münzen. Ich glaubte nicht, dass der Vater Grund zur Sorge hatte, ich bezweifelte sehr, dass der Junge die Münzen ganz bis ans andere Ende des Pools werfen konnte, auch wenn er es versuchte. Trotz der Ermahnungen seines Vaters warf er sie mit aller Kraft, alle auf einmal. Ein paar plumpsten ins Wasser, einige trafen den Beckenrand und rollten über den Betonboden. Die Mädchen tauchten, und der Vater forderte den Jungen auf, die zu holen, die am Rand lagen. Der Junge wusste nicht, wo er suchen sollte. Niemand half ihm. Der Rest der Familie stand am anderen Ende des Beckens und sah zu, wie er vergeblich suchte.

Schließlich rief der Vater, dass er aufhören sollte. »Gehen wir«, sagte er. Ich hatte eine Münze im Blick behalten und wusste genau, wo sie gelandet war. Ich stand von der Liege auf, ging hin, hob sie auf und gab sie dem Jungen zusammen mit einer zweiten, die ich in der Tasche gehabt hatte. Der Junge bedankte sich nicht mal. Er rannte zu seinem Vater und zeigte ihm stolz die Münzen in seiner Hand. Der Vater nahm sie und steckte sie ein. Die Mutter legte dem Jungen ein Handtuch um die Schultern, dann gingen sie. Ich hatte allein sein wollen, aber als sie weg waren, wollte ich nicht länger am Pool sitzen. Ich kam mir noch suspekter vor als zuvor.

Ich saß da und schaute eine Weile den verlassenen Pool an und überlegte, was ich tun sollte. Zumindest, wo ich anfangen sollte. Falls Frank noch in der Stadt war, wie ich annahm, ahnte ich, was er vorhatte. Oder schon getan hatte.

• • •

Ich fuhr zurück zu unserem Zielobjekt. Observierte das Haus, bis ich sicher war, dass niemand zu Hause war. Stieg aus dem Wagen, schlenderte die Straße entlang, kehrte um und ging direkt zur Hintertür. Das Fenster war immer noch unverriegelt. Wer lässt seine

Fenster nach einem Einbruch noch unverriegelt? Die meisten Menschen sicherten hinterher penibel alles ab, vorher wäre besser gewesen. Ich kehrte zum Auto zurück und beobachtete das Haus noch ein bisschen länger. Der Sohn kam aus der Schule. Ein paar Stunden später kehrte die Mutter heim, eine Stunde nach ihr der Vater. Ich wartete, bis alle Lichter ausgegangen waren, dann holte ich mir vom Chinesen was zu essen und wartete weiter.

Ich war ungefähr zwanzig Minuten lang weg gewesen, in der Zeit hätte gut jemand das Haus verlassen haben oder auch rein- und rausgegangen sein können; die Ungewissheit hätte Frank verrückt gemacht, ihn (und, wenn Frank hartnäckig geblieben wäre, mich) dazu getrieben, unter allen Umständen herauszufinden, was in der Zwischenzeit passiert war.

»Wenn man es nicht weiß, kann man nicht weitermachen«, würde Franks Argument lauten.

Er hatte recht, aber ich war sicher, dass nichts passiert war. Ich aß mein Essen und fragte mich, ob ich es bereuen würde, das Haus zwanzig Minuten lang aus den Augen gelassen zu haben. Ich musste mich auf mein Bauchgefühl verlassen. Wenn ich recht hatte, waren zwanzig Minuten egal. Zwanzig Stunden wären egal. Auf mich wartete ein leeres Bett (eigentlich zwei) und ein Pool, für den ich bezahlt hatte und der alles mit Chlorgestank verpestete. Ich brauchte ihn nicht. Ich blieb und beobachtete.

Ich hatte mein Bauchgefühl, aber auch Franks Logik im Kopf. Ich musste die Augen offen halten. Ich musste sichergehen. Ich aß zu schnell, steckte die leeren Behälter in die Tüte und legte sie auf die Rückbank, ohne die Glückskekse zu öffnen.

Ich beobachtete das Haus, bis die Sonne aufging. Ich sah sie nacheinander gehen, zuerst den Vater, dann die Mutter und den Sohn. Ich wartete weiter ab, saß in unserem Auto und machte alles so, wie wir es vor ein paar Tagen gemacht hatten. Aber jetzt war ich allein und wusste nicht genau, was ich vorfinden würde, wenn ich reinging. Ich wusste, was ich vorfinden wollte. Sollte mich mein Bauchgefühl trügen, war ich nicht sicher, wie ich reagieren würde.

Also wartete ich. Länger als nötig. Schließlich ging ich zu dem Fenster neben der Hintertür und stieg ein. In weniger als dreißig Sekunden war ich die Treppe hochgelaufen und betrat das Arbeitszimmer. Und wusste sofort, dass ich recht gehabt hatte. Die Ziegentrophäe stand im Regal, genau wie beim letzten Mal. Frank war mit dem Ding nicht abgehauen, er hatte es zurückgebracht. Ich hörte die Stimme am Pool »Gib wieder her«. Frank hatte es wieder hergegeben. Und ich würde es wieder mitnehmen, den Job zu Ende bringen. Ich würde es Froehmer bringen. Der Job wäre erledigt. Zumindest das wäre erledigt. Es erklärte nicht, wohin und warum Frank gegangen war.

Nur dass ich das Ding nicht nahm. Es stand da, und ich griff nicht zu. Vielleicht, weil Frank es dorthin gestellt hatte, vielleicht wusste er, was er tat. Oder vielleicht hatte ich Angst. Ich weiß es nicht. Ich weiß nicht, warum ich es nicht nahm, als ich die Chance dazu hatte. Ich hätte es tun sollen. Hätte ich es getan, wäre von diesem Moment an alles anders gekommen. Aber so darf man nicht denken. Wenn man anfängt, eine Sache im Leben ändern zu wollen, kann man gleich über alles nachdenken. Ich hätte mich nie auf Froehmer eingelassen, hätte ihn nie meine Probleme lösen lassen, hätte nie zu stehlen begonnen, aber dann wäre es nicht mein Leben und ich hätte nie Frank getroffen.

• • •

Nachdem sich mein Bauchgefühl als richtig herausgestellt hatte, kehrte ich mit leeren Händen ins Hotel zurück, setzte mich aufs Bett und versuchte, alles zu durchdenken, zumindest ein paar Schritte vorauszudenken. Ich war nicht gut darin. Ich schrieb Frank eine Nachricht. »Alles okay. Alles. Okay?« Ich rechnete nicht

mit einer Antwort und bekam auch keine. Frank würde wiederauftauchen, wenn er es wollte. Vermutlich hatte sein Aberglaube ihn
überwältigt. Er wartete darauf, dass die Maschine wieder reibungslos lief, bevor er zurückkam. Er hatte für Ordnung gesorgt, alles
wieder an seinen Platz gebracht, und jetzt musste alles wieder in
Gang kommen. So stellte ich es mir zumindest vor. Ich hatte mit
meinem Bauchgefühl recht behalten und hoffte auf ein zweites
Mal.

15
DIE UNTERBRECHUNG

Frank war schon einmal verschwunden, aber nicht lange. Das war am Anfang unserer Partnerschaft, vielleicht beim zehnten oder zwanzigsten gemeinsamen Auftrag. Wir saßen vor dem Zielobjekt und aßen Chinesisch, und ich gab Frank einen Glückskeks.

»Mach ihn noch nicht auf«, sagte er, aber es war zu spät.

»Dann lies ihn nicht«, sagte er.

Ich nahm ihn nicht ernst.

»Der ist gut«, sagte ich zu ihm.

»Ich will's nicht wissen«, sagte er und legte seinen Keks auf das Armaturenbrett, wo ich ihn sehen konnte. Dann startete er einen Scan des Hauses, schaute sich das Netzwerk an, suchte nach möglichen Sicherheitssystemen, das Übliche.

»Fuck«, sagte er, »das können wir nicht machen.«

»Was ist los?«

»Ich kenne den Typen«, sagte er. »Er war in Therapie.«

»Du sollst den Typen nicht identifizieren«, sagte ich. Er schwieg.

»Vielleicht ist es wer anders.«

»Es ist nicht wer anders. Du bist schuld, weil du den Keks geöffnet hast.«

Ich lachte ihn aus.

»Das ist mein Ernst«, sagte er.

»Ist es nicht.«

»Vielleicht sollte es das sein.«

»Vielleicht sollten wir einfach unseren Job machen.«

»Vielleicht«, sagte Frank. »Vielleicht auch nicht. Zumindest nicht mit mir. Den hier mach mal ohne mich.«

Er stieg aus dem Auto und blieb ein paar Tage verschwunden. Ich schrieb ihm Nachrichten, versuchte, ihn anzurufen, vergeblich. Ich weiß noch, dass ich mir Sorgen machte, er könnte wieder auf Drogen sein, aber das stimmte nicht. Er rief an und sagte mir, dass er wieder in der Therapieeinrichtung war.

»Ich muss das Ganze einfach durchdenken«, sagte er.

»Ich hab den Job nicht gemacht«, sagte ich.

»Froehmer war bestimmt happy.«

»Ich hab ihm gesagt, ich würde den Typen kennen. Er hat gesagt, den nächsten Auftrag machen wir umsonst.«

»Es ist alles gut geworden«, sagte Frank.

»Du kannst immer noch zu den Meetings gehen«, sagte ich. »Du brauchst nichts zu ändern.«

»Es hat sich schon geändert«, erwiderte er. »Zum Besseren. Aber es fehlt mir, hier dazuzugehören, weißt du.«

»Du brauchst das nicht aufzugeben. Ich kümmere mich um den anderen Kram.«

Frank kam zurück, aber es war nicht mehr dasselbe.

Tagsüber arbeitete er – wie ein ganz normaler Mensch – in der Einrichtung, und wenn er Feierabend hatte, war ich meistens schon weg. Wir lebten am selben Ort in unterschiedlichen Zeitzonen und sahen uns kaum noch. Ich hatte fast das Gefühl, allein zu wohnen, auch wenn er genug Spuren hinterließ – ein Buch auf dem Tisch, ein Hemd auf dem Bett, manchmal ein Zettel für mich in der Küche –, damit ich ihn vermisste. Als hätte ich ihn nicht sowieso immerzu vermisst.

Ich erledigte die Aufträge allein, wie früher auch, kam mir aber wieder wie ein Anfänger vor. Ich wusste nicht genau, was zu tun war oder wie ich es machen sollte. Ich hatte vergessen, wie man allein arbeitet. Frank und ich waren schnell zu echten Partnern geworden und hatten Hand in Hand gearbeitet, und was ich vorher allein erledigt hatte, schien jetzt kompliziert und beschwerlich, und was Frank übernommen und mir beigebracht hatte, bereitete mir Mühe, weil ich nicht sicher war, was ich zu tun hatte, oder Angst hatte, etwas falsch zu machen. Mein Selbstvertrauen schwand, meine Fähigkeiten schrumpften. Ich redete mir ein, dass ich wüsste, was ich tat; schließlich war ich früher ohne ihn gut zurechtgekommen und würde das auch in Zukunft schaffen, aber es wurde nicht besser, nicht beim ersten Job, nicht beim fünften, nicht beim fünfzehnten. Ich hatte ihm einen Teil der Arbeit überlassen, den ich nicht so leicht, wie ich gedacht hatte, selbst wieder übernehmen konnte. Ich drehte mich zum Beifahrersitz um, hoffte auf Hilfe, hoffte auf Rat oder auch nur ein bisschen Geplauder, um die zähen Minuten des stundenlangen Wartens hinter mich zu bringen. Aber er war nicht da.

• • •

Eines Nachts saß ich im Wagen und hatte Mühe, mich auf das Zielobjekt zu konzentrieren, meine Gedanken kreisten um frühere Fehler, und ich fragte mich, ob ich wieder einen gemacht hatte. Ich hatte nie gedacht, dass Frank jemals gehen würde, und fragte mich, ob er es noch einmal tun würde. Warum sollte er bleiben? Wenn er wegwollte, dann besser jetzt als später. Er könnte in sein altes Leben in der Einrichtung zurückkehren, und ich würde es hoffentlich schaffen, meins wiederaufzunehmen. Ich fragte mich, ob es so einfach sein konnte. Ich war nicht intelligent genug, um die Antwort zu kennen. Ich fragte mich, ob ich überhaupt intelligent war. Ich dachte an einen Satz von Hunter Thompson, »in einer Welt der Diebe ist Dummheit die einzige unverzeihliche Sünde«. Ich wusste nicht, ob das stimmte, und mir war bewusst, dass ich bei den wichtigen Dingen in meinem Leben nicht viel Grips bewiesen hatte, aber bei Frank war ich mir sicher gewesen. Ich überzeugte mich, dass er alles durchdacht hatte und dass mir das Ergebnis nicht gefallen würde.

So ging es noch fast zwei Wochen lang weiter, wir lebten in unterschiedlichen Sphären, die sich selten überschnitten. Irgendwie schaffte ich es, keinen Mist zu bauen und pünktlich bei Froehmer abzuliefern, war aber sicher, dass es nur eine Frage der Zeit war, bis mir ein Riesenfehler unterlaufen würde. Ich hasste die Angst, die ich mit mir herumschleppte, die kreisenden Gedanken, die meine Zweifel nur verstärkten. Ich konnte nicht warten, dass es vorbeiging. Ich musste etwas unternehmen.

• • •

Ich rief Froehmer an und teilte ihm mit, dass ich aussteigen wollte. Na ja, nicht ganz. Ich sagte ihm, dass ich zurück auf die Baustellen wollte. Er bestellte mich zum Diner.

Ich traf ihn auf dem Parkplatz, wir gingen nicht hinein. Stattdessen setzte ich mich auf die Rückbank seines Wagens, und wir fuhren durch die Gegend. Froehmer saß vorn auf dem Beifahrersitz, sein Lakai Mobley am Steuer. Mobley war so was wie ein Maskottchen, ein Haustier, das seinen festen Platz hatte, ein in der Ecke zusammengerollter Hund, der, wie man wusste, irgendwann zubeißen würde.

Es war wie eine miese Version von *Die Faust im Nacken*, und Mobley sah aus wie ein billiger Charley Malloy. Nur dass ich nicht sein Bruder war und er nicht redete. Das übernahm Froehmer, lobte mich für meine Arbeit, trotz des nicht zu Ende gebrachten Jobs, den er mir mehr als zweimal vorhielt, als wäre er nicht entschädigt worden. Ich blieb so schweigsam wie Mobley und wartete, bis er mit den Komplimenten und Beschwerden durch war. Dann sagte ich wieder, dass es vielleicht besser wäre, ich würde wieder auf dem Bau arbeiten.

»Woher kommt das?«, fragte er. »Von dir oder deinem Freund?«

»Ich glaube, ich nütze Ihnen mehr, wenn ich dahin zurückgehe, wo ich früher war.«

»Du nützt mir mehr, wenn du bleibst, wo du bist«, sagte er. »Aber ich überlasse es dir. Dass das ein Rückschritt ist, weißt du.«

»So sehe ich das nicht.«

»Solltest du aber.«

Mobley sagte nichts, aber ich merkte, dass er mich im Rückspiegel beobachtete. So wie er mich anstarrte, schien er mir etwas mitteilen zu wollen, aber ich schenkte ihm keine Aufmerksamkeit. Ich war überrascht, dass er keinen Unfall baute, wo er doch nur Augen für mich hatte.

»Ich will, dass du das Beste aus diesem Arrangement rausholst«, sagte Froehmer, »wie dein Vater es immer getan hat. Ich will nur das Beste für dich, wie es sein Wunsch gewesen wäre. Und ich denke, am besten läuft alles so wie jetzt, einstweilen. Aber ich bin bereit, Änderungen zu machen, wenn du bereit bist, erst mal mir zu helfen.«

»Ich werde tun, was ich kann.«

»Das weiß ich. Ich brauche dich für zwei Aufträge, zwei kleine Jobs, und wenn du danach immer noch auf den Bau zurückwillst, machen wir das so. Was hältst du davon?«

Ich willigte ein, und Mobley fuhr uns zum Parkplatz am Diner zurück, wo alles angefangen hatte.

• • •

Froehmer schickte mich los, um ein paar Soldaten zu holen. Zwölf Stück, samt Pferden, Bleifiguren, die in einem roten Pappkarton auf dem Couchtisch ihres Besitzers standen. Ich saß ein paar Tage lang rum und observierte das Haus, wie immer. Ich brauchte bloß reinzugehen, den Karton zu nehmen und zu verschwinden, aber der Typ hatte eine Menge Spielzeug. Alarmanlage, Kameras und andere High-Tech-Tüfteleien, auf dem Grundstück, an Fenstern und Türen, im Haus. Ich war nicht sicher, ob ich sie ausschalten oder umgehen konnte. Das war Franks Spezialgebiet. Ich tat, was ich konnte, war aber unschlüssig, ob es genug war. Ich schickte Frank eine Liste mit dem ganzen Technikkram, den ich am Haus ausfindig machen konnte.

Es kam keine Antwort.

Ich konnte nicht länger warten. Ich dachte, ich hätte die Alarmanlage deaktiviert, die Kameras abgeschaltet, das WLAN unterbrochen und ein paar andere Tricks angewendet, die Frank mir gezeigt hatte. Ein paar Geräte würden nur ein paar Minuten lang offline sein. Mir war klar, dass ich die Dinge in der falschen Reihenfolge gemacht hatte. Ich hätte Frank schreiben sollen, bevor ich anfing, die Stecker zu ziehen. Jetzt musste ich los. Also ging ich los.

Ich brauchte mehrere Minuten, um reinzukommen, mehr als ich hatte. Zum Glück stand der Karton gut sichtbar da. Ich rannte hin, nahm ihn und machte mich aus dem Staub, überzeugt, die Kameras wären schon wieder online. Ich redete mir ein, dass das egal wäre, die würden mich nicht finden. Sie würden mein Durchschnittsgesicht nicht sehen, nicht wissen, wer ich bin. Ich war weg.

Als ich zum Auto zurückkam, saß Frank am Steuer, in der Hand etwas vom Chinesen. Ich nahm das Essen, er fuhr.

»Ich wusste, dass du meine Hilfe nicht brauchen würdest«, sagte Frank.

Er warf einen Blick auf den Karton und sagte: »Die Spielsachen da sind gute zwanzigtausend wert.«

»Ich brauche deine Hilfe sehr wohl«, erwiderte ich. »Ich habe dich gebraucht. Ich fasse kaum, dass ich da rausgekommen bin, so sehr habe ich dich gebraucht. Los, bringen wir Froehmer den Karton, bevor die Cops uns finden.«

»Geben wir ihm stattdessen das Essen.«

In der Ferne waren Sirenen zu hören. Sie kamen näher.

»Das ist nicht deinetwegen«, sagte Frank.

»Noch ein paar Aufträge, und Froehmer lässt mich aussteigen.«

»Glaubst du das wirklich?«

»Er muss. Wenn ich aussteigen will, steige ich aus.«

»Willst du?«

»Das hier will ich jedenfalls nicht.«

Frank wartete, bis die Sirenen verebbten.

»Ich bin bereit, wieder einzusteigen«, sagte er.

Ich fragte mich, ob Frank nur zurückkam, weil er wusste, dass Froehmer seinen Teil der Abmachung niemals halten würde, dass immer noch ein Job kommen würde. »Du bringst mir zu viel ein«, hatte Froehmer gesagt. Vielleicht wusste Frank, dass ich ohne ihn früher oder später geschnappt werden würde. Vielleicht wollte ich auch gar nicht wirklich aussteigen. Und Frank wusste auch das. Es war mir egal, er war wieder da. Wir konnten weitermachen.

16
DER ANRUF

»Frank ist aufgetaucht«, sagte Froehmer am Telefon.

»Mit dem Ding?«

»Nein«, sagte er, und ich wusste, dass nichts gut war.

»Er hat es nicht geschafft«, sagte er.

»Was heißt das?«

»Ich habe einen Anruf bekommen«, sagte Froehmer. »Frank ist an einer Überdosis gestorben. Tut mir leid.«

»Wo? Wann?«

»Kurz nachdem er dich verlassen hatte, glaube ich. Er hat das Ding mitgenommen und vertickt und genug Stoff für mehrere Philip Seymour Hoffmans gekauft.«

Ich korrigierte ihn nicht. Es kam mir nicht in den Sinn. Ich wollte, dass Froehmer weitersprach, mir alles erzählte, was ich nicht hören wollte.

»Wo ist er?«

Vielleicht sagte er »Leichenhalle«, ich weiß es nicht mehr. Ich erinnere mich, dass er seltsam direkt war und gleichzeitig sehr vage blieb. »Hat die Stadt nicht mehr verlassen. Hat sich den Stoff und ein anderes Hotelzimmer besorgt, heißt es.«

»Von wem haben Sie das?«

Froehmer kannte Leute. Vielleicht jemand, der jemanden kannte. Froehmer wusste, wo man Dinge fand. Und dann schickte er mich los, sie zu holen.

»Ich will ihn sehen. Ich will mich um alles kümmern. Ich hole ihn zurück.«

»Dafür ist schon gesorgt«, sagte Froehmer. »Sieh ihn dir lieber nicht an. Warte bis zur Beerdigung. Komm zurück. Wenn du irgendwas brauchst, sag Bescheid. Aber komm zurück.« Er war besorgt. Ich hörte es ihm an. Ich wollte antworten, dass er sich um mich keine Sorgen zu machen brauchte, war mir aber selbst nicht sicher. Man weiß nie, wie man auf so eine Nachricht reagiert. Außerdem würde ich noch nicht zurückfahren. Ich wollte Frank sehen. Was Froehmer davon hielt, war mir egal.

Jemand musste ihn sich ansehen, sich über ihn beugen, wie im Film. Ich hatte mich über meinen Vater gebeugt, hatte ihn im Krankenhaus sterben sehen und mich über ihn gebeugt, als man ihn für tot erklärt hatte. »Mein Beileid«, hatte die Krankenschwester gesagt, als sie das Stethoskop von seiner Brust nahm, die Apparate abstellte und die offizielle Todeszeit notierte. »Mein Beileid«, wiederholte sie und ließ mich allein mit ihm. Ich stand da und betrachtete meinen Vater und dachte, wie jung er war, aber wie viel älter als meine Mutter. Ich hatte dagestanden und mich über alle gebeugt, die ich je geliebt hatte. Und jetzt stand ich vor Frank. Sie hatten ihn unter dem Namen registriert, den er für den Auftrag benutzt hatte, nicht sein eigener, sondern der, der auf dem Führerschein und den Kreditkarten stand, die er bei sich gehabt hatte. Das war auf blöde Art tröstlich, ich konnte so tun, als wäre er nicht er. Zumindest für kurze Zeit. Solange das nicht Frank war, musste ich nicht daran denken, dass das Ganze überhaupt keinen Sinn ergab.

Man führte mich durch einen Korridor in einen Raum mit viel Metall, und es ergab keinen Sinn. Ich meine nicht Sinn im Sinne von Gerechtigkeit, wie die Welt funktioniert, wie die Dinge, wie sie sein sollten, von der Realität gefickt werden. Ich meine, etwas stimmte hier nicht. Das wusste ich, sobald ich ihn sah. Irgendwas war falsch. Erstens war sein Arm völlig kaputt, blau verfärbt und zerkratzt und zerschnitten, als hätte er sich den

Schuss mit einer Harke gesetzt. Als wüsste er nicht, was er tat. Ein Süchtiger vergisst nicht, wie man spritzt. Außerdem, wann hätte Frank mal nicht gewusst, wie etwas geht? Frank hatte sich keine Überdosis gespritzt, zumindest nicht freiwillig. Jemand hatte ihm den Schuss verabreicht, und jemand hatte Froehmer Lügen erzählt. Ich wollte ihn sofort anrufen und informieren, überlegte es mir aber anders. Es würde ihm nicht gefallen, dass ich Frank gesehen hatte. Ich würde ihn später fragen, wer ihm von Frank erzählt hatte, wer ihm die Geschichte aufgetischt hatte. Froehmer würde rausfinden können, wer dafür verantwortlich war. Er musste diejenigen nur finden, und ich würde sie mir holen. Frank hatte das nicht selbst getan. Sonders jemand anders. Es ergab immer noch keinen Sinn.

...

Am Morgen, nachdem meine Mutter gestorben war, hörte ich sie in der Küche das Frühstück vorbereiten. Ich lag im Bett und hörte wie jeden Morgen, dass sie Obst schnitt und Waffelteig anrührte oder Rührei machte, irgendwas Leckeres, bevor sie mich zur Schule schickte. Ich wusste, dass sie nicht da war, trotzdem hörte ich die üblichen vertrauten Geräusche und roch, dass etwas auf dem Herd brutzelte. Als ich nach unten kam, stand mein Vater am Herd. Er schnitt sorgfältig eine übrig gebliebene Backkartoffel in dünne Scheiben und legte sie in die heiße Pfanne. Dann nahm er ein paar Wurststücke, schnitt sie in Scheiben und gab sie zu der Kartoffel. Schließlich schlug er noch ein paar Eier in die Pfanne. Ich hatte meinen Vater noch nie Frühstück machen sehen. Ab und zu briet er mal ein Steak oder einen Burger, vielleicht auch mal ein Hühnchen, aber ich hatte ihn noch nie zur Frühstückszeit in der Küche gesehen. Wenn ich aufstand, war er normalerweise schon aus dem Haus.

...

Ich saß am Tisch und sah zu, wie er sorgsam unsere Mahlzeit choreografierte. Er hatte Brot in den Toaster gesteckt und stellte zwei Teller neben den Herd. Schenkte Tee ein, stellte mir schweigend eine Tasse hin und kehrte an den Herd zurück. Als der Toast hochploppte, hatte er just die Eier und Würstchen und Kartoffeln auf den Tellern verteilt. Er bestrich die Scheiben mit Butter, stellte einen Teller vor mir hin und ging mit dem anderen zu seinem Platz am anderen Ende des Tisches. Betrachtete erst den Teller und dann mich. »Ich weiß nicht, wie wir gestern überstanden haben«, sagte er, »und ich weiß auch nicht, ob wir morgen überstehen, aber ich weiß, dass wir irgendwie den heutigen Tag überstehen.« Dann aßen wir.

Als mein Vater starb, bereitete ich die gleiche Mahlzeit zu und wiederholte seine Worte. Als Frank starb, blieb ich im Bett. Ich wollte nichts essen, ich wollte nicht aufstehen, ich wollte den Tag nicht überstehen, ich wollte nicht, dass es morgen wurde. Am Nachmittag ging ich dann doch runter in ein Café, setzte mich hin und trank Kaffee.

In dem Laden war viel los, Leute kamen und gingen, viele hockten an Tischen und starrten in ihre Handys, ihre Computer, was immer sie vor sich hatten. Niemand bekam irgendetwas von der Umgebung mit.

An einem Tisch saß eine Frau. Sie hatte einen Laptop vor sich, das Handy neben den Laptop gelegt, nahm ihre Armbanduhr ab und legte sie neben das Handy. Dann starrte sie minutenlang den Computer an, dann auf die Uhr, dann auf ihr Handy. Das machte mich kirre. Und je öfter sie es tat, desto kirrer machte es mich. An tausend anderen Tagen hätte ich flüchtig darüber nachgedacht und dann an etwas anderes, aber an diesem Tag klebte es an mir wie eine Klette, ich kam nicht los davon und wurde immer zorniger. Frank war nicht mehr da, und diese Frau nahm immer noch Raum ein. Sie hatte eine Uhr in ihrem Computer und eine im Handy, aber sie musste immer wieder auf die Armbanduhr schauen. Ich konnte nicht wegsehen, ich wollte zu ihr gehen und sie anbrüllen. Ich überlegte, das Café zu verlassen, blieb aber sitzen, und nach einer Weile stand sie auf und ging an den Tresen. Und ließ alles auf dem Tisch liegen.

Ich stand auf und schlenderte an ihrem Tisch vorbei und steckte die Uhr ein und verließ das Café. Ich war keine fünf Meter weit gekommen, als die Frau mich aufhielt. Sie hatte einen der Angestellten dabei, der erpicht darauf schien, der Auseinandersetzung beizuwohnen.

»Sie haben meine Uhr genommen«, sagte sie.

»Was?«

»Sie haben meine Uhr genommen.«

»Sie irren sich«, sagte ich. »Ich habe nichts genommen.« Ich öffnete meine Jacke. »Sie können gern nachsehen.« Sie zögerte.

»Nur zu«, sagte ich so ruhig wie möglich, so wie Frank es gesagt hätte. Ich wandte mich an den Angestellten. »Wollen Sie nachsehen?« Er wusste nicht, was er tun sollte. »Ich habe gesehen, dass Sie sie genommen haben«, sagte er. »Dann schauen Sie nach. Oder wollen Sie die Polizei rufen?«, sagte ich. »Wir können das gern auch auf die Art klären.«

»Wir rufen die Polizei«, sagte die Frau.

Wir kehrten alle ins Café zurück. Ein paar Gäste starrten uns an, die meisten kümmerten sich schnell wieder um ihren eigenen Kram. Der Angestellte ging die Polizei rufen. Ich ging an meinen Tisch, drehte mich um und sagte: »Ich habe hier gesessen. Wo waren Sie?« Die Frau zeigte auf ihre Sachen, die immer noch auf dem Tisch lagen.

»Sie waren über fünf Meter weit weg«, sagte ich. Weil jemand an meinem Tisch saß, ging ich auf den der Frau zu. Sie wich zurück. »Nur die Ruhe«, sagte ich. »Schauen Sie mal, wo Sie waren und wo ich war. Ich kann die Uhr gar nicht genommen haben.«

Der Angestellte war von seinem Telefonat zurück. »Sie haben sie im Vorbeigehen genommen«, sagte er. »Ich habe es gesehen.« »Sie haben es gesehen? Von hinter dem Tresen? Könnten Sie mir das mal zeigen?« Er ging hinter den Tresen, und ich ging zum Tisch der Frau. »Was soll ich gemacht haben?«, fragte ich. Er war verunsichert. »Ich habe es gesehen«, sagte er, aber nicht mehr so eifrig wie zuvor. »Okay«, sagte ich. »Warten wir auf die Cops. Wo soll ich stehen?« Der Angestellte winkte mich zur Kasse, vermutlich, um mich im Auge zu behalten. Die Frau ging an ihren Tisch zurück und schaute aus dem Fenster. Endlich bemerkte sie jemand. Ein Typ am Nachbartisch stand auf, ging hinter die Frau, sagte: »Ist das Ihre Uhr?« und zeigte darauf; sie lag dicht an der Wand am Boden. Ich hatte sie vor gut zehn Minuten durch mein Hosenbein rutschen lassen. Niemand hatte es mitbekommen.

Die Frau war verwirrt, und der Angestellte hatte Mühe, das, was er gesehen hatte, mit dem, was er jetzt sah, in Einklang zu bringen. Er entschuldigte sich, die Frau jedoch sagte nichts. Ich hätte mich glücklich schätzen und einfach gehen sollen, aber ich war immer noch zornig, vor allem auf mich selbst. Ich schnauzte die Frau laut an, sie solle lieber besser auf ihre Sachen aufpassen, als andere Leute falsch zu beschuldigen. Vielleicht habe ich auch gebrüllt, dass heutzutage sowieso niemand mehr eine Armbanduhr braucht. »Was soll ich mit einer Armbanduhr? Was soll man überhaupt mit einer Armbanduhr anfangen?« Vielleicht so in der Art. Ich war halb außer mir und wurde plötzlich zu dem Menschen, der ich gewesen war, bevor ich Frank kennenlernte. Ich merkte es, beendete meinen Wutausbruch und beruhigte mich.

»Schon gut«, sagte ich zu der Frau. »Aber den Cops werden Sie das noch erklären müssen.« Bevor die eintrafen, ging ich. Die Uhr zu nehmen sollte ein kleiner Tribut an Frank sein, redete ich mir ein, und fast hätte ich es versaut. Wenn die nicht unfähiger gewesen wären als ich, hätten sie mich erwischt. Sie hätten mich nicht mehr in das Café lassen dürfen und erst recht nicht in die Nähe des Tisches der Frau. Und ich hätte besser planen müssen, den Raum observieren, aus allen Blickwinkeln. Ich war nicht Frank. Ich war den Großteil meines Lebens auf mich allein gestellt gewesen, und jetzt war ich nicht sicher, ob ich den Rest ohne ihn überstehen würde. Den ersten Test hatte ich nur knapp bestanden. Ich ging zurück ins Bett.

· · ·

Ich begab mich so früh wie möglich zur Totenwache ins Beerdigungsinstitut und war sicher, der Erste zu sein, aber es saßen bereits drei andere Menschen bei Frank. Ein Mann, seine Frau und die Tochter, und ich wusste sofort, dass das Franks Familie war, von der ich nie etwas erfahren hatte. Sein Vater sah so aus, wie Frank in dreißig Jahren ausgesehen hätte, und seine jüngere Schwester hatte das gleiche freundliche Gesicht, mit weicheren Zügen, in denen noch ungetrübte Helligkeit lag.

Die Schwester stand auf und begrüßte mich. Ihr fehlte Franks ruhiges Selbstvertrauen, sie hatte etwas Zerbrechliches an sich, wie angeschlagenes Glas. »Sie müssen Rick sein«, sagte sie. »Ich habe viel von Ihnen gehört. Ich bin Casey.« Sie beugte sich vor und umarmte mich kurz. »Meine Eltern wissen nichts«, flüsterte sie und stellte mich dann ihrem Vater und ihrer Mutter vor. »Das ist ein guter Freund von Frank«, sagte sie.

»Woher kennen Sie Frank?«, wollte die Mutter wissen.

»Wir haben uns in der Einrichtung getroffen«, sagte ich. »Er hat mir durch vieles durchgeholfen. Bis zum Ende.«

»Sie waren in Kontakt?«

»Täglich«, sagte ich. »Er war immer für mich da.«

»Er hat eine schreckliche Entscheidung getroffen«, sagte die Mutter.

»Es war eine schreckliche Krankheit«, sagte ich. Und verstummte, als ich sah, wie sich ihr Gesicht missbilligend verhärtete.

»Danke für alles, das Sie für Frank getan haben«, sagte Casey. Sie lud mich ein, neben ihr Platz zu nehmen, ich tat es und versuchte, nicht zu Frank hinüberzuschauen. Überall standen Blumensträuße mit weißen Umschlägen. Casey bemerkte, dass ich sie betrachtete.

»Sie sollten die Briefe lesen«, sagte sie, »sie sind alle sehr nett, voller schöner Erinnerungen an Frank.«

Ich konnte sie nicht ansehen.

»Er hat vielen Menschen geholfen«, sagte Casey.

»Und ein paar verletzt«, sagte ihr Vater.

Es ist das Verletztsein, das bleibt.

• • •

Hunderte von Menschen kamen zur Totenwache. Fast alle sagten das Gleiche zu Franks Eltern und Schwester, wie sehr Frank ihnen geholfen hatte, was für ein guter Mensch er war, wie er sie beeinflusst hatte. Ich dachte nur, dass sie Frank überhaupt nicht kannten. Sie kannten einen Teil von ihm, eine Version, aber nicht den ganzen Menschen. Vielleicht ist das auch alles, was ich wusste. Vielleicht kann man gar nicht mehr vom anderen kennen. Vielleicht weiß ich nicht mal, wovon ich rede. Aber ich weiß, dass die Version, die sie gesehen hatten, nicht die war, die ich kannte. Frank war unter einem anderen Namen und an den Drogen eines anderen gestorben. Diese Person kannte ich nicht. Ich war auf der Totenwache für einen Fremden.

Franks Vater benahm sich, als wäre auch er auf der Totenwache für einen Fremden. Er säuberte seine Fingernägel, schaute auf die Uhr, schaute auf sein Handy. Er wollte die Zeit beschleunigen. Ich bemühte mich, nicht schlecht von ihm zu denken. Jeder trauert auf seine Weise. Ich weiß noch, wie ruhig mein Vater bei der Beerdigung meiner Mutter war. Er saß da, schüttelte Hände, hörte sich die mitfühlenden Plattitüden der Leute an, nickte und dankte allen für ihr Kommen. Seine Stimme war fest, er weinte keine Träne. Alle sprachen davon, wie stark er war. »Du bist ein Fels«, sagten sie zu ihm. »Sei stark für deinen Sohn. Er braucht das jetzt.« Nur dass er nicht stark war. Er war so schwach, wie ich ihn noch nie erlebt hatte, zu schwach zum Weinen, zu schwach für irgendwas, außer dazusitzen und es auszuhalten. Er war leer, nur noch eine morsche Hülle, und was ihn danach wieder füllte, war bitter. Er brauchte lange, um seine Kraft zurückzubekommen, nur damit sie ihm am Ende wieder genommen wurde. Ich sagte mir, dass ich nicht wie mein Vater sein würde, ich würde nicht schwach werden. Ich musste stark bleiben, um herauszufinden, was Frank zugestoßen war. Das musste ich schaffen, sonst würde mir nichts bleiben.

Von den Hunderten von Menschen, die Frank sehen wollten, kannte ich ein paar Dutzend. Wir umarmten uns und weinten, aber ich erzählte ihnen nichts, so sehr es mich drängte. Es war besser, alles für mich zu behalten, bis ich mehr wusste. Schließlich war es möglich, dass die Person, die Frank hatte sterben sehen, sich unter uns befand. Es muss jemand sein, den er kannte, dachte ich. Der Raum war voller Süchtiger. Nur dem Leiter des Therapiezentrums hätte ich fast etwas gesagt.

»Wo warst du, als es passiert ist?«, wollte er wissen.

»Hab geschlafen«, sagte ich. »Wir waren ein paar Tage in der Stadt. Ich bin aufgewacht, und Frank war weg.«

»Ist irgendwas Ungewöhnliches passiert?«

Ich schüttelte den Kopf, überlegte es mir dann aber anders. Eins würde ich ihm sagen. »Wir hatten einen kleinen Autounfall, nichts Schlimmes.«

»Manchmal reicht das«, sagte er. »Oder vielleicht hat es auch nichts damit zu tun. Ist manchmal schwer zu sagen. Manchmal kriegt man es nie raus.«

• • •

Ich bemühte mich, Frank nicht anzusehen, aber er schien immer in meinem Augenwinkel zu sein. Menschen kamen auf mich zu, nachdem sie bei ihm gestanden hatten, und er, in seinem Sarg liegend, war immer im Hintergrund. Ich wollte es nicht sehen. Ich wollte nichts davon wissen. Froehmer hatte sich darum gekümmert, wie er gesagt hatte, aber in mir nagte der Gedanke, dass Frank in der Kleidung eines anderen begraben werden würde.

Mein Vater war nicht in der Lage gewesen, Kleidung für meine Mutter rauszusuchen, er schaffte es nicht mal, den Schrank zu öffnen und ihre Sachen anzusehen, daher musste ich ihre Grabkleidung aussuchen. Ich wählte meine Lieblingsstücke, die Sachen, die sie zu Hause oft getragen hatte, Jeans und eine schwarze Flanellbluse. Das war ihr Lieblingsoutfit, welches sie immer anzog, wenn sie nach Hause kam, und ich nahm an, dass sie die Sachen hätte tragen wollen. Meinem Vater war es egal, er wollte nichts davon wissen. Im letzten Augenblick entschied er, dass er ihren Anblick nicht ertragen konnte, und ließ den Sarg schließen. Ich sah sie trotzdem dort in ihren Lieblingsklamotten liegen. Wenn ich an sie denke, trägt sie immer diese Sachen. Bei meinem Vater war es leichter. Er besaß nur einen Anzug. Den brachte ich zusammen mit einem weißen Hemd und einer Krawatte zum Bestattungsinstitut, das wars. Erst später fiel mir ein, dass ich den Anzug auf meinem Abschlussball getragen hatte. Ich hatte meine Jungfräulichkeit in diesem Anzug verloren, oder vielmehr ohne ihn. Ich bin nicht sicher, ob er danach noch mal getragen worden war, bis mein Vater ihn zum letzten Mal brauchte. In seinen Taschen steckte Geld, in ihm ein zu junger Mann, der mir noch ein paar Dinge hätte beibringen können. In Franks geborgte Taschen würde niemand Geld stecken, aber auch er hätte mir noch einiges beibringen können. Ich brauchte sie alle, meine Eltern und Frank, aber sie waren nicht mehr da, und ich musste lernen, ohne sie klarzukommen. Das lernt man und lernt man, bis nur das Lernen bleibt.

Ich versuchte, nicht darüber nachzudenken. Ich hielt nach Froehmer Ausschau, aber er kam nicht. Ich wollte ihm für alles danken; ich wollte ihn Casey vorstellen. Er hatte Frank nie kennengelernt, ihn nie gesehen, soweit ich wusste, aber er hatte sich um alles gekümmert, wie er versprochen hatte. Wahrscheinlich hatte das jemand übernommen, der für ihn arbeitete, aber er hatte sich um alles gekümmert und kam dann nicht, wie er auch nicht auf die Beerdigung meines Vaters gekommen war.

• • •

Und dann kam er doch. Am nächsten Tag, die Trauerfeier hatte gerade begonnen, schlüpfte er in die Kirche und setzte sich hinter mich. Ich saß hinter Casey. Die erste Reihe war der Familie vorbehalten, Casey und ihren Eltern, alle schwarz gekleidet. Die Mutter wirkte in ihrem schwarzen Kleid klein, ein winziges Stück Kohle ganz links. Der Vater blätterte durch das Gesangsbuch oder irgendetwas anderes. Casey umarmte mich und bedeutete mir, mich hinter sie zu setzen. Es war ein kirchlicher Gottesdienst mit Hymnen und Lesungen aus der Bibel und dem Allgemeinen Gebetbuch. Ich stand auf, wenn alle aufstanden, kniete mich hin, wenn alle sich hinknieten, und las bei den Gebeten und Liedern mit, aber ohne den Mund zu öffnen. Die Worte hatten keine Bedeutung für mich. Ich wünschte, es wäre anders. Ich kann nachvollziehen, dass sie manchen Menschen Trost spenden, auch die Vorstellung, dass der Verstorbene an einen besseren Ort gezogen ist, in eine Villa, wie der Priester sagte, aber ich glaubte nicht daran. Der Priester sprach über den Tod des Lazarus, und dass Jesus gesagt hatte, die, die an ihn glaubten, würden niemals sterben, aber dann geht Jesus hin und erweckt Lazarus von den Toten. Und ich dachte nur noch darüber nach, warum Jesus dann nicht alle von den Toten erweckt. Warum ließ er Frank nicht aus diesem Kasten auferstehen? Wenn der Tod nichts bedeutete, warum wurde Lazarus nach vier Tagen in der Grabhöhle zurückgebracht? Das war nur eine Geschichte, genau wie die von den Dieben am Kreuz und alles andere. Es hatte keine Bedeutung für mich, es waren nur Geschichten. Die andere beeindrucken mochten, mich nicht. Andere haben vielleicht Angst vor Leid und Strafe im Leben danach oder im Himmel oder so, aber wenn ich etwas falsch mache, will ich auf meine Art dafür geradestehen. Das ging mir unablässig durch den Kopf, während wir auf die Knie sanken und uns wieder erhoben und Worte und noch mehr Worte kamen und gingen, und Frank lag da vorn und wurde im ganzen Gottesdienst kaum erwähnt.

Auf der Beerdigung meines Vaters wurden viele Reden gehalten. Er wollte es so. Er wollte keine steifen Predigten und Kniebeugen alle paar Minuten. Er wollte Geschichten über bessere Zeiten, eine kurze Trauerfeier und anschließend ein Trinkgelage. »Damit ich durch die Tür komme«, hatte er zu mir gesagt. Man sprach davon, was für ein strenger Boss er gewesen war, aber dass er nur verlangte, was er selbst bereit zu geben war. »Er hat mich gezwungen, eine ganze Baustelle abzusuchen und die ungenutzten Ziegelsteine einzusammeln«, sagte Pete Tejada mit einem Lächeln im Gesicht. Die Steinmetze ließen immer Ziegel herumliegen. Mein Vater ließ sie einsammeln und stapeln, damit sie verwendet werden konnten, anstatt weggeschafft und irgendwo anders eingesetzt zu werden. »Ich stolpere da also rum, ein junger Bursche, der ein bisschen schnelles Geld verdienen will«, (was lautes Gelächter einbrachte), »und verfluche den Typen, der mich durch die Gegend schickt, um Ziegelschutt einzusammeln, als ich ihn hinter mir halbe Ziegel aufheben sehe. Ich schaue ihn an, und er hebt einen hoch und sagt: ›Ich muss doppelt so viele einsammeln, um mit dir mitzuhalten.‹ Er hat immer mehr weggerockt als ich«, sagte Pete. »Und immer mit einem Lächeln im Gesicht.« Solche Geschichten gab es viele über meinen Vater. Über Frank gab es keine, jedenfalls wurden sie vorn am Altar nicht erzählt, wo alle sie hören könnten. Nur Casey erzählte eine.

Der Priester räumte zum Schluss ein, dass er Frank nicht gekannt hatte, und kündigte an, dass daher seine Schwester nach vorn treten und über ihren Bruder sprechen würde. Sie sprach von dem Schmerz, den er verursacht hatte, und von den Problemen, die er hinter sich lassen wollte. »Drogensucht ist eine Krankheit, die nicht nur den Süchtigen betrifft«, sagte sie. »Sondern jeden, mit dem der Süchtige Kontakt hat, Familie, Freunde, Kollegen, jeden. Sie ist wie ein Stein, der ins Wasser geworfen wird und dessen Wellen sich immer weiter ausbreiten. So hat Frank es beschrieben. Er wusste um die Wellen, die er ausgelöst hatte, um den Schaden, den er nicht nur sich selbst, sondern allen in seinem Umfeld zugefügt hatte. Als er dann clean war, hat er versucht, eine andere Art von Stein zu werden, andere Wellen auszulösen. Er war lange, zu lange, nicht Teil meines Lebens, aber vor Kurzem haben wir wieder Kontakt aufgenommen«, sagte sie. »Wir haben mindestens einmal die Woche telefoniert und uns häufig Nachrichten geschrieben. Es ging ihm gut, dachte ich, besser als seit Langem, vielleicht besser denn je. Vielleicht war das nicht genug. Manche von euch haben ihn besser gekannt als ich. Vielleicht kanntet ihr ihn anders. Ich weiß nur, dass er nicht immer ein guter Mensch war, aber versucht hat, ein besserer zu sein. Mehr kann man von niemandem verlangen.«

Die Mutter starrte Casey an, und als sie den Blick auffing, versagte Casey die Stimme. Ihr Vater schaute ins Leere. Casey wollte noch etwas sagen, entschied sich dann anders und kehrte auf ihren

Platz zurück. Der Priester beendete unbeholfen den Gottesdienst und lud alle ein, zu Kaffee und Kuchen zu bleiben. Ein paar Leute gingen zu Casey, stellten sich vor und erzählten ihr, wie Frank ihnen geholfen hatte, wie er vielen geholfen hatte, wie glücklich er gewirkt hatte, wie viel Gutes er bewirkt hatte. Ich saß da, bis ich merkte, dass Froehmer gegangen war. Man konnte ihm keinen Vorwurf machen. Der Gottesdienst hatte sich in ein Meeting verwandelt. Frank hätte es grauenhaft gefunden, da war ich mir sicher. Ich ging ebenfalls.

Ich wollte draußen auf dem Parkplatz warten, bis die Prozession zum Friedhof begann. Froehmer stand neben einem Wagen und telefonierte. Ich wartete, bis er fertig war, und gesellte mich zu ihm. »Ich habs nicht mehr ertragen«, sagte ich.

»Es wurden nette Dinge gesagt.«

»Über die Toten werden immer nette Dinge gesagt. Nur selten die Wahrheit.«

»Was würdest du sagen?«

»Ich habe nichts gesagt. Ich werde nichts sagen. Das habe ich von meinem Vater gelernt. Und von Ihnen.«

Froehmer nickte und lehnte sich an den Wagen. »Es tut mir leid für dich. Es tut mir leid um Frank«, sagte er. »Er dachte, er hätte es im Griff.«

»Er hatte es gepackt«, sagte ich.

»Man muss wissen, wer am längeren Hebel sitzt«, sagte Froehmer. »Das muss man respektieren. Das hat ihn in Schwierigkeiten gebracht.«

Was wusste Froehmer darüber? Er hatte keine Ahnung, wovon er redete. So was sagen Leute, die nichts von Sucht verstehen. »Ich weiß nicht«, sagte ich. »Irgendwas stimmt da nicht.«

»Nichts hat gestimmt«, sagte er. »Manche Menschen sind nicht gemacht für den Job. Er hätte auf dich hören sollen. Nicht andersrum. Ich hätte mehr tun sollen. Vielleicht hätte ich helfen können.«

»Sie haben getan, was Sie konnten. Mehr als Sie mussten.«

»Ich habe nichts getan«, sagte er.

»Ich will die Sache in Ordnung bringen«, sagte ich. »Ich will den Job zu Ende bringen.«

»Ist schon erledigt.«

»Lassen Sie mich das Ding holen, wie geplant. Ich besorge Ihnen das Ding.«

»Ist schon erledigt.«

»Sie haben es gefunden?«

»Wir wissen, wo es ist«, sagte Froehmer.

»Ich kann es holen. Bitte.«

»Mach dir keine Gedanken darum. Gönn dir eine Pause. Der nächste Job kommt bestimmt.«

»Ich will es wiedergutmachen«, sagte ich.

Froehmer betrachtete einen Moment lang mein Gesicht, wahrscheinlich sah er, wie viel es mir bedeutete. »Okay«, sagte er. »Du hast den Job. Aber warte auf mein Zeichen.«

17
DIE SCHWESTER

Sie berührte alles, was ihm gehört hatte, nahm jeden Schuh, jede Socke in die Hand, strich mit den Fingerspitzen über seine Hemden, steckte die Hand in die Taschen seiner Hosen, tastete jedes seiner Besitztümer ab wie eine Blinde. Sein Saxofon hielt sie im Arm wie ein Baby. Sie hob das Buch auf, das Frank auf dem Nachttisch liegen hatte, *Moralisches Handeln im Rahmen moderner Gesetzgebung.* »Das gehört meinem Bruder«, sagte sie. »Ja, stimmt«, erwiderte ich. »Habt ihr denselben Geschmack?«

»Eigentlich nicht«, sagte sie. »Eher gemeinsame Interessen. Aber ich musste das alles gar nicht lesen, weißt du? Er hat mir alles erzählt. Ich brauchte nicht zu lesen. Ich habe die Zusammenfassung und eine Dissertation bekommen.«

Sie betrachtete den Buchrücken. »Vielleicht sollte ich es mal hiermit versuchen.«

»Lohnt sich nicht«, sagte ich. »Ich habs gelesen. Spoileralarm: Moralisches Handeln stellt nach wie vor eine Bedrohung für den Staat dar. Heutzutage würde man Jesus vielleicht nicht mehr ans Kreuz nageln, aber in einem Hochsicherheitsgefängnis einsperren. Im Kern zusammengefasst.«

»Doch so viel Fortschritt, zweitausend Jahre später?«

»Ist das Fortschritt?« Ich nahm ihr das Buch ab und hielt es fest. Hätte sie es aufgeschlagen, hätte sie Franks handgeschriebene Kommentare gesehen. Mit diesem Buch hatte er versucht, unsere Taten rational zu erklären. Er hatte kein Problem damit zu stehlen, wenigstens normalerweise, aber sehr wohl eins damit, andere Menschen zu verletzen. Gelegentlich musste er das gedanklich glatt ziehen und schrieb dann Kommentare in das Buch, während er Argumente und Rechtfertigungen sammelte. »Die Menschen sollten keinen Wert in Dinge legen«, schrieb er. »Diebstahl kann ein moralischer Akt sein, nicht wie bei Robin Hood, eher ein existenzieller Akt. Niemandem gehört irgendwas, es geht einfach nur durch unsere Hände.« Ich weiß nicht, ob er das wirklich glaubte, aber mir war klar, dass wir vor dem Gesetz damit nicht weit kommen würden.

Ich teilte Franks Probleme und Skrupel nicht, aber ich konnte ihm nicht helfen, seine Gedanken zu ordnen. Ich konnte nur zuhören, wenn er aus dem Buch vorlas, wenn er vorlas, was er sich aufgeschrieben hatte, und wünschte, er hätte nichts davon zu Papier gebracht. Ich steckte das Buch in eine Schublade mit meinen Sachen und hoffte, Casey würde es vergessen.

Sie stand vor dem Schrank und betrachtete seine Hemden. Sie hatte mich gebeten, herkommen zu dürfen. Ihre Eltern waren nach Hause gefahren. Von mir aus konnte sie in der Wohnung bleiben und alles anfassen, solange sie wollte. »Darf ich ein Hemd mitnehmen?«, fragte sie.

»Du kannst haben, was du möchtest. Du kannst mitnehmen, was du willst. Alles, wenn du willst.«

»Das geht doch nicht«, sagte sie, »du wirst doch sicher was behalten wollen.«

»Ich weiß nicht, ob ich das kann.«

»Das denkst du jetzt. Aber schmeiß nichts weg. Bitte schmeiß bloß nichts weg. Das kannst du später immer noch, aber zurück bekommst du es nie. Ja?«

»Ja, ich weiß«, sagte ich.

»Ich nehme ein paar Hemden mit«, sagte sie. »Ich mache Bären daraus. Ich helfe als Freiwillige bei einer Gruppe mit. Wir fertigen

Stoffbären an für Familien, in denen jemand an Drogen gestorben ist. Sie schreiben uns und schicken die Kleidung ein, und wir machen einen Bären daraus. Hier.« Sie zeigte mir einige Fotos. Genau, was man sich vorstellt. »Ich dachte, ich mache mir selbst einen, und einen für meine Eltern. Soll ich dir auch einen machen?«

»Ich glaube, ich würde den Anblick nicht ertragen.«

»Viele Menschen finden sie überraschend tröstlich«, sagte sie. »Wir haben schon fast zweihundert gemacht. Ich nehme ein Extrahemd mit, für alle Fälle.«

»Okay«, sagte ich.

Sie stand am Schrank, einen Hemdsärmel zwischen den Fingern, als sie überwältigt wurde. Es kommt in Wellen, in kleinen und großen, und nicht immer sind es die großen, die einen umhauen. »Ich habe überhaupt nur wegen Frank damit angefangen, weißt du? Er hat immer davon gesprochen, etwas zurückgeben zu wollen, da wollte ich auch helfen. Ich habe seinetwegen angefangen.« Sie schluchzte. »Ich hätte nie gedacht, dass ich einen für ihn machen würde.« Es war eine große Welle, die uns beide packte.

»Wir hatten lange keinen Kontakt«, sagte Casey. »Erst in den letzten Jahren wieder. Da war er schon eine Weile mit dir zusammen, glaube ich. Er war glücklich, hat er gesagt. Alles lief gut für ihn, vielleicht zum ersten Mal überhaupt. Hat er dir je von uns erzählt?«

»Kein Wort.«

Sie lachte, aber nicht, weil es komisch war. »Das überrascht mich nicht. Es hat viele Verletzungen gegeben. Mit unseren Eltern hat er sich nie verstanden. Er hat schon früh gemerkt, dass er schlauer war, dass sie ihn hemmen. Aber im College wurde es schlimm, danach noch schlimmer. Im College hat er mit den Drogen angefangen. Er hat nicht experimentiert, wie andere, sondern regelrecht geforscht. So hat er es beschrieben. Er hat Drogen genommen, um sich selbst zu verstehen. Und wenn er auf Drogen war, mochte er sich am meisten. Er hätte etwas entdeckt, sagte er. Durch die ganzen Bücher, die er gelesen hat. Er dachte, er hätte es im Griff. Er würde nie abhängig werden, meinte er. Wir haben uns deswegen gestritten, aber er war überzeugt. Dann bekam er einen Job als Lehrer an einer Highschool. Und hat einer Gruppe von Schülern anvertraut, was er bei sich selbst entdeckt hatte. Und einer hat es dem anderen erzählt, bis die Schule eine Untersuchung einleiten musste. Er wurde gefeuert. Das war der einzige Job, der ihm je etwas bedeutet hat. Er war der geborene Lehrer, weißt du das? Aber niemand hat ihn mehr eingestellt, also nahm er einen Job nach dem anderen an, arbeitete bloß, um seine Sucht zu finanzieren, bis die Sucht größer wurde als der Job, dann fing er an zu stehlen, wurde erwischt und gefeuert. Dann hat er angefangen, meine Eltern zu beklauen, dann unsere Großeltern. Meine Großmutter fand ihn unter ihrem Bett versteckt, als er mit ihrem Schmuck abhauen wollte. Sie hat die Cops gerufen, und mein Vater hat verboten, dass irgendwer seine Kaution bezahlt. Im Knast hat er entzogen. Sobald er rauskam, war er wieder drauf, nur um sich an unserem Dad zu rächen, glaube ich, um zu beweisen, dass er noch die Kontrolle hatte. Er hatte sie nicht mehr, war aber noch nicht ganz unten angekommen. Unten war sehr weit unten. Wir hatten nichts mit ihm zu tun, nicht mal, als er seine erste Therapie antrat. Auch nicht, als er im Krankenhaus fast gestorben wäre. Und als er dann clean war, wollte er mit uns nichts mehr zu tun haben. Bis er Kontakt aufgenommen hat. Es ging ihm wirklich gut. Ich hätte nie gedacht … Es ging ihm nicht immer gut«, sagte sie nach einer Weile. »Aber es ging ihm besser, stimmts?«

»Lange Zeit, ja«, sagte ich. »Wann hast du zuletzt von ihm gehört?«

»Als ihr in der Stadt wart«, erwiderte Casey. »Er hat erzählt, wo ihr übernachtet, und ich weiß noch, dass ich gesagt habe: ›Wegen dem Pferd?‹ Er war ganz aufgeregt. ›Was weißt du von dem Pferd?‹, fragte er. Ich sagte, das ist allgemein bekannt. ›Was ist mit dem Pferd?‹, sagte er. Ich erzählte ihm, das ist ein altes Zirkuspferd, das irgendeinem Typen gehört, und das Pferd legt sich manchmal vor dem Hotel mitten auf die Straße. ›Die Frau am Empfang hat gemeint, sie wüsste nichts davon‹, sagte er. ›Wahrscheinlich hat sie keine Lust mehr, die Geschichte zu erzählen‹, sagte ich. ›Das steht in jedem Stadtführer.‹ Er fing an zu lachen, lachte sich kaputt und meinte, er hätte sich den Kopf zerbrochen. ›Du weißt nicht mal, in welchem Hotel du wohnst‹, sagte ich. Er lachte noch mehr. Und sagte, du würdest auch lachen, wenn du das wüsstest.«

»Er wollte sich nicht von der Stelle rühren, bevor er es rausgefunden hatte«, sagte ich. »Und das mit dem Hotel stimmt. Die haben sich echt blöd verhalten.«

Casey lachte. »Frank war wirklich abergläubisch, wie?«

»Schon immer?«

»Erst seit er clean war. Ich bin nicht sicher, ob es wirklich Aberglauben war. Er musste einfach über alles Bescheid wissen, weißt du, musste alle Figuren auf dem Schachbrett sehen, um seinen nächsten Zug planen zu können.«

»Das stimmt.«

»Meinst du, er hat diesen Zug vorhergesehen?«, fragte Casey.

»Du?«

»Ich kenne mich gut genug aus, um zu wissen, dass man nie sagen kann, was einen umwirft, aber mit dem hier hätte ich nicht gerechnet. Es ging ihm gut. Wie ich gesagt habe. Er redete davon zu reisen, dass ihr beide irgendwohin fahren würdet, nach Griechenland oder Italien. Er hat sich darauf gefreut.«

Sie hielt inne und dachte nach. »Aber das heißt nichts, wie du weißt. Oft schauen die Leute nach vorn und fallen in dem Moment rückwärts um.«

»Ich weiß«, sagte ich, »aber ich weiß nicht, ob es bei Frank so war. Ich bin nicht überzeugt davon.«

»Den Gedanken musst du loslassen«, sagte sie.

Ich konnte sie nicht ansehen. Ich würde nicht loslassen und ich durfte nicht zulassen, dass sie das von ihrem Bruder glaubte. »Und wenn ich dir sage, ich glaube nicht, dass er sich den Schuss selbst gesetzt hat?«

Ich wollte ihr das nicht sagen. Ich weiß nicht, warum ich es tat. Normalerweise kann ich gut den Mund halten. Sie schüttelte den Kopf, wollte es nicht hören, ich redete trotzdem weiter. »Ich habe ihn gesehen«, sagte ich. »Ich habe ihn gesehen, nachdem sie ihn reingebracht hatten. Sein Arm sah aus wie ein Nadelkissen. Das hat er sich nicht selbst zugefügt. Jemand anders hat ihm den Stich gesetzt.«

»Wer?«

»Das werde ich rausfinden.«

»Ich soll dir helfen.«

»Nein«, sagte ich. »Das will ich damit überhaupt nicht sagen. Ich musste es nur jemandem erzählen. Der Mensch, dem ich es normalerweise erzählen würde, na ja, du weißt schon. Außerdem weiß ich gar nicht genau, wie ich anfangen soll.«

»Du weißt, was Frank sagen würde.« In der Tat. Trotzdem sprach sie es aus. »Fang mit dem an, was du weißt, und mach da weiter.« Es war gut, daran erinnert zu werden.

18
DAS DING

Frank redete nicht. Er stand im Hotelzimmer und schaute sich die stummen Fernsehbilder an, ohne wirklich hinzusehen. Er wollte nicht reden.

»Was ist das Albernste, das wir je gestohlen haben?«, fragte ich, um ihn rauszuholen aus seinen Gedanken.

»Nichts von dem Zeug ist albern«, sagte er, »nicht in den Augen derer, die es haben wollen.« Dann überlegte er. »Aber eigentlich ist alles albern, wenn man richtig darüber nachdenkt.«

»Aber das Albernste. Ich meine, wir haben mal eine Zimmerpflanze gestohlen.«

»Die Zimmerpflanze war zwölftausend Dollar wert«, sagte Frank.

»Du willst nicht darüber reden.«

»Ich will, dass wir das Ding so schnell wie möglich wieder loswerden«, sagte er.

»Wir könnten heute Abend nach Hause fahren. Irgendein anderes Auto mieten. Wenn du willst. Und es gleich morgen früh Froehmer geben.«

»Ist schon gut«, sagte Frank.

»Was ist mit dem Wagen?«

Frank zuckte die Achseln. »Irgendein Typ, der nicht aufgepasst hat. Er hat die Angaben. Der Mietwagenverleih hat alle Angaben. Nichts davon führt auf uns zurück.«

»Auch nicht auf Froehmer?«

»Auch nicht auf Froehmer. Es ist alles erledigt. Kein Grund zur Sorge.«

Er machte sich keine Sorgen. Er war bloß irgendwo anders. Er wollte woanders sein. Mehr habe ich mir nicht dabei gedacht. Und dann, als ich schlief, ist er irgendwann gegangen. Hat das Ding mitgenommen und ist verschwunden. Das wusste ich. Damit hatte es angefangen.

19
WAS MAN WEISS

Ich hing tagelang am Telefon. Froehmer hatte gesagt, man
hätte Frank in einem anderen Hotel gefunden. Also startete
ich einen Rundruf. Ich fing mit den Kreditkarten an, die er
wahrscheinlich bei sich gehabt hatte. Ich wusste von dreien.
Tatsächlich besaß er fünf, aber zwei lagen noch zu Hause, vor
mir auf dem Tisch. Bei diesen beiden Instituten rief ich ebenfalls an, um herauszufinden, ob es irgendwelche Aktivitäten
gegeben hatte, ob er sie irgendwo benutzt hatte. Die Karten
waren auf fünf verschiedene Namen und Identitäten ausge-
stellt. Ich rief an und tippte mich durch die telefonischen
Ansagen, zum ersten Mal froh über die leblosen Stimmen am
anderen Ende. Es gab keine neuen Abbuchungen. Als Nächstes rief ich die Hotels an und fragte nach den Namen auf den
Karten. Ich rief an, nannte die Namen und das Datum und
wartete. Nichts. Nie ergab sich etwas. Aber ich hatte noch
viel zu tun.

Frank hatte immer verschiedene Identitäten für uns beide, Reise-
pässe, Führerscheine, Bank- und Kreditkarten. Drei benutzte er
reihum, zwei waren Reserve. Ein paar der Dokumente änderte er
um, andere fälschte er, ein paar stahl er. »Identitätsdiebstahl ist zu
einfach«, sagte er. »Und zeitlich begrenzt.« Eine gestohlene Identität konnte man nur für kurze Zeit nutzen, normalerweise höchstens einige Stunden. Mit den Fälschungen war es einfacher. Frank
hatte für einige der langfristigeren Identitäten Bankkonten eröffnet
und ein ausgetüfteltes (und vielleicht unnötiges) Online-Hütchen-

spielsystem entwickelt. »Keine roten Flaggen«, sagte er gern. »Keine Probleme, keine Fragen.«

Ich prägte mir die wichtigsten Dinge ein, Kreditkartennummern, Telefonnummern, Geburtsdaten, Adressen, alles, was ich im Notfall ad hoc würde nennen müssen. Abgesehen davon dachte ich nicht groß über Franks Fälschungen nach, er dagegen erfand für seine alternativen Identitäten ganze Profile und Persönlichkeiten. Jacob Maris war Landschaftsgärtner in der Nähe von Tallahassee. Gilbert Lesko war Systemanalytiker in Jersey City. Arthur Dodge stammte ursprünglich aus Missouri, war aber oft umgezogen, bevor er sich schließlich in der Nähe von Rockford niedergelassen hatte, wo er für einen Handyanbieter arbeitete. Frank wusste, wo sie wohnten, welche Autos sie fuhren, wie sie sich kleideten, welche Bücher sie lasen, welche Filme sie schauten, welche Musik sie mochten, was sie gern aßen, er wusste alles über sie.

»Die haben echt langweilige Leben«, sagte ich im Scherz zu ihm.

»Genau darum geht es«, sagte Frank. »Sie haben genug Eigenheiten, um einzigartig und realistisch zu wirken, aber nichts, was sie interessant machen würde. Nichts, nach dem man sie fragen würde, nichts, an das sich irgendwer erinnern würde.«

Frank hatte sich ganze Biografien für seine Identitäten ausgedacht und machte Witze darüber, weil er wusste, dass er völlig übertrieben hatte. »Arthur trägt niemals Nikes«, sagte er eines Tages zu mir, als ich gerade packte. Oder »Denk dran, Gilbert hat Starwood-Punkte«, als ich ein Hotel reservieren wollte. »Jacob hat eine Fischallergie«, erinnerte er mich, als ich während eines Jobs chinesisches Essen bestellte (wie so oft). Ich zog Frank damit auf, dass ich mir nie merken könnte, wer gerade neben mir saß. Ich, immer ich, erwiderte er.

Er hätte mit Identitätsdiebstählen ein Vermögen machen können, wäre ein hervorragender Spion oder Spitzel geworden, hätte wirklich etwas aus seinen Fähigkeiten machen können. Aber das interessierte ihn nicht. Er wollte ein einfaches Leben, sagte er immer. Aber kein Leben ist einfach. Wie sehr man sich auch bemüht. Für Frank war es einfach, er veränderte sich, wann immer es erforderlich war. In der Therapie erzählte er oft davon. »Veränderung ist leicht«, sagte er dann. »Überleg mal, wie viele Veränderungen du schon hinter dir hast, wer du schon alles gewesen bist, erinnere dich, wer du vor den Drogen und wer du mit ihnen warst – wer du mit deinen Freunden warst, mit deiner Familie, deinem Boss, deinem Sponsor, wem auch immer. Du warst nie derselbe Mensch, du hast dich immer verändert, hast dich angepasst an deine Umgebung und die jeweilige Situation. Manchmal bist du in Sekundenschnelle ein anderer geworden. Ich wette, ich war jeden Tag mindestens zehn verschiedene Personen«, sagte Frank. »Einer mit meinem Dad, einer mit meiner Mom, einer mit meiner Schwester, einer mit den Freunden, die nichts von meiner Sucht wussten, ein anderer mit denen, die davon wussten, und so weiter. Ich habe mich so leicht und schnell verändert, dass keiner davon ahnte. Dachte ich jedenfalls. Du hast dich bereits verändert. Schon weil du hier bist. Veränderung ist leicht. Bleib nicht gefangen in deinem Glauben, wer du warst oder wer du jetzt bist. Wir verändern uns alle.«

Soweit ich mich erinnere, war das das einzige Mal, das Frank seine Familie erwähnte. Und ich habe nicht nachgefragt. Vielleicht war das eine Aufforderung, und ich habe sie nicht genutzt. Ich hatte sie vergessen.

Jetzt sprach ich mit Casey und berichtete, dass ich mit den Hotels und Kreditkarten nicht weiterkam. Ich sagte nicht, dass ihr Bruder mehrere Identitäten gehabt hatte. Sie stellte dieselben Fragen wie ich, und wir kamen zum selben Schluss. Dann sagte sie etwas, an das ich nicht gedacht hatte.

»Vielleicht war er in keinem Hotel.«

»Aber das hat Froehmer gesagt, ganz sicher«, erwiderte ich.

»Vielleicht weiß Froehmer nicht genau Bescheid. Vielleicht hat ihm jemand was Falsches gesagt.«

Wo bleibe ich dann?

»Ich glaube, ich kann helfen«, sagte Casey. Ich war gleichzeitig erleichtert und besorgt. Ich war in vielem nicht ehrlich ihr gegenüber gewesen, was mich anging und was ihren Bruder anging. Es gab vieles, das sie über uns hätte in Erfahrung bringen können, vieles, das sie nicht wissen sollte.

»Ich krieg das hin«, sagte ich. »Ich muss.«

»Ich weiß«, sagte sie. »Ich stehe dir nicht im Weg. ich halte mich raus.«

Das wollte ich nun auch wieder nicht.

• • •

»Ich rufe nur an, weil ich einen Reality-Check brauche«, sagte Casey.

»Da bist du wahrscheinlich bei mir falsch«, scherzte ich.

»Ich werde bombardiert mit Anrufen und Nachrichten und Posts und so weiter über Frank, was für ein toller Typ er gewesen ist. Alle wollen ihn als eine Art Heiligen darstellen. So war er aber nicht, das weiß ich.«

»Er war kein Heiliger«, sagte ich.

»Ich weiß, dass er versucht hat, ein guter Mensch zu sein«, sagte Casey. »Ich weiß, dass er sich bemüht hat. Aber er hat auch Wunden hinterlassen. Wie du weißt.«

»Er hat nicht oft zurückgeblickt«, erwiderte ich. »Wenn es hilfreich war, hat er in der Einrichtung manchmal aus seiner Vergangenheit erzählt, aber er hat sich nicht daran festgehalten. Den Menschen von früher kannte ich nicht.«

»Du hättest ihn nicht gemocht«, sagte Casey. »Das ist der Bruder, den ich kannte, und ich muss einfach mal zwanzig Minuten lang reden.«

Ich ließ sie.

»Damals hat er viel geklaut. Meine Eltern beklaut, mich beklaut, und alles ist in seiner Nase oder in seinen Venen gelandet. In meiner Erinnerung war er eigentlich immer high, auf Geburtstagen, beim Abschlussball, auf meiner Schulabschlussfeier war er ein Albtraum. Er und mein Vater hatten einen Riesenstreit. Dad wollte nicht, dass Frank mitkam. Ich weinte und war auf beide wütend. Mein Vater ließ Frank nicht ins Auto steigen. Sie haben sich auf der Einfahrt angebrüllt. Und ich habe noch mehr geheult. Also haben wir ihn zu Hause stehen lassen, und natürlich ist er selbst hingefahren. Ich habe keine Ahnung, wie er das geschafft hat, ohne einen Unfall zu bauen, aber er war da und stand ganz hinten. Ich habe ihn gesehen, als ich auf die Bühne ging, um mein Zeugnis zu holen. Und dann war er verschwunden. Mehrere Tage lang. Er hatte Sachen von meinem Vater mitgenommen, Golfschläger, Werkzeug, keine Ahnung, was sonst noch. Er hat sogar was von meinem Schmuck geklaut. Er hat mich während meiner Abschlussfeier bestohlen. Hat ein paar von den Geschenken mitgenommen, Geldumschläge, solche Sachen. Und blieb eine Woche lang verschwunden. Als er wiederauftauchte, hat mein Vater ihn rausgeschmissen.«

»Das hat er nie erwähnt«, sagte ich. »Mir gegenüber hat er nie von seinen Eltern gesprochen, oder vielleicht nur einmal. Ich bin sicher, dass er sich dafür geschämt hat. Er hat versucht, ein besserer Mensch als früher zu sein, und das war er, mehr kann man nicht tun.«

»Ich weiß«, sagte Casey. »Und dafür bin ich stolz auf ihn, glaub mir. Ich weiß, dass er mit dir besser umgegangen ist, mit allen. Aber das heilt nicht meine Verletzung. Und wie er gestorben ist, bringt alles wieder hoch. Ich weiß, dass er nicht mehr der Mensch von damals war, aber er ist auch nicht der, für den ihn jetzt alle halten. Ergibt das Sinn?«

»Nenn mir die Namen«, sagte ich. »Ich sage ihnen, sie sollen dir nur noch Schlechtes über Frank erzählen.« Wenigstens lachte sie. »Das habe ich gebraucht«, sagte sie. »Ich wusste, du würdest verstehen. Ich wusste, du würdest ehrlich zu mir sein. Ich kann mit keinem anderen darüber reden.«

»Ich auch nicht«, sagte ich. »Ich kann überhaupt kaum darüber reden.«

20
DAS ENDE

Ich wusste nicht, wie ich weitermachen sollte. Es gab keine Spur mehr, jedenfalls sah ich keine. Ich war ratlos. Frank hatte es gewusst; es wirken Kräfte auf unser Leben, die wir nicht kontrollieren können. Am Ende erwischt es jeden, alles endet tragisch, so oder so. Das ist unvermeidlich. Vielleicht sind auch Schuldgefühle unvermeidlich. Die lasteten manchmal am schwersten auf mir. Ich hatte Frank in all das mit reingezogen. Vielleicht hätte er das System geschlagen, wäre ich nicht gewesen, vielleicht hätte er dann nie mit einer Spritze im Arm irgendwo gelegen. Ohne mich hätte Frank ein gutes Leben haben können. Er hätte jeden übertrumpfen können, es lag die ganze Zeit zum Greifen nahe, jeden Tag. Mein Leben war die Kraft gewesen, die Frank nicht überwinden konnte. Oder doch. Er ist rausgekommen. So schlägt man sie. Aber wie macht man danach weiter? Was gibt es noch zu sagen?

Es fühlte sich nicht an, als wäre mir das halbe Leben genommen worden. Alles war weg. Franks Leben und mein Leben waren so verflochten gewesen, dass sie sich nicht wieder trennen ließen. Seit er nicht mehr da war, war auch ich weg. Ich hatte alles verloren und wusste nicht, was ich tun sollte. Ich wusste nicht mehr, wie man isst, schläft, aufwacht, geht, liest, denkt, sich bewegt, nichts. Ich konnte mich nicht in unser Bett legen. Die Bettwäsche roch immer noch nach ihm, selbst nach der dritten oder vierten Wäsche. Ich bezog die Decken und Kissen neu, kam aber nicht zur Ruhe. Hätte ich irgendwo anders hingekonnt, wäre ich gegangen, aber ich hatte keine Zeit, mir eine neue Wohnung zu suchen. Also blieb ich auf dem Sofa. Es war sowieso egal, ich schlief nicht. Ich saß vor dem laufenden Fernseher auf dem Sofa, flirrende Bilder und kaum hörbarer Ton, Flackern und Gemurmel in der Tiefe des dunklen Zimmers. So verharrte ich stundenlang, tagelang. Ich tat nichts, obwohl ich wusste, dass ich etwas tun müsste, irgendwas anderes als das hier, aber ich konnte nicht. Ich wollte weitermachen. Ich wollte rausfinden, was Frank zugestoßen war, aber ich war völlig ratlos, wie es weitergehen sollte. Kurzzeitig hatte mir die Suche Antrieb gegeben, jetzt steckte ich in einer Sackgasse. Ich dachte an eine Zeile aus dem *Malteser Falken*. Sam Spade sagt: »Wenn der Partner eines Mannes getötet wird, sollte er etwas dagegen tun.« Ich dachte immer wieder darüber nach, wusste aber nicht, was ich tun sollte.

• • •

Ich ging wieder zu Meetings. Ich hatte nicht vor, wieder zu trinken oder so – es kam mir tatsächlich nicht mal in den Sinn –, ich brauchte einfach eine Tagesstruktur, musste unter Leute, unter Leute, die Frank kannten und einige auch mich. Ich stand morgens auf, besorgte mir einen Kaffee, versuchte, ein bisschen zu lesen, lief dann die etwa zwei Meilen zum Meeting und danach wieder nach Hause. Manchmal war das Gehen das Beste. Wiederholung bringt Zufriedenheit, Routine tröstet. Man geht jeden Tag zur gleichen Zeit den gleichen Weg und erkennt allmählich Muster, sieht, wie die Rädchen ineinandergreifen, lautlos und effizient, meist unbemerkt. Jeden Morgen waren dieselben Menschen im Café und bestellten dieselben Getränke, dieselben Menschen saßen lesend an denselben Tischen, dieselben Menschen liefen durch dieselben Straßen. Da war der Mann, der auf dem Weg zur Arbeit war und nie wusste, welchen Kaffee er bestellen sollte, und am Ende immer einen Latte nahm, immer. Da war die Frau, die immer am selben Tisch saß, auf ihrem Tablet las und gedankenverloren an ihren langen dunklen Haaren kaute. Da war das Ehepaar, das ich immer an derselben Kreuzung traf, mit Kinderwagen und einem großen schwarzen Chow, das Einzige, was sich täglich änderte, war, wer den Wagen hatte und wer den Hund. In der Gruppe waren meistens dieselben Leute, die auf immer denselben Stühlen saßen und das Gleiche sagten. Hinterher begegnete ich immer einem Typen auf seinem Fahrrad, der lächelte und im Vorbeiradeln alle mit erhobenem Daumen grüßte. Das alles trug dazu bei, dass ich mich gut fühlte, zumindest besser. Auf ein paar Dinge in der Welt konnte man sich noch verlassen.

Und ich redete mit Casey. Sie rief jeden Tag an. Ich erwähnte Frank nie zuerst, wartete immer, bis sie es tat. Sie erzählte von ihrem Tag. Sie erzählte von ihrer Arbeit.

»Ich habe noch nie mit einer pädiatrischen Chirurgin gesprochen«, sagte ich.

»Braucht man auch nicht«, sagte sie.

Ich erzählte ihr, dass ich eine Tochter habe. »Aber sie braucht nicht operiert zu werden.«

»Das ist gut«, sagte sie und erzählte mir von einem neun Monate alten Baby mit Stichverletzungen, das sie hatte operieren müssen. »Die Mutter hatte mit dem Messer auf ihr Kind eingestochen, weil es geweint hat. Sie konnte den Fernseher nicht hören. Und hat das so gesagt, als wäre es völlig nachvollziehbar.«

Da draußen ist eine ganz andere Welt, sagte ich zu Casey. Aus irgendeinem Grund hatte ich angenommen, sie würde in derselben Stadt leben wie ihre Eltern. Das war nicht der Fall. Sie wohnte nur etwa eineinhalb Stunden entfernt. Frank und ich hätten sie jederzeit besuchen können. Frank hatte sie nie erwähnt. Ich versuchte, wachsam zu bleiben, aber es fiel mir schwer. Es war so leicht, mit ihr zu reden oder ihr nur zuzuhören. Sie sagte, sie lebte allein und sei froh darüber.

»Ich bin beschäftigt«, sagte sie und erzählte mir dann, dass auch sie angefangen hatte, zu Meetings zu gehen. »Ich lerne viel über mich selbst, auch wenn ich nichts sage.«

»Viele Leute haben durchgemacht, was du dein Leben lang durchgemacht hast«, sagte ich. »Aber manchmal begreift man das erst, wenn man sie trifft.«

»Ich bin nicht mit allem einverstanden«, sagte sie. »Eigentlich nur mit wenig, aber ich lerne trotzdem jedes Mal etwas.«

»Das reicht. Merk dir die Dinge, die dir helfen.«

Casey hatte beim Sprechen fast denselben Tonfall wie Frank, vor allem, wenn sie aufgeregt war. Beim ersten Mal war ich geschockt, als würde eine Melodie erklingen, von der man dachte, man würde sie nie wieder hören. Es erschreckte mich, aber je öfter ich sie hörte, desto mehr wollte ich sie hören. Ich erzählte Casey nie davon, ich wartete einfach darauf. Und sie erklang immer, wie ein Echo am anderen Ende der Leitung.

Dann rief sie eines Tages an und änderte alles. »Ich habe den Polizeibericht«, sagte sie. »Frank wurde nicht in einem Hotel gefunden, wie wir gedacht haben.«

Wie man uns gesagt hatte.

»Er wurde auf der Straße gefunden.«

Casey nannte mir die Adresse. Es war nicht weit von unserem Auftragsort entfernt.

»Froehmer hatte keine Ahnung, wovon er redet«, meinte Casey.

Oder vielleicht doch. Vielleicht hatte er genau gewusst, wovon er redete. Das war erst mal unwichtig; ich hatte wieder etwas zu tun, einen neuen Anhaltspunkt. Der verpeilte Kaffeetyp und das haarkauende Mädchen und das Baby/Chow-Paar und die Gruppe und der Daumen-hoch-Radler würden ohne mich auskommen müssen. Und es nicht einmal merken, dessen war ich mir sicher. Ich war das eine Rad ohne Zähne. Jedenfalls noch. Aber sie brachen langsam durch. Und sie würden scharf sein.

21
DIE VERHAFTUNG

Ich hatte vorgehabt, in die Stadt zurückzufahren und dem nachzugehen, was Casey mir erzählt hatte, hatte sogar ein Auto gemietet und war abfahrbereit, als Froehmer anrief. »Schieb alles andere erst mal beiseite«, sagte er. Er hatte einen Job für mich. Der schien die Mühe nicht wert. »Eine Kleinigkeit«, sagte Froehmer. »So kommst du wieder rein, kannst dich von deinen Sorgen ablenken. Wirst sehen. Das wird dir guttun. Kinderleicht.«

Ich ging es an wie jeden anderen Job, aber es war nicht jeder andere Job. Ich musste versuchen, wie Frank zu denken, mich an all das zu erinnern, was er immer übernommen hatte und von dem ich vieles nicht konnte, zumindest nicht so gut wie er. Zum ersten Mal seit Langem saß ich allein im Auto und versuchte, mithilfe von Franks Ausrüstung das Haus nach Kameras und Sicherheitsmaßnahmen abzusuchen, mich ins System zu hacken, wenn möglich das Internet abzustellen. Einiges klappte wohl. Eigentlich brauchte ich das alles sowieso nicht, ich würde einfach hier sitzen und beobachten und warten und reingehen und rauskommen, und fertig war die Laube. Der Rest war bloß zur Übung, und um mir die Zeit des Wartens zu vertreiben. Reine Beschäftigungstherapie, wie der Job selbst. Froehmer hatte es mehr oder weniger ausgesprochen. Ich fragte mich, ob er am Ende jemand anders auf die Trophäe angesetzt hatte. Ich fragte mich, ob er jemand anders für die Jobs hatte, die wir sonst übernommen hätten. Ich fragte mich, ob ich degradiert worden war. Vielleicht würde ich die guten Jobs nicht mehr kriegen. Vielleicht war es mir egal. Ich würde tun müssen, was Froehmer sagte, jedenfalls eine Zeit lang, eine lange Zeit lang, bis er fand, ich hätte genug zurückgezahlt für seine Hilfe mit Frank und der Beerdigung und alldem. Ich steckte wieder fest und würde es abarbeiten müssen. Mit Jobs wie diesem wird das eine Weile dauern, dachte ich.

· · ·

Ich saß da und beobachtete das Haus, als mir ein Wagen auffiel, der etwa einen halben Block hinter mir parkte. Niemand stieg aus, der Wagen stand dort etwa eine Stunde lang und fuhr dann weg. Ein paar Minuten später kam ein anderer Wagen und stellte sich an fast dieselbe Stelle, und auch aus dem stieg niemand aus. Ich wurde beobachtet.

Ich hatte Frank beigebracht, nach dem Parken immer aus dem Wagen zu steigen. Nur für den Fall, dass uns jemand beobachtete. Wer immer von uns beiden am Steuer saß, stieg aus und entfernte sich, drehte normalerweise eine Runde um das Zielobjekt, um sich einen Überblick zu verschaffen (das musste sowieso getan werden). Und wenn die Gegend sicher schien, schickte ihm der andere eine Nachricht, dass er zum Auto zurückkommen konnte. Manchmal stiegen wir auch beide aus und gingen weg, wie man das nach dem Parken eben so macht. Man bleibt nicht einfach sitzen. Es sei denn, es soll auffallen. Die Typen hinter mir wollten auffallen. Cops, dachte ich. Wer sonst wäre so faul?

Ich ließ sie sitzen und fuhr davon. Fuhr durch die Gegend und hoffte halb, sie würden mir folgen, damit ich sie abschütteln konnte, als mir der Gedanke kam, dass es vielleicht keine Cops waren. Vielleicht hatten sie irgendwas mit Frank zu tun. Das ergab keinen Sinn, aber ich dachte trotzdem darüber nach. Ich wendete und fuhr zum Haus zurück. Ich hatte etwa eine halbe Stunde vergeudet, und als ich am Zielobjekt ankam, war der Wagen weg.

Also doch Cops, dachte ich, was genauso wenig Sinn ergab. Vielleicht war es gar nichts. Frank wäre weggefahren und hätte auf eine andere Gelegenheit gewartet, um den Job zu erledigen. Ich war bereit. Ich konnte in wenigen Minuten rein und wieder raus sein, wäre lange verschwunden, bevor jemand etwas merkte. Selbst wenn das Cops waren oder jemand anders. Sie würden mich nicht aufhalten. Ich fuhr ein paar Runden, parkte einige Blocks entfernt und ging zu Fuß zum Zielobjekt. Es war niemand zu sehen.

Ich brach ins Haus ein und fand das Gesuchte in unter einer Minute. Ich hätte den Job erledigen können. Ich hätte mir das Zeug schnappen und mich aus dem Staub machen können. Aber das tat ich nicht. Ich würde gern sagen, es lag an den Autos, die mich beobachtet hatten, aber an die dachte ich nicht. Ich war sicher, sie abgeschüttelt zu haben. Woher sollten die wissen, dass sie mich beobachten sollen? Ehrlich gesagt hatte ich nicht groß darüber nachgedacht. Ich stand einfach da und beschloss, dass ich den Job nicht machen wollte. Jedenfalls nicht an dem Tag. Also drehte ich mich um und ging wieder raus. Ich war halb den Block runter, als zwei Typen auf mich zukamen. »Sie sind verhaftet«, sagte der eine, dann zeigten beide ihre Dienstmarken. Ich sagte nichts. Sie brachten mich zu ihrem Wagen und setzten mich auf die Rückbank. Schweigend fuhren wir aufs Revier. Ich machte mir keine Sorgen. Ich hatte nichts getan.

Wenn ich in ein Haus reinging, trug ich niemals irgendeinen Ausweis bei mir, keine Kreditkarten, nichts, auf dem ein Name stand, nicht mal ein falscher. Ich hatte lediglich ein bisschen Bargeld in der Tasche. Und brauchte jetzt nur den Mund zu halten. Sie sagen einem sofort, dass man stumm bleiben soll. »Alles, was Sie sagen, kann und wird gegen Sie verwendet werden.« Alles. Also würde ich kein einziges Wort sagen.

Erst auf dem Revier ging ihnen auf, dass ich nichts getan hatte. Ich hatte nichts bei mir, nicht mal die Autoschlüssel (die hatte ich im Handschuhfach gelassen). In meiner Tasche steckten rund hundert Dollar. Es war ihnen egal. Sie stellten mir Fragen. Ich sagte kein Wort. Sie wollten meinen Namen wissen. Nichts. Sie wollten meine Adresse wissen. Nichts. Sie wollten wissen, was ich in der Gegend zu suchen gehabt hatte. Nichts. Sie brachten mich in einen Raum und setzten mich auf einen Stuhl, dann stellten dieselben beiden Cops mir dieselben Fragen noch einmal, und ich gab dieselbe Antwort. Ich saß da und öffnete nicht einmal den Mund. Sie gingen weg und kamen mit einem anderen Cop zurück. Er versuchte es mit einer anderen Taktik. »Sie stecken nicht in Schwierigkeiten«, sagte er. »Zumindest noch nicht. Wir wollen nur ein paar Informationen. Wir haben einen Tipp bekommen, und vielleicht ist das bloß ein Fall von zur falschen Zeit am falschen Ort oder so. Vielleicht können Sie uns helfen.«

Ich überlegte, aus *Bartleby der Schreiber* zu zitieren, aber schon das wäre zu viel gewesen. Ich nahm mein Recht wahr und schwieg. Gott, das bringt die vielleicht auf die Palme.

»Wir können Sie hier so lange festhalten, bis wir Antworten bekommen«, sagte der dritte Cop.

Ich ließ sie noch eine Weile lang Drohungen spucken, dann sprach ich. Nur ein Wort, das ich zu drei verschiedenen Gelegenheiten wiederholte. »Anwalt.« »Anwalt.« »Anwalt.«

Alle drei verließen den Raum. Nachdem ich fast eine Stunde lang allein gewesen war, kamen sie ein letztes Mal wieder. Und ließen mich gehen.

Für den Rückweg zum Mietauto musste ich einen Wagen nehmen. Ich ging davon aus, dass sie sowieso wussten, wer ich war, zumindest wussten sie von dem Auto und kannten den Namen, unter dem ich es gemietet hatte. Frank hätte diese Identität sofort sterben lassen. Das würde ich auch tun, aber es konnte noch warten. Ich schrieb Froehmer eine Nachricht. Er musste erfahren, dass der Job geplatzt war. »*Geplatzt*«, schrieb ich. Ich sah, dass er die

Nachricht las und sie löschte, aber es kam keine Antwort. Auch das konnte warten.

• • •

Froehmer bestellte mich zum Diner. Es war, als würde man ins Büro des Schuldirektors gerufen. Er hatte einen Tag lang gewartet, bevor er mich zu sich pfiff. Ich ging davon aus, dass er wusste, was passiert war. »Pech gehabt?«, fragte er.

»Da stimmte was nicht«, sagte ich. »Ich wurde auf der Straße beobachtet.«

»Hast du sie gesehen?«

»Die waren nicht zu übersehen.«

Froehmer lehnte sich zurück und trank seinen Kaffee.

»Das war alles?«

»Ich kann noch mal hingehen«, sagte ich.

Er schüttelte den Kopf. »Du hast das Richtige getan. Ein andermal.«

»Ich will es zu Ende bringen. Ich will nicht, dass das einreißt.«

»Aber du bist nicht geschnappt worden, oder?«, fragte Froehmer. »Solange das nicht einreißt.«

»Woher wussten die, wo sie sein mussten?«

»Wissen wir überhaupt, wer das war?«

»Ich hatte gehofft, Sie würden es wissen.« Ich wusste nicht, was Froehmer wusste und was nicht. Er hatte überall Kontakte, zu Cops, Kriminellen, Anwälten, fast jedem in der Stadt. Er ließ nie etwas blicken, oder fast nie, aber ich hatte immer angenommen, dass er über alles Bescheid wusste und damit plante. Aber nur weil er alles wusste, musste ich ihm ja nicht alles sagen. Ich nahm mir vor, ihm genug zu erzählen, um zu sehen, was er von sich aus sagen würde. Ich versuchte, den Zusammenhang zu begreifen. Die Teile nahmen langsam Form an, aber ich hatte keine Ahnung, wie sie zusammenpassten.

»Ich finde es raus«, sagte Froehmer und trank noch einen Schluck Kaffee. »Wie geht es dir sonst?« Das hatte er schon gefragt, als wir uns gesetzt hatten. Ich gab dieselbe Antwort. »Mir gehts so weit gut.«

»Du musst dich beschäftigen«, wiederholte er. »Du kommst auch allein gut klar. Das hast du schon bewiesen.«

Ich fragte mich, ob das der Grund für alles war. Bei ihm wusste man nie. Er ließ alles wie eine Prüfung erscheinen, als würde man für etwas vorsprechen, von dem man nie wusste, ob es überhaupt existierte oder nicht. Ich wusste nur, dass mir egal war, ob er mir noch einen anderen Job geben würde oder nicht. Ich wollte nicht beschäftigt sein. Ich wollte von Froehmer nicht hören, was ich brauchte oder nicht brauchte. Ich wollte gar nichts hören. Ich wollte nicht ohne Frank in einem Auto sitzen. Ich wollte das alles nicht. Ich wollte zurückgehen und rausfinden, was passiert war. Das würde mich schon genug beschäftigen. Aber ich wusste, dass Froehmer wieder anrufen würde. Er hatte mich im Griff. Ich konnte nicht einfach aussteigen, und was ich wollte, war egal.

Wir verließen das Diner, und Froehmer ging ohne ein weiteres Wort von dannen. »Ich hab was für Sie«, rief ich ihm nach, und wir gingen zusammen zu meinem Wagen, der am Straßenrand parkte. Froehmer blieb auf dem Gehweg stehen, während ich zur Beifahrertür ging. Er ist vorsichtig, dachte ich. Ich holte eine braune Papiertüte aus dem Wagen und gab sie ihm. Froehmer nahm sie und schaute hinein. Es war das, was ich hatte holen sollen. Ich hatte es nicht mitnehmen wollen, aber nachdem die Cops mich hatten gehen lassen, war ich so sauer gewesen, dass ich dann doch wieder hingegangen war und es geholt hatte.

Froehmer war überrascht. Ich sah es seinem Gesicht an, eins der seltenen Male. Vielleicht war er beeindruckt. »Ich wusste, dass du es hinkriegst«, sagte er. »Ich wusste, dass du es immer noch in dir hast. Du bist ein cleverer Bursche.«

Ich versuchte, Froehmer immer einen Schritt voraus zu sein, hatte aber keine Ahnung, was ich tat. Vielleicht war es eine Prüfung. Vielleicht hatte ich bestanden.

»Wie gesagt, es darf nicht einreißen, dass ich die Dinge nicht zu Ende bringe.«

»Hast du gut gemacht«, sagte Froehmer. »Ich weiß, dass es nicht einfach war, aber du kommst wieder auf die Beine.« Er nickte und klemmte sich die Tüte unter den Arm.

»Ich bin bereit«, sagte ich.

»Das weiß ich. Ich werde mal nachfragen, ob du befördert werden kannst.« Plötzlich wirkte er erschreckt und schien es eilig zu haben. »Ich schicke jemanden rum mit ein bisschen was extra für dich.«

Ich fuhr nach Hause und dachte nach über das, was er gesagt hatte. Er würde nachfragen, ob ich befördert werden könnte. Das war der erste Hinweis darauf, dass ich Teil einer größeren Organisation war. Ich hatte immer gewusst, dass Froehmer nicht allein arbeitete, dass ich nicht der Einzige war, der für ihn klaute, aber er hatte es zum ersten Mal laut ausgesprochen. Und zum ersten Mal angedeutet, dass er nicht der Boss der Organisation war. Er war jemandem Rechenschaft schuldig, wie ich ihm Rechenschaft schuldig war. Ich war nicht sicher, ob mir das gefiel. Ganz sicher gefiel mir nicht, dass jemand anders über mich Bescheid wusste, jemand, den ich nicht kannte. Froehmer würde mit denen über mich reden. Über eine mögliche Beförderung. Ich wusste nicht, ob ich befördert werden wollte. Ich wusste nicht mal, was das bedeuten würde. Ich wollte nicht, dass er über mich redete. Aber was konnte ich dagegen tun?

Je mehr ich darüber nachdachte, desto sicherer war ich, dass der Grund, warum dieses Gespräch jetzt stattgefunden hatte, nicht der war, dass ich irgendeinen Test bestanden hatte, sondern dass Frank nicht mehr da war. Froehmer hatte unsere Partnerschaft von Anfang an missfallen, und seinem Boss (oder seinen Bossen) vielleicht auch. Sie tolerierten sie bloß, weil wir gut arbeiteten. Wir hätten zusammen befördert werden können, alle beide. So hätte es sein sollen. Zumindest hätte man darüber reden müssen. Vielleicht war das die Botschaft, die Froehmer mir übermitteln wollte. Ich war genau da, wo sie mich haben wollten. Ich würde nirgendwohin gehen, wo sie mich nicht sehen wollten. Nur dass ich da schon war.

22

DIE TÜREN

Ich kehrte in die Stadt zurück, in die Gegend, in der wir den Job gemacht hatten, an den Ort, an den Frank zurückgekehrt und von dem er nie wiedergekommen war, zu dem Haus, wo alles angefangen hatte, dorthin, wo Antworten zu finden sein mussten.

Da ich nicht wusste, wie ich anfangen sollte, klopfte ich an Türen. Wenn aufgemacht wurde, hielt ich Schreibblock und Stift bereit und sagte: »Ich würde Sie gern zu dem Mord befragen, der sich hier in der Nachbarschaft ereignet hat.« Das machte die Menschen neugierig. Die meisten wussten nichts davon. Die meisten wussten gar nichts. Sie wollten selbst Antworten. Die meisten hatten keine Ahnung, dass in der Gegend ein Leichnam gefunden worden war. Sie dachten, sie wären hier sicher. Sie wollten wissen, wieso dem nicht so war.

Ich behauptete nie, von der Polizei oder so zu sein. Ich musste nie sagen, wer oder was ich war. Ich sagte nur, ich würde einen Mord untersuchen wollen, der in der Nachbarschaft begangen worden war. Vielleicht nahmen die Leute an, ich wäre ein Cop. Ich gebe zu, dass ich in einem Altkleiderladen einen alten Anzug erstanden hatte, der aussah, als hätte ein Detective darin mindestens zehn Jahre lang am Schreibtisch gesessen. Vielleicht hielten sie mich wegen des Schreibblocks auch für einen Journalisten. Es war mir egal, und sie stellten keine Fragen. Sie redeten. Mehr wollte ich nicht. Allerdings hatten die meisten nichts zu sagen.

Tagsüber lag die Straße verlassen da. Ich hätte in zwanzig Minuten der ganzen Block ausrauben können. Alle waren bei der Arbeit oder hatten Besseres zu tun. Es gab ein paar Nannys, die auf kleine Kinder aufpassten. Die waren nachts nicht hier, hatten also nichts sehen können, und die eine, die da gewesen war, hatte tief und fest geschlafen. Gegenüber vom Zielobjekt lag eine Frau im Sterben. Sie wurde von einem Hospiz betreut, und die Pflegerin öffnete die Tür. Ich konnte die Frau in ihrem Wohnzimmer in einem Krankenbett sitzen sehen. Sie war zu jung zum Sterben. Die Pflegerin sprach recht gut Englisch, aber mit starkem Akzent. Irgendwo aus Afrika, dachte ich und schämte mich für meine Ignoranz. Das war, als würde man sagen, irgendwo in Nordamerika oder auf der südlichen Halbkugel. Was wusste ich schon darüber? Die Pflegerin konnte mir nichts sagen. »Ich bin nachts nicht hier«, sagte sie. »Nachts nie. Von acht bis acht. Nur tagsüber.«

Ich kehrte zum Auto zurück und schaute die Adressen der Häuser entlang der Straße nach. Ich recherchierte, wann sie gekauft und verkauft worden waren, wer sie gekauft hatte und wie hoch die Preise gewesen waren. Ich hatte erst ein paar geschafft, als jemand nach Hause kam. Ich lief hin, klopfte an die Tür, aber lange kam niemand. Dabei hatte ich den Mann reingehen sehen, und jetzt ignorierte er das Klopfen. Schließlich hörte ich Schritte, er öffnete die Tür nur so weit, um mich betrachten zu können. Ich sah, dass sein Hemd lose über der Hose hing und er barfuß war.

»Ich wollte fragen, ob Sie etwas über einen Mord wissen, der hier in der Gegend begangen wurde«, sagte ich.

»Was für ein Mord?«

»Da um die Ecke wurde ein Mann ermordet, zumindest wurde seine Leiche dort gefunden. Ich wollte fragen, ob Sie etwas darüber wissen.«

»Ich weiß rein gar nichts darüber. Was war da los?«

Ich berichtete, was passiert war, und zeigte ihm Franks Foto.

Der Mann schüttelte den Kopf. »Davon weiß ich nichts. Tut mir leid.«

Das Gleiche sagten fast alle. Ich klopfte im ganzen Block an die Türen. Ein paar Häuser vom Zielobjekt entfernt machte ein Typ auf, der wie aus einem Chandler-Krimi entlaufen aussah. Seine Augen verkrochen sich im Schädel und schienen nur widerwillig wieder herauskommen zu wollen. Schon bevor ich den Gaskocher und die Spritze auf dem Kaffeetisch hinter ihm sah, wusste ich, was mit ihm los war.

Damit hatte ich in dieser Gegend nicht gerechnet. Ich stand da und erklärte, was ich wollte, und er stand da und hörte halb zu. Der wird noch eine ganze Weile nichts wissen, dachte ich.

»Ich will niemandem Ärger machen«, sagte er.

»Sie sollten vielleicht mal jemandem Ärger machen«, erwiderte ich und schaute an ihm vorbei. »Ich war genau da, wo Sie jetzt sind, glauben Sie mir.«

Er nahm meinen Arm und zog mich ins Haus und schloss die Tür. »Ich will damit aufhören«, sagte er.

Ich wusste nicht, was ich tun sollte. Das war Franks Metier, nicht meins. »Man braucht etwa drei Jahre«, sagte ich, »manchmal fünf.« Ich bereute sofort, es gesagt zu haben.

»Ich habe schon mal aufgehört. Dann musste ich operiert werden, und die haben mich wieder drauf gebracht.«

»Wann war das?«

»Ich war fast neun Monate lang clean.«

»Das gehört alles dazu«, sagte ich. »Rückfälle sind auch Heilung.«

Er nickte. »Das habe ich schon mal gehört.«

»Aber es stimmt. Soll ich jemanden anrufen? Sie irgendwohin bringen?«

»Nein, schon gut«, sagte er. »Erzählen Sie mir noch mal von Ihrem Freund.«

177

»Mein Freund ist hier um die Ecke gestorben«, sagte ich. »Er war etwa zehn Jahre lang clean gewesen. Dann ist er hier in der Gegend an den Falschen geraten. Zumindest wurde er hier gefunden. Kann ich Ihnen noch mal das Bild zeigen? Vielleicht haben Sie ihn gesehen?«

Ich hielt ihm das Foto hin. Er wusste immer noch nichts.

»Vielleicht wissen Sie, wer ihm den Stoff verkauft haben könnte«, sagte ich.

Wusste er nicht.

»Vielleicht können Sie mir sagen, bei wem Sie kaufen, vielleicht kennt der meinen Freund.«

»Kein Stammdealer«, erwiderte er. Er sagte mir, wo er hinging. Er kaufte von jedem. Es war eh egal, fand er. »Zehn Jahre?«, sagte er.

»Was?«

»Zehn Jahre. Ihr Freund.«

»Ja, genau.«

Bis dahin hatte ich ihn gehabt. Ich glaube, er wäre mitgekommen, er hätte sich helfen lassen. Und dann sage ich, es dauert drei Jahre, höchstens fünf. Das hätte ich nicht sagen dürfen. Das tut man nicht. Es dauert so lange, wie es dauert. Ich hatte das Falsche gesagt. Trotzdem wäre er noch mitgekommen, aber dann musste ich ja Frank und seine zehn Jahre erwähnen.

Jetzt würde er nicht mehr mitkommen. Er war fertig mit mir. Ich hatte keine Ahnung, wovon ich redete, genau wie all die anderen. Wenn ich an ihm drangeblieben wäre, hätte ich helfen können, aber ich musste ja auf Frank zurückkommen, deswegen war ich hier und nicht seinetwegen. Aber ich hätte es sein können.

Er öffnete die Tür.

»Ich kann Sie irgendwohin bringen«, sagte ich.

»Wo Ihr Freund hingegangen ist?«

»Wo immer Sie hinwollen.«

»Ich könnte Geld für den Bus gebrauchen«, sagte er.

»Ich bringe Sie hin.«

»Schon gut«, sagte er. »Ich habe Leute, die mir helfen können.«
Er schloss die Tür.

Ich klopfte erneut, aber er öffnete nicht. Ich stand da, wartete und ging dann zum Auto. Ich musste mich zwingen, an weitere Türen zu klopfen. Niemand wusste irgendwas, nicht mal die Frau direkt nebenan.

»Ich habe Mühe, die Anwohner anzutreffen«, sagte ich. »Zum Beispiel nebenan. Wissen Sie irgendwas über Ihre Nachbarn?«

»Ach, der ist nie da«, sagte die Frau.

»Er?«

»Single, glaube ich. Hab ihn eine Weile nicht gesehen. ich glaube, er ist viel auf Reisen.«

Ich fragte nach der Frau und dem Kind, aber sie schien zu denken, dass ich mich irrte.

»Soweit ich weiß, lebt er allein. Habe ihn länger nicht gesehen.« Die Nachbarin nannte mir seinen Namen. Ich notierte ihn mir und war sicher, dass sie nicht wusste, was sie sagte. Vielleicht verwechselte sie irgendwas. Danach war ich mies drauf, kehrte zum Auto zurück und dachte daran, den Tag abzuhaken und die ganzen Leute, denen ich leider begegnet war, zu vergessen. Es war spät, aber nicht sehr spät. Ich beschloss, noch bis nach acht zu warten und mit der Nachtpflegerin aus dem Haus gegenüber zu reden. Ich holte mir was zu essen und vertrieb mir die Zeit. Viel erwartete ich nicht, aber ich hatte schon den ganzen Tag über falschgelegen.

Die andere Helferin war noch da und half erklären, was ich wollte. Sie ließ mich kaum zu Wort kommen. Wenn es irgendwas zu wissen gab, wusste sie es. Die Nachtpflegerin kam aus Honduras. Ich brauchte nicht zu fragen, die Taghilfe sagte es mir. Sie hieß Marina. Sie arbeiteten schon fast zwei Jahre zusammen. »Der

Agentur gefällt wohl, wie wir uns abstimmen«, sagte Marina. Ich stand da und nickte, während Marina und die andere Pflegerin auf mich einredeten. »Zeigen Sie ihr das Foto«, forderte mich die Hilfe auf, und ich hielt es Marina hin.

»Ich weiß nicht«, sagte sie. »Aber ich habe in der Nacht zwei Männer aus dem Haus kommen sehen, etwa zur fraglichen Zeit.«

»Weißt du, wer bei ihm war?«, fragte die andere Pflegerin.

»Der Mann, der da wohnt«, sagte Marina.

»Du hast ihn gesehen?«

»Ich habe sie aus dem Haus kommen sehen. Sie standen auf dem Gehweg und gingen dann die Straße runter. Ich habs gesehen. Ich stand direkt am Fenster.«

»Das haben Sie gesehen?«

»Ich stand da«, sagte Marina und zeigte auf eine Stelle am Fenster. »Und die beiden waren dort.« Sie deutete auf den Gehweg vor dem Haus auf der anderen Straßenseite. »Ich habe mir nichts dabei gedacht. Sie sind die Straße runtergegangen. Aber ich habe sie gesehen. Vielleicht sollte man ihn verhaften, den Mann, der da wohnt.«

»Vielleicht kommt das noch«, sagte ich. »Wir brauchen weitere Informationen, aber was Sie beobachtet haben, ist wichtig. Vielleicht müssen wir noch mal mit Ihnen reden, wenn Sie einverstanden sind.«

»Ich weiß nur, was ich gesehen hab. Es waren nur ein paar Sekunden. Aber manchmal reicht das ja schon.«

Vielleicht hatte der Typ von gegenüber die Tat nicht selbst begangen, kannte aber den Täter. Vielleicht hatte er Frank zu demjenigen gebracht, der ihm den Schuss gegeben hat. Ich hätte viel Zeit sparen und einfach am Haus gegenüber klopfen können. Die Antwort lag vor mir.

Allerdings hatte ich einen Job zu erledigen. Ich konnte nicht auf ein flaues Bauchgefühl hin wie ein Hobbydetektiv in meiner Freizeit durch die Nachbarschaft ziehen; meine Zeit gehörte Froehmer, und ich musste los und noch einmal die Trophäe holen. Froehmer würde mir das sonst ewig vorhalten. Nur dass er mir das nicht direkt sagen würde, ich hatte einen Anruf von Mobley bekommen. »Du weißt, wo du hinmusst und was du holen sollst«, hatte Mobley gesagt. »Es ist so weit.« Ich bat um ein paar Tage Aufschub, hoffte, bis dahin ein paar Antworten zu haben, aber nicht mal die gab er mir. »Hol es jetzt«, sagte er. »Heute Nacht.« So funktioniert das nicht, erwiderte ich, aber Mobley hörte nicht zu. Was ich wollte, war egal; die Maschine war in Bewegung, und nichts konnte sie aufhalten.

23
DER JUNGE

»Hast du eine Schusswaffe?«, fragte Frank mich bei vielleicht unserem zweiten gemeinsamen Auftrag. Er war immer noch dabei, sich einen Überblick zu verschaffen und herauszufinden, wie ich die Dinge anging.

»Will keine, brauche keine«, sagte ich.

»Was würdest du tun, wenn dich jemand überrascht?«

»Ist nie passiert.«

»Kann es aber. Was würdest du tun?«

Früher hatte ich oft darüber nachgedacht. Hatte sogar erwogen, eine Knarre oder ein Messer bei mir zu tragen, für alle Fälle. Aber das war es nicht wert.

Außerdem hieß das nur, ein Problem im Nachhinein zu korrigieren, anstatt dafür zu sorgen, dass es gar nicht erst entstand. Eine solche Situation galt es auszuschließen oder die Möglichkeit so weit wie möglich reduzieren. Früher hatte ich darüber nachgedacht, jetzt nicht mehr.

»Vermutlich wegrennen. Wenn ich kann«, sagte ich.

»Was, wenn der andere eine Waffe hat?«

»Dann werde ich erschossen oder festgenommen.«

»Vielleicht stirbst du«, sagte Frank.

»Vielleicht. Wenn ich mich richtig blöd anstelle. Lieber werde ich für meinen eigenen Fehler umgebracht als jemand anderen zu töten. Für einen Einbruch verhaftet zu werden, ist eine ganz andere Nummer als für Mord festgenommen zu werden. Aber das wird nicht passieren.«

»Aber so läuft es«, sagte Frank. »Wo immer einer mehr besitzt als andere, kommt es zu Diebstählen, und wo immer es zu Diebstählen kommt, werden Menschen getötet.«

»Nicht von uns«, sagte ich.

»Lass uns aussteigen, bevor es so weit kommt«, sagte Frank.

»Denn es wird so weit kommen.«

• • •

Ich saß da und observierte ein paar Stunden lang das Haus, sah alle gehen wie jeden Morgen, zuerst den Vater, dann den Sohn, dann die Mutter. Um Viertel nach acht waren alle aus dem Haus. Ich wartete weiter. Fast hätte ich abgebrochen. Ich war nicht sicher, ob ich reingehen und die Trophäe holen wollte, war nicht sicher, ob ich rückgängig machen wollte, was Frank getan hatte. Er hatte sie zurückgestellt, warum sollte ich sie wieder wegnehmen? Es war, als würde ich ihn bestehlen. Ein Gedanke, den ich zu verdrängen versuchte. Er führte zu nichts. Ich musste es für Frank tun, um richtigzustellen, was er falsch gemacht hatte, um unseren Auftrag zu Ende zu bringen. Das war alles. In unter fünf Minuten wäre alles erledigt. Bestimmt sogar in unter drei. Aber ich saß da und dachte nach. In der Zeit, die ich vergrübelte, hätte ich den Job sicher zwanzigmal erledigen können. Der Aberglaube hatte die Oberhand über Frank gewonnen, das durfte mir nicht passieren.

• • •

Endlich hielt ich die Trophäe in der Hand und hätte mich aus dem Staub machen können, aber ich zögerte und sah mich um. An der Wand hing ein gerahmtes Foto, das mir bisher nicht aufgefallen war, ein körniges, vergilbtes Bild von Sportlern, die sich nach einem Spiel die Hände reichten, Männer in kurzen Hosen und Trikots, einige hatten noch die Helme auf. Ein alter Zeitungsbericht, die Unterzeile abgeschnitten. Ich betrachtete die

Gesichter, eins kam mir irgendwie bekannt vor. Ein verblichenes Gesicht im Hintergrund, teilweise von den anderen verdeckt, aber es zog meinen Blick immer wieder an. Der Mann sah aus wie jemand, den ich kannte. Sicher war ich nicht, fand aber, er sah aus wie Froehmer. Ich betrachtete das Bild, bis ich nur noch einzelne Punkte sah. Vielleicht war das ein junger Froehmer, vielleicht auch nicht. Schwer zu sagen. Es stand kein Datum auf dem Foto, nirgendwo war zu lesen, aus welcher Zeitung der Bericht stammte. Ich betrachtete die Gesichter und riss mich dann zusammen. Ich hatte mich um andere Dinge zu kümmern.

Ich wollte gerade die Treppe hinuntergehen, als unten im Flur der Junge auftauchte. Er rief laut »Hey!«, vielleicht jaulte er auch nur überrascht auf, jedenfalls hätte ich fast die Tasche fallen gelassen. Er rannte die Stufen hoch auf mich zu, ich wich zurück. Er bewegte sich schnell und ohne nachzudenken, wahrscheinlich hatte er keinen Plan, was er tun würde, wenn er bei mir ankam. Aber ich wusste es. Als er nah genug war, trat ich ihm in die Eier. Er krümmte sich zusammen und fiel auf eine Art nach hinten um, die unter anderen Umständen komisch gewirkt hätte, wie der Mist im Fernsehen oder im Internet, über den die Menschen lachen. Aber dann lag er am Fuß der Treppe und rührte sich nicht mehr. Auf dem Weg nach unten hatte er sich ein paarmal den Kopf gestoßen, und ich hatte Angst, er könnte sich den Hals gebrochen haben oder so. Ich beobachtete ihn und wartete darauf, dass er aufstand oder sich bewegte, aber nichts. Ich hastete die Treppe hinunter und legte die Hand an seinen Mund und seine Nase. Er atmete noch. Seine Augenlider flatterten. Er würde bald zu sich kommen, also rannte ich aus dem Haus und stieg ins Auto und fuhr nach Hause. Irgendwo auf dem Weg beschloss ich, Froehmer die Trophäe nicht zu geben, jedenfalls nicht gleich. Es war alles schiefgelaufen, und ich dachte, ich würde sie vielleicht noch brauchen. Ich brauchte irgendetwas. Und dann wurde alles noch viel schlimmer.

24
DIE MASCHINE

Ich habe mich lange Zeit selbst nicht gemocht, vielleicht immer noch nicht.

Ich habe zu viele Fehler gemacht. Ich hatte nicht genug Zeit, um rauszufinden, wer ich war oder was ich wollte. Ich wurde Vater, bevor ich ein Mann war, und hatte keine Ahnung, was ich tun wollte oder tun konnte. Dann musste ich arbeiten, tun, was mein Vater mir sagte, was Froehmer mir sagte. Wenn ich eine Ahnung gehabt hätte, wäre vielleicht alles anders gekommen, aber dann hätte ich Frank nicht kennengelernt. Man kann einen Haufen Fehler machen, und doch wird alles gut. Zumindest eine Zeit lang. Ich gehe allein mit meinen Fehlern durch die Welt. Ich will mich nicht rechtfertigen. Ich weiß, wer ich bin und was ich getan habe. Ich erkenne keine Richter über mir an, weiß aber, dass über mich gerichtet wird. Das hier ist kein Geständnis, eher eine Deklaration, nicht einmal eine Erklärung. Ich will mich nicht rechtfertigen, ich will nur die Chance, meine Geschichte zu erzählen, bevor es jemand anders tut. Ich frage mich, ob ich wegen dem, der ich war, der Sohn eines Verbrechers, jetzt bin, wo ich bin. Vielleicht hatte ich von Anfang an keine Chance, weil mein Vater und Froehmer mich schon da am Wickel hatten. Es hatte lange vor meiner Geburt begonnen, und ich war in die Fänge einer laufenden Maschine geraten, die wusste, was man mit jemandem wie mir anfangen muss. Ich gebe keinem die Schuld, aber vielleicht lag nicht alle Schuld bei mir; vielleicht haben mein Vater und Froehmer aus mir gemacht, was sie haben wollten, haben auf mich eingewirkt, mich geformt und mich so programmiert, wie es ihnen passte. Sie ließen mich glauben, ich würde meine eigenen Entscheidungen treffen, aber am Ende würde ich immer für Froehmer arbeiten. Zu behaupten, es ist nicht meine Schuld, wäre ein Ausweichmanöver, aber zu sagen, ich wäre am Ende nicht auf jeden Fall an diesen Punkt gekommen, wäre eine Lüge.

25
IN DER KLEMME

»Hast du von dem Mord gehört?«, fragte Casey.

»Nein«, sagte ich.

»Irgendwer hat einen Jungen ermordet, direkt um die Ecke von da, wo Frank gefunden wurde.«

»Was? Wann?« Meine Gedanken rasten. Vielleicht war er verletzt gewesen, als ich ihn zurückgelassen hatte. Vielleicht war er viel schlimmer verletzt gewesen, als ich gedacht hatte, und jetzt war er tot und ich sein Mörder.

»Vor ein paar Nächten«, sagte sie. »Jemand hat ihn erschossen. Meinst du, es gibt einen Zusammenhang?«

Erschossen. Was war da los? Das ist schlimmer, als wenn ich ihn getötet hätte, dachte ich. Es bedeutete, dass nach mir jemand anders ins Haus gekommen war und den Jungen ermordet hatte.

»Woher hast du das?«

»Aus den Nachrichten«, sagte Casey. »Hast du nichts davon gewusst?«

»Nein. Ich weiß von nichts.«

»Aber du glaubst, es könnte ein Zusammenhang bestehen? Zwischen dem Jungen und Frank?«

»Ich denke, es muss einen geben.« Am liebsten hätte ich aufgelegt und das Land verlassen. Ich wusste sowieso nicht genau, warum ich hier noch rumhing. Es war eine Sache, für Einbruch geschnappt zu werden, aber jetzt würden die versuchen, mir einen Mord anzuhängen.

»Nicht wahr?«, sagte Casey. »Ich frage mich, was das zu bedeuten hat. In den Nachrichten hieß es, dass der Junge da nicht mal gewohnt hat. Die Familie war bloß übergangsweise dort.«

»Übergangsweise? Was meinst du damit?«

»Dass sie da nicht gelebt haben. Der Ehemann hatte beruflich dort zu tun. Es war so ein Airbnb-Ding oder so, nur für ein paar Monate. Und dann ist jemand eingebrochen und hat den Jungen gefoltert, bevor er ihn umgebracht hat. Glaubst du, mit Frank haben die das auch gemacht?«

»Nein«, sagte ich. »Das klingt nach was anderem. Vielleicht gibt es doch keinen Zusammenhang. Oder?«

»Ich weiß nicht. Frank wird in den Nachrichten nicht mal erwähnt. Vielleicht sollte ich mal die Polizei anrufen.«

»Das würde ich nicht tun«, sagte ich. »Cops sagen Journalisten nie alles. Sie werden Gründe haben, welche Informationen sie rausgeben und welche nicht. Ich bin sicher, sie ermitteln.«

Wenn ich mich jetzt sofort aus dem Staub mache, kann ich es noch schaffen, dachte ich. Aber wo sollte ich hin? Wenn ich wegging, wäre es für immer. Wenn ich blieb, tja, was dann passieren würde, wusste ich. Ich würde es durchstehen müssen. Die Cops würden kommen und mich verhaften. Vielleicht käme es zu einem Gerichtsverfahren. Eigentlich konnte man mich nicht verurteilen, aber man wusste nie. Ich hatte mich für so clever gehalten und nur Mist gebaut. Jetzt würden die Cops kommen und Fragen stellen, und wahrscheinlich klebte Blut an meinen Händen. Und es war mir egal. Der Junge war mir egal. Mir war egal, dass er tot war. Mich kümmerte nur, dass man mir die Sache anhängen würde. Und auch das war mir irgendwie egal, nur dass ich dann nicht rausfinden konnte, wer Frank getötet hatte. Das war Grund genug zu bleiben. Ich behaupte nicht, dass es ein guter Grund war, aber es war der einzige, der mir in dem Moment einfiel.

• • •

Ein paar Tage später wollte ich mir morgens einen Kaffee holen. So früh war außer mir fast niemand unterwegs. Ich lief eine Weile durch die Gegend, ließ mir Zeit und versuchte, meine Gedanken zu ordnen. Im Café stand eine Schlange. Ich wollte allein sein und befand mich plötzlich unter fünfzehn anderen Menschen.

Ich konnte den Jungen riechen, sah sein Gesicht vor mir, unten am Treppenabsatz, die Augen geschlossen. Vielleicht hatten sie ihn gleich da erschossen. Nein. Sie hatten ihn erst geschlagen und dann erschossen. Derselbe Typ (oder Plural), der den Jungen erledigt hat, ist jetzt hinter mir her, dachte ich. Aber was konnte der Junge ihm verraten haben? Er wusste nichts. Deswegen hatten sie ihn geschlagen und Schlimmeres. Ich sah ihn da liegen, spürte seinen Atem auf meinem Handrücken, sah die Augen, die sich unter der dünnen Haut der Augenlider bewegten.

Ich musste mich auf das Geräusch der Kaffeemaschine konzentrieren, auf das Klopfen, mit dem der Kaffeesatz aus dem Filter geschlagen wurde, auf das Zischen des Wasserdampfs, die laut ausgerufenen Namen. Ich versuchte, mir einen Namen für mich einfallen zu lassen, wenn ich an der Reihe war, vergaß, für welchen ich mich entschieden hatte, und sagte, ohne nachzudenken »Frank«. Was mich ärgerte.

Ich verließ das Café und lief weiter. Aus dem Nichts tauchte Mobley auf.

»Hast du es?«, fragte er.

Ich schüttelte den Kopf.

»Du steckst in der Scheiße«, sagte er. »Ich bin hier, um dafür zu sorgen, dass du nicht alles noch schlimmer machst.«

Er wählte eine Nummer und gab mir das Handy.

»Was hast du getan?«, fragte Froehmer.

»Gar nichts.«

»Ein Junge? Du hast keine Ahnung, was du getan hast.«

»Das war ich nicht«, sagte ich. »Ich habe keine Waffe. Das wissen Sie.«

»Wenn das rauskommt ... wenn die rausfinden, dass du im Haus warst, brauchen die keine Waffe, um dir das anzuhängen.«

»Ich war vorsichtig«, sagte ich.

»Aber das Ding hast du nicht geholt.«

»Jemand war mir zuvorgekommen. Wer immer den Jungen umgelegt hat, hat das Ding. Und ich wars nicht.«

Die Pause war so lang, dass ich schon dachte, er wäre weg. Er war noch da.

»Hast du da unten rumgeschnüffelt?«

»Ich habe mit ein paar Nachbarn geredet«, sagte ich. »Ich wollte was über Frank rausfinden.«

»Ich habe dir gesagt, das sollst du mir überlassen. Wenn du dich zuerst um das Geschäft gekümmert hättest, würdest du jetzt nicht in der Klemme stecken. Es lässt sich leicht nachweisen, dass du da gewesen bist. Ist dir klar, was das heißt?«

War es.

»Jemand hat den Typen aus dem Haus kommen sehen, mit Frank.«

»Jemand hat sich geirrt. Einfach geirrt. Die hatten mit dem hier nichts zu tun. Und jetzt ist ein Junge tot. Weißt du, was das heißt?«

Wusste ich.

»Was hast du den Leuten erzählt, bei denen du geklopft hast? Hast du gesagt, wer du bist? Hast du behauptet, du wärst ein Cop?«

»Ich habe nichts gesagt. Das habe ich nie gesagt. Ich habe gar nichts gesagt.«

»Die werden dich kriegen«, sagte Froehmer. Ich wusste nicht, ob er die meinte, die den Jungen auf dem Gewissen hatten, oder die Cops. Es war egal.

»Ich kann damit leben«, sagte ich.

»Ich nicht.«

»Keine Sorge. Sie brauchen sich keine Sorgen zu machen.«

»Wir werden sehen«, sagte Froehmer. »Erst mal müssen wir uns voneinander fernhalten. Mobley sagt dir, was du zu tun hast. Mach, was er sagt. Das wird helfen, aber ich weiß nicht, wie lange. Mehr können wir nicht tun. Der Rest liegt bei dir, verstanden? Hör auf Mobley.«

Mobley schickte mich zu einem Lagerhaus, wo ich alle Tätigkeiten übernehmen sollte, die gerade anfielen. Er sagte, ich würde dort bereits seit vier Wochen arbeiten und gab mir ein paar alte Lohnzettel. Er sagte, es gebe Stechkarten, die bewiesen, dass ich bei der Arbeit gewesen wäre, als der Junge umgebracht wurde.

»Froehmer hat seinen Teil getan«, sagte Mobley, »jetzt musst du deinen tun.«

Froehmer hatte alles durchblickt. Ich war sicher, dass auch die Cops Bescheid wussten. Ich hatte Scheiße gebaut, richtig fette Scheiße. Aber etwas zu wissen und es zu beweisen sind zwei verschiedene Paar Schuhe. Das war mein einziger Spielraum. Doch Mobley war noch nicht fertig.

»Aber das wars dann«, sagte er, und ich wusste nicht, ob er in Froehmers Namen oder für sich sprach. »Wenn du das hier versaust, bist du auf dich gestellt.«

Er war immer noch nicht fertig. »Wenn du was über das Ding weißt, das du uns bringen solltest, solltest du uns das sagen. Falls du weißt, wo es ist. Wenn du kannst, solltest du das Ding abliefern, wie abgemacht.«

»Du weißt genauso viel darüber wie ich«, sagte ich. »Wahrscheinlich mehr.«

Ich fragte mich, ob Mobley in Froehmers Organisation über oder unter mir stand. Er tat nur das, was Froehmer ihm auftrug, aber nichts, was eigenständiges Denken erfordert hatte. Er tat, was ihm gesagt wurde. Vielleicht stellte ihn das über mich. Er sprach in Froehmers Namen, was ihn definitiv über mich stellte, aber man konnte sich nicht auf ihn verlassen, nicht wie auf mich. Jedenfalls dachte ich das. Aber auch ich konnte tun, was man mir sagte. Also stellte ich mich beim Lagerhaus vor und bekam meine Aufgaben zugewiesen.

Nach über dreißig Minuten Fahrt aus der Stadt raus erreichte ich ein schlichtes beiges Gebäude auf einem Riesenstück Land, das man bestimmt besser hätte nutzen können. Weitere dreißig Minuten brauchte ich, um rauszufinden, wo ich hinmusste. Ich lief von Pontius bis Pilatus und hockte auf irgendwelchen Stühlen, während die Mitarbeiter mich sitzen ließen oder irgendwelche Papiere hin- und herschoben. Ich hoffte bloß, das nicht auch machen zu müssen. Papierkram war nicht meins. Ich hätte nicht hoffen sollen. Es war schlimmer. Ich bekam es nicht mit dem Papierkram im Büro zu tun, sondern mit dem Papier, das im Büro weggeworfen wurde. Ich war der Müllmann. Für das gesamte Lager. Ich nahm den Müll entgegen, den die Hausmeister einsammelten, und brachte ihn zum zentralen Müllplatz. Nicht nur den Büromüll, den gesamten Müll des Lagerhauses. Das war kein Lager für Dinge, die verschickt wurden, es war ein Lager für den Mist, den die Leute zurückschickten. Stündlich trafen neue Laster mit Kisten ein. Die Leute schickten völlig intakten Kram zurück, aber auch kaputte Sachen, beschädigte Dinge, Zeug, das zwanzig Jahre alt aussah, und allen möglichen Schund, Bücher, Spiele, Klamotten, Haushaltsgeräte, Lebensmittel, Pflanzen, alles Mögliche; irgendwer hatte was gekauft und wollte es dann doch nicht und schickte es zurück. Und noch mehr Kram, tote Dinge, tote Tiere, vergammeltes Gemüse, Kisten voller Scheiße, buchstäblich Scheiße. Irgendwer schickte Kisten voller Dreck zurück, mindestens fünfzig Kisten Dreck. Es wurden Dinge zurückgeschickt, die mit Öl – oder Schlimmerem – besudelt waren. »Die meisten Menschen achten Eigentum nicht«, hatte Frank mehr als einmal gesagt. »Diebe achten Eigentum«, scherzte ich. »Vielleicht mehr als jeder andere. Sie achten es so sehr, dass sie es selbst haben wollen, damit sie es noch mehr achten können.«

»Aber wir behalten es nicht«, sagte Frank.

»Wir achten es wohl so sehr, dass wir wollen, dass auch andere es achten.«

Jetzt erlebte ich nichts als Verachtung für all die Sachen, die sortiert und aussortiert werden mussten. Haufenweise, bergeweise, Lkw um Lkw; es nahm kein Ende, als würde irgendwo in dem Riesengebäude eine Maschine stehen, die das Zeug schneller ausspie, als ich es wegschaffen konnte. Es war Drecksarbeit, aber was sollte ich machen? Ich hielt den Mund und tat, was man mir sagte, Stunde um Stunde, und versuchte, an nichts anderes zu denken als an den nächsten Handgriff. Ich trug aus Sicherheitsgründen einen bescheuerten orangen Helm und eine orange Weste, fuhr mit einem Gabelstapler herum und mit etwas, das sich Lastenträger nannte und genau das war. Ich fuhr im Lastenträger herum und stellte mir vor, ich wäre Butch Cassidy in Bolivien, der versucht, ehrbar zu werden. Ich malte mir aus, dass sich Banditen zwischen den überquellenden Regalen verstecken würden, was mich allerdings nur deprimierte, weil ich ja wusste, dass da niemand lauerte. Tatsächlich hielt sich kaum jemand im Lager auf. In endlosen Regalreihen standen Unmengen von Kisten und Kästen, Behältern und Containern; die Stapel bewegten sich ganz von allein, kontrolliert von Algorithmen und Robotern. An Stationen warteten Roboterarme, die Stapel machten sich auf den Weg dorthin. Ab und zu kam ich an der Sortierstation vorbei, wo die Kisten geöffnet wurden und das Wiederverwertbare vom Müll getrennt wurde. Ein deprimierender Anblick, diese ausdruckslosen Menschen, die sich so schnell wie möglich bewegten, um mit den Maschinen mitzuhalten, und für die Roboter zu arbeiten schienen.

»Man hat noch nichts erfinden können, das so gut funktioniert wie die menschliche Hand«, hatte Casey mal gesagt. »Wenn das passiert, sind wir erledigt.« Casey rettete mit ihren Händen Babys, ich sammelte mit meinen Müll ein.

Ich verbrachte die Tage zwischen öden Kisten und Schachteln, deren Inhalt mir völlig egal war. Ich fuhr den ganzen Tag hin und her, fuhr routinemäßig das Gebäude ab, sammelte Mülltüten ein – durchsichtig für Papier, blau für Plastik und Glas, schwarz für Restmüll –, außerdem Pappkartons und was immer sonst noch zu den entsprechenden Stationen zu bringen war. Hin und wieder bekam ich eine Nachricht, dass ich woanders gebraucht wurde. Meistens war dann etwas verschüttet worden, und ich musste Schutzstiefel und Handschuhe und so anziehen und sauber machen. Ich wusste nie, worum es sich handelte, aber kein anderer wollte was damit zu tun haben. Ich hätte fragen können, ließ es aber. Vielleicht war das das Schicksal des letzten Reinigungsmanns gewesen, einmal zu oft irgendwas weggewischt. Ich fragte nicht. Ich tat, was mir gesagt wurde, bis es Zeit war, nach Hause zu fahren. Diese Rolle spielte ich jeden Tag. Ich konnte nicht ich selbst sein. Ich konnte mit niemandem ich selbst sein. Niemand kannte mich. Außer Froehmer. Er wusste alles und zu viel. Ich musste den Mund halten. Ich musste jeden Tag jemand anders sein. Ich war nicht sicher, ob ich das schaffen würde.

• • •

Ich war die ganze Zeit erschöpft. Eher mental als körperlich. Ich versuchte, mein Gehirn ins Laufen zu bringen, unter Franks Büchern hatte ich Schriften von Karl Marx gefunden. Die versuchte ich abends zu lesen, kam aber kaum über ein paar Seiten hinaus. Anstatt zu laufen, machte mein Gehirn dicht. Ich schlief im Sitzen ein, mit dem Buch in den Händen. »Marx mag sich mit dem Kommunismus geirrt haben«, hatte Frank gesagt, »aber mit dem Kapitalismus hatte er recht.« Der bestiehlt die Arbeiter, bemächtigt sich der Zeit für »Wachstum, Entwicklung und gesunde Erhaltung des Körpers«. Arbeiter sind nichts als Öl für das Feuer, Schmiere für die Räder der Maschinerie. Ich hatte mich immer von ihr ferngehalten, und jetzt steckte ich mittendrin in der Maschine und war kreuzunglücklich, schlimmer denn je.

»Der Kapitalismus will die Menschen unglücklich machen«, hatte Frank gesagt. »Der Kapitalismus funktioniert nur, wenn alle unglücklich sind. Und glauben, sich Glück erkaufen zu müssen. Das ist vergebliche Liebesmüh, aber so soll es laufen. Nur so funktioniert es. Alle jagen irgendwas hinterher, sind enttäuscht, wenn sie es bekommen, und jagen irgendwas anderem nach. Wir sind im Streben nach Glück gefangen, aber wenn wir tatsächlich einfach glücklich wären, würde alles zusammenbrechen.«

»Bist du glücklich?«, fragte ich.

Frank schaute von seinen Geräten auf, dem Handy und den Instrumenten, mit denen er von der Rückbank des Wagens aus das Haus überwachte. Ich sah sein Gesicht im Rückspiegel, dieses Gesicht, mit dem alle Sorgen vergessen schienen. »Ich bin so glücklich wie nie zuvor«, sagte er. »Ich wünsche mir nichts anderes. Ich strebe nach nichts. Ich habe alles, was ich brauche.«

Zwei Wochen später war er tot.

• • •

Ich arbeitete im Lager, arbeitete und wartete. Jeden Morgen stand ich auf, fuhr aus der Stadt raus und machte mich an die Arbeit, fuhr nach Feierabend wieder in die Stadt rein, aß, schaute fern, ging ins Bett, stand auf, und alles begann von vorn. Ich war ständig müde, müde, wenn ich aufwachte, müde, wenn ich arbeitete, müde, wenn ich ins Bett ging.

»Du bist nicht müde«, sagte Casey, »du hast eine Depression.«

Vielleicht hatte sie recht. Ich telefonierte fast jeden Abend mit ihr. Sie war der einzige Mensch, mit dem ich noch redete. Im Lager sah ich andere Menschen nur aus der Ferne. Ich fuhr den ganzen Tag auf dem riesigen Grundstück herum, sammelte Müll ein, machte sauber. Ich hatte einen strikten Plan. Wie alle anderen auch. Wir alle waren kleine, stumme Rädchen in einer gigantischen Maschine. Wir bekamen unser Geld nicht fürs Reden oder Denken. Ich bin für dieses Leben nicht geeignet, dachte ich. Und zwar ständig.

»Es liegt dir im Blut«, hatte Frank gesagt. »Es liegt uns allen im Blut. Oder den meisten von uns. Amerikanern auf jeden Fall.«

»Wir sind allesamt Verbrecher«, sagte ich. »Weil wir Kapitalisten sind.«

Wir saßen wieder im Auto, das nach chinesischem Essen roch. Wir hatten den Großteil der Nacht hier verbracht. Das war am Anfang unserer Zusammenarbeit, unseres gemeinsamen Lebens. Noch scherzten und frotzelten wir viel, um uns die Zeit zu vertreiben. Wir fühlten uns immer wohler miteinander.

Frank lachte. »So kann man das auch sehen, aber ich habe weiter zurück gedacht. Du weißt sicher, dass Diebe aus England zur Strafe hierhergeschickt wurden.«

»Ich dachte, nach Australien.«

»Die schwärzen ihre Vergangenheit nicht so gut wie wir. Ab 1718 hat England verurteilte Straftäter in die Kolonien verbannt. Insgesamt etwa fünfzigtausend, ungefähr ein Viertel der Bevölkerung.«

»So weit reicht mein Blut nicht zurück«, sagte ich.

»Das macht nichts«, sagte Frank, genauso ernst oder unernst, wie ich es gewesen war. Er kratzte in seinem chinesischen Essen herum und schaute auf einen seiner Überwachungsbildschirme. »Man kann nicht so viele Diebe an einem Ort abladen, ohne dass es Folgen hat. Schau dir doch an, was passiert ist. Erst haben sie Land gestohlen, dann Menschen, die das Land bearbeiten mussten. Das ist alles von Anfang an in uns eingebrannt. Vielleicht liegt es uns nicht nur im Blut«, sagte er. »Vielleicht geht es noch tiefer. Es steckt in unserer Kultur, unserer Identität. Ohne das wären wir keine Amerikaner. Alle stehlen. Wir müssen stehlen.«

»Ich kann jederzeit aufhören«, sagte ich.

»Sprach der Süchtige«, sagte Frank und reichte mir einen Glückskeks.

...

Unter der Woche hatte ich keine Zeit für Meetings, und am Wochenende fehlte mir die Lust, aber hin und wieder ging ich doch hin, nur um mal mit jemandem zu reden und was anderes zu sehen. Diese Erinnerung an mein früheres Leben, das immer weiter zurücklag, deprimierte mich über alle Maßen. Auf den Meetings sagte ich nichts davon. Alle dachten, es ginge mir super, fester Job, strukturierter Tagesablauf, ganz nach dem Programm. Was könnte besser sein? »Das hilft sicher über den Verlust hinweg«, sagte einer, »sich auf die Arbeit zu konzentrieren und so.« Offensichtlich hatte er noch nie jemanden verloren, niemand, der ihm so nahestand wie Frank mir. Er hatte keine Ahnung, wovon er redete. »Es hilft«, sagte ich. »Ich bekomme auf der Arbeit viel Unterstützung.« Nach jedem Meeting schwor ich mir, nie wieder hinzugehen. Und dann ging ich wieder hin. Vermutlich wollte ich mich in meinem eigenen Elend suhlen, das geht vielen so. Zwischendurch sagte ich mir, dass ich das einfach aushalten müsste. Noch ein Monat, noch eine Woche, ich tat, was getan werden musste. Arbeiten und nicht nachdenken.

Alle zwei Wochen bekam ich einen Lohnzettel. Den Zettel, nicht den Lohn. Ich bekam einen Umschlag mit ein bisschen Bargeld darin, viel weniger als die Summe auf dem Zettel, gerade genug zum Überleben, nicht genug, um meine Unkosten zu decken. Eine deutliche Botschaft von Froehmer, die ich mir nicht länger anhören wollte. Ich musste mit ihm reden. Aber das ging erst, wenn die Cops da gewesen waren. Wenn ich die abgewimmelt hatte, würde mich Froehmer aus diesem Scheißlagerhaus rausholen. Das hatte er so nie gesagt, auch Mobley hatte es nie so gesagt, aber ich war sicher, dass das der Deal war. Ich wollte nicht, dass die Cops kamen, aber ich konnte auch nicht länger auf sie warten. Das war die Klemme, in der ich steckte.

Sie brauchten lange. Länger als mehrere Lohnzettel. Ich war im Lager unterwegs, da kam ein Anruf, dass ich ins Büro kommen solle. Dort warteten zwei Uniformierte auf mich. Cops tauchen gern am Arbeitsplatz auf und zeigen allen, dass du ein Tunichtgut bist, bevor sie überhaupt wissen, ob du einer bist oder nicht. Sie standen da mit ihren Knarren und Schlagstöcken und Handschellen und all den anderen Drohutensilien an ihren Gürteln, standen da und plauschten mit den anderen im Büro wie mit alten Freunden. Zumindest war ich klug genug, den Spielzeughelm und die Weste abzunehmen.

Sie führten mich in einen kleinen Besprechungsraum, wir setzten uns und führten ein freundliches Gespräch. Sie erkundigten sich nach meiner Arbeit, wie lange ich schon hier war, was ich davor gemacht hatte. Sie fragten nach Frank und der Therapie und wie es war, clean zu sein, alles Mögliche, was um den heißen Brei herumschlich. Sie fragten, ob ich mich in der Gegend aufgehalten hatte, in der Frank gefunden worden war. Ich sagte ihnen die Wahrheit. »Ein paarmal.«

»Was haben Sie da getan?«

»Ich wollte sehen, wo er gestorben war«, sagte ich.

»Haben Sie mit irgendwem geredet?«

»Mit ein paar Nachbarn.«

»Worüber haben Sie geredet?«

»Ich wollte wissen, ob sie Frank gesehen hatten. Und habe ihnen ein Bild von ihm gezeigt.«

»Und, hatten sie?«

»Manche. In der Nacht, in der er getötet wurde«, sagte ich.

Sie schauten kurz in ihre Notizen. »Wer hat ihn gesehen?«

»Ich weiß nicht«, sagte ich. »Irgendwelche Nachbarn. Sie haben ihn wohl auf der Straße gesehen, auf dem Gehweg. Oder meinten, ihn gesehen zu haben. Ich habe mir die Namen nicht aufgeschrieben.«

»Als Sie mit den Nachbarn sprachen, haben Sie sich je als Polizist ausgegeben?«

»Nie.«

»Oder als jemand von irgendeiner anderen Behörde?«

»Nie.«

»Wie haben Sie die Leute denn angesprochen?«

»Ich habe gefragt, ob ich mit Ihnen über einen Mord in der Nachbarschaft reden kann.«

»Mord?«

»Ja. Der Mord an Frank. Sie haben mit Interesse reagiert.«

»Okay. Wie kam es, dass Sie in das Viertel gefahren sind?«

»Mir war gesagt worden, man hätte Frank in einem Hotelzimmer gefunden, aber dann habe ich erfahren, dass er woanders gefunden worden war. Ich wollte dem nachgehen. Also bin ich hingefahren und habe mit den Nachbarn geredet.«

»Von wem haben Sie das?«

»Franks Schwester hat mir gesagt, dass er auf der Straße aufgefunden wurde. Sie hat es im Polizeibericht gesehen. Wir hatten gedacht, er hätte eine Überdosis in einem Hotelzimmer genommen. So ergab es eher Sinn. Dass er getötet und liegen gelassen worden war.«

»Weiß die Schwester, dass Sie mit den Nachbarn gesprochen haben?«

»Keine Ahnung. Ich glaube nicht, dass ich es ihr gesagt habe. Ich wollte warten, bis ich mehr wusste.«

»Und was wissen Sie?«

»Ich weiß, dass Frank dort nichts verloren hatte. Das ist keine

Gegend, in die man fährt, um sich Drogen zu besorgen. Hätte er welche haben wollen, hätte er es sich einfacher machen können. Es ist völlig unlogisch, dass er dort mit einem dermaßen zerstochenen Arm aufgefunden wurde.«

»Kennen Sie einen gewissen Robert Bowie?«

»Ich glaube nicht.«

»Sie haben nicht mit ihm gesprochen?«

»Ich weiß es nicht.«

»Er sagt, Sie hätten mit ihm gesprochen.«

»Okay.«

»Er sagt, Sie hätten viel über die Nachbarn gesprochen, Fragen gestellt.«

»Vermutlich«, sagte ich. »Ich habe nach den Leuten gefragt, die nicht zu Hause waren. Ich habe so viele Fragen gestellt, wie man mich stellen ließ.«

»Kennen Sie Andrew Molina?«

»Habe ich mit dem auch gesprochen? Ich weiß nicht, wie die Leute hießen, mit denen ich geredet habe. Ich kenne die Leute nicht. Ich habe bloß ein paar Minuten mit ihnen geredet.«

»Haben Sie mit Andrew Molina gesprochen?«

»Keine Ahnung. In welchem Haus wohnt er?«

Sie zeigten mir ein Foto. Andrew Molina wohnte in dem Haus, das wir ausgeraubt hatten. Er war der Vater des getöteten Jungen. Wir waren endlich da, wo sie hinwollten.

»Ich habe nicht mit ihm gesprochen.«

»Sie haben also mit allen anderen in der Nachbarschaft gesprochen, aber nicht mit ihm?«

»Ich glaube, es war keiner zu Hause«, sagte ich. »Die meisten Leute waren nicht zu Hause. Ich war nachmittags da.«

»Sind Sie noch mal zu dem Haus zurückgekehrt?«

»Ich habe mit den Nachbarn geredet, die da waren, und bin dann wieder gefahren.«

»Warum sind Sie nicht noch mal zurückgekehrt?«

»Ich hatte genug gesehen«, erwiderte ich. »Mir war klar, dass Frank nicht von sich aus dahingegangen war.«

»Aber er war dort gesehen worden, von einem Nachbarn, haben Sie gesagt.«

»Er war mit jemandem zusammen, hieß es.«

»Mit wem?«

»Ich weiß es nicht. Die Frau wusste es nicht.«

»Welche Frau?«

»Eine ältere Frau. Sie hat aus dem Fenster geschaut und die beiden gesehen.« Ich weiß nicht, warum ich log. Wahrscheinlich wussten sie, dass ich log. Ich hätte ihnen von den Hospizpflegerinnen erzählen sollen, wahrscheinlich wussten sie bereits Bescheid. Ich tat mir keinen Gefallen.

»Sie wusste, dass es sich um Ihren Freund handelte.«

»Sie hat ihn auf dem Foto erkannt.«

»In welchem Haus wohnt sie?«

Sie zogen eine kleine Karte der Straße hervor, und ich schränkte meine Antwort auf wenige Häuser ein. Ich erzählte ihnen, was passiert war. Irgendwer musste behauptet haben, ich hätte mich als Cop ausgegeben. Sie kamen wieder darauf zurück.

»Und Sie haben nie gesagt, Sie wären Polizist, Anwalt, Detective oder Ähnliches?«

»Nie. Ich habe überhaupt nicht gesagt, wer ich bin.«

»Sie haben nie gesagt, dass Sie Franks Partner sind oder so?«

»Ich habe nichts gesagt. Ich habe bloß ein paar Fragen gestellt, sie haben geantwortet.«

»Sie wirken überzeugend.«

»Die Menschen helfen gern«, sagte ich. »Wenn man nett fragt. Sie leben dort und wollen, dass die Gegend sicher bleibt.«

»Und Sie wollen das auch?«

»Ich will nur rausfinden, was meinem Freund zugestoßen ist.«

»Ich dachte, das hätten Sie rausgefunden.«

»Was schon. Aber nicht, durch wen.«

»Und wie wollen Sie das rausfinden?«

»Das übersteigt meine Möglichkeiten«, sagte ich. »Ich hatte gehofft, Sie könnten mir helfen.« Ich versuchte, eine gute Miene zu machen, die Art Miene, die Frank machen würde, damit sich andere wohlfühlen. Ich glaube nicht, dass es funktionierte.

»Ich schaue Sie die ganze Zeit an«, sagte der Cop, »und ich weiß, dass ich Sie schon mal gesehen habe. Zumindest müsste ich wissen, wer Sie sind.«

• • •

Ich sagte nichts. Ich wusste nicht, wo wir standen. Sie hatten es immer noch nicht durchschaut, und ich fragte mich, ob das noch passieren würde.

»Was haben Sie und Frank in der Stadt gemacht?«

»Nichts Besonderes. Wir wollten mal ein paar Tage raus.«

»Wo haben Sie übernachtet?«

»In irgendeinem Hotel in der Innenstadt, ich weiß den Namen nicht mehr. Frank hat sich darum gekümmert.«

»Er hat das Zimmer gebucht und bezahlt?«

»Ich glaube ja«, sagte ich. »Vielleicht war es auch ein Geschenk von irgendwem. Frank hat ab und zu solche Geschenke bekommen «

»Geschenke?«

»Ja, manchmal hat irgendwer in der Einrichtung sich bei Frank mit einem Geschenk bedankt.«

»Und damals war es auch so?«

»Ich erinnere mich nicht. Ich kann versuchen, es rauszufinden.«

»Vielleicht fällt Ihnen der Hotelname noch ein. Fangen wir damit an.«

»Klar«, sagte ich. Vielleicht kannten sie das Hotel bereits. Woher, war mir schleierhaft, wir hatten nicht unsere echten Namen benutzt. Vielleicht hatten sie auch keine Ahnung.

»Waren Sie und Frank die ganze Zeit über zusammen?«

»Ja«, sagte ich. »Moment, nein.«

»Nein. Sie waren nicht zusammen.«

»Er ist zwischendurch allein losgezogen«, sagte ich.

»Wohin?«

»Keine Ahnung.«

»Wieso nicht?«

»Wir hatten uns gestritten«, sagte ich. »Er ist davongestürmt, und als er zurückkam, habe ich nicht gefragt, wo er gewesen war.«

»Ist das oft passiert? Dass er sie allein gelassen hat?«

»Nie.«

»Worüber hatten Sie sich gestritten?«

»Ich weiß nicht mehr. Nichts Wichtiges. Jedenfalls nicht wichtig genug, um mich daran zu erinnern.«

»Er hat so was vorher noch nie getan, haben Sie gesagt, aber Sie erinnern sich nicht an den Auslöser für das erste Mal?«

»Frank war abergläubisch«, sagte ich, eine Wahrheit, die eine Lüge war. »Wir hatten uns über ein Pferd auf der Straße gestritten. Für ihn war das ein Zeichen, dass wir abreisen sollten. Wir wussten nicht, dass das Pferd gar nicht tot war. Weil wir das Zimmer bezahlt hatten, wollte ich bleiben, aber er wollte weg. Also ging er.«

»Sie haben sich also gestritten, und er ist gegangen. Was haben Sie gemacht, während er weg war?«

»Ich bin Kaffee trinken gegangen, glaube ich. Vielleicht einfach rumgelaufen. Nichts Besonderes. Habe darauf gewartet, dass Frank wieder auftaucht.«

»Wie lange war er weg?«

»Vielleicht ein, zwei Stunden.«

»Und wo haben Sie ihn dann wiedergesehen?«

»Im Hotel, glaube ich. Dann sind wir Abendessen gegangen. Oder haben uns was aufs Zimmer bestellt. Entweder, oder.«

»Und wie hat er gewirkt, als er zurückkam?«

»Ganz normal. Ich weiß nicht, auf was Sie hinauswollen.«

»Er hatte sich nicht irgendwo Drogen besorgt oder so?«

»Nein. Daran würde ich mich erinnern. Es ging ihm gut. Alles war wieder normal.«

»Und wie sind Sie das zweite Mal in die Stadt gekommen?«

»Mit dem Auto. Wie beim ersten Mal.«

»Sie sind mit Ihrem Wagen gefahren?«

»Ja.«

Sie erhoben sich, als wollten sie gehen, und ich stand ebenfalls auf.

»Gibt es noch irgendwas, an das Sie sich erinnern, das uns irgendwie helfen könnte?«, wollten sie wissen.

»Mir fällt nichts ein.«

»Sind Sie seither noch einmal in der Stadt gewesen?«

»Ich glaube nicht«, sagte ich.

»Vielleicht aber doch.«

»Nein«, sagte ich. »Ich bin nicht mehr da gewesen.«

»Es gab keinen Anlass?«

»Ich bin nicht mehr da gewesen.«

»Okay, das reicht uns erst mal«, sagte einer der beiden.

»Wie kommen Sie in die Stadt?« Der andere fiel seinem Partner fast ins Wort.

»Ich habe ein Auto.«

»Welche Marke?«

Ich nannte sie.

»Nutzen Sie auch mal einen Mietwagen?«

»Schon lange nicht mehr«, sagte ich. »Ich habe meinen eigenen Wagen.«

»Wann haben Sie zum letzten Mal einen gemietet?«

»Ich weiß nicht. Muss lange her sein. Bestimmt mehrere Jahre. Mindestens fünf, würde ich sagen.«

»Warum haben Sie damals einen gemietet?«

»Wahrscheinlich, weil mein Auto in der Werkstatt war.«

»Und Sie sind damit in die Stadt gefahren?«

»Keine Ahnung. Ich kann versuchen, es rauszufinden, wenn es wichtig für Sie ist.«

»Wir werden sehen«, sagte der Cop, dann gingen sie. Was wussten sie von den Autos? Das würde bei mir hängen bleiben. Und genau das wollten sie. Man soll denken, dass sie mehr wissen, als wirklich der Fall ist. Aber irgendwas mussten sie wissen. Man fragt ja nicht einfach so nach einem Mietwagen. Sie hatten Puzzleteile gefunden, aber konnten sie sie zusammensetzen? Irgendwas wusste sie. Sollen sie versuchen, irgendwas zu beweisen, dachte ich. Ich wusste, was zu tun war. Die Mächtigen – Priester, Supreme-Court-Richter, Präsidenten – machen es immer wieder vor: leugnen, leugnen, leugnen. Auch noch, wenn der Fall glasklar ist. Aber so weit war es noch lange nicht. Wenn sie sich den Einbruch vor dem Mord vornahmen, war ich erledigt. Sie würden nicht mal in Betracht ziehen, noch anderswo zu suchen. Ich war so schuldig, als wäre ich der Täter. Was mich nachdenklich machte. Ich durchquerte das Büro, ohne mit jemandem zu sprechen, setzte den Plastikhelm auf, zog die orange Weste über, kehrte an die Arbeit zurück und versuchte, nicht mehr daran zu denken.

• • •

Ich erzählte Casey von den Cops. Sie wollte wissen, warum sie auf der Arbeit aufgetaucht waren, warum sie mit mir persönlich hatten reden wollen. »Hätten sie nicht einfach mit dir telefonieren können?«

»Vielleicht halten sie mich für den Mörder«, sagte ich.

»Daran hatte ich nicht gedacht. Glaubst du das? Im Ernst?«

205

»Sie ermitteln nur. Es ergibt Sinn. Ich habe da unten rumge-schnüffelt. Wir sollten froh sein, dass sie da waren. Ich habe ihnen alles erzählt. Vielleicht bringt es was.«

»Vielleicht. Aber ich wette, sie konzentrieren sich auf den ande-ren Fall. Den müssen sie zuerst lösen. Frank wurde von einem Teenager zusammengeschlagen. Ist es nicht schlimm, das zu den-ken?«

»So läuft es.«

»Meinst du, sie gehen von einer Verbindung aus?«

»Ich glaube nicht. Von dem Jungen haben sie nicht mal was gesagt.«

»Deswegen tragen die immer noch Uniform«, sagte Casey. »So bringen die es nie zum Detective.«

Es gibt einen alten Witz. Zwei Typen rennen vor einem Bären davon, und der eine sagt zum anderen: »Glaubst du, du kannst schneller rennen als ein Bär?« Und der andere sagt, »Ich muss nicht schneller rennen als der Bär, ich muss nur schneller rennen als du.« So fühlte ich mich. Ich musste nicht clever sein, ich musste nur cleverer sein als die Cops.

• • •

Ich dachte, nach dem Besuch der Cops würde sich Froehmer ir-gendwann bei mir melden, aber dem war nicht so. Ich würde zu ihm gehen müssen. Ich wartete, bis meine mageren Ersparnisse fast aufgebraucht waren, dann suchte ich ihn auf, in der Hoffnung, er würde mich in meinen alten Job zurücklassen. »Ich brauche was besser Bezahltes«, sagte ich.

»Lass mich überlegen«, sagte er und ließ mich eine Woche lang am langen Arm verhungern. Als ich am Freitag darauf meinen Lohnzettel bekam, stand dieselbe Summe darauf wie immer, aber der Umschlag war schwerer. Ich würde das Lager so bald nicht verlassen.

26
DIE WAHRHEIT (IRGENDWIE)

»Hast du gewusst, dass Frank an dem Tag, an dem er gestorben ist, einen Autounfall hatte?«, fragte Casey.

Hatte ich es gewusst? Oder was oder wie viel? Ich wusste nicht mehr, was ich ihr gesagt hatte und was nicht. Ich kriegte es nicht mehr zusammen. »Ja. Ein kleiner Blechschaden.«

»Weißt du, wo das war?«

»Nein«, sagte ich. »Er hat's mir nicht gesagt.« Ich fragte mich, woher sie davon wusste.

»Ganz in der Nähe von dem Ort, wo er gestorben ist«, fuhr Casey fort. »Hast du das nicht gewusst?«

»Nein«, sagte ich. »Woher weißt du es?«

»Von der Polizei«, sagte sie, und ich machte mir Sorgen, was man ihr dort sonst noch gesagt haben mochte.

»Was haben die denn gesagt?«

»Dass er mit einem Mietwagen in einen Unfall verwickelt war. Irgendwer ist wohl in ihn reingefahren. Nicht weit von da, wo er später hingegangen ist. Meinst du nicht, das hat was zu bedeuten?«

»Unbedingt.«

»Vielleicht war er dort hingefahren und hat sich Drogen besorgt, ist in den Unfall geraten, später noch mal zurückgekehrt und hat die Überdosis genommen«, sagte Casey. »Was meinst du?«

»Vielleicht«, sagte ich. »Aber ich glaube es nicht.«

»Die Cops glauben, dass es so war.«

Zumindest erzählten die Cops ihr das. Ich war nicht sicher, dass sie es auch glaubten. Ich fragte mich, ob sie ihr den Namen genannt hatten, auf den der Wagen gemietet war. Die Antwort folgte auf dem Fuße.

»Die Polizei sagt, Frank saß in einem Mietwagen. Ich dachte, ihr wärt mit deinem Wagen da unten gewesen.«

»Nein, wir hatten einen gemietet«, sagte ich.

»Wer hat ihn gemietet?«

»Wir. Aber unter anderem Namen. Haben die Cops dir das auch gesagt?«

»Nein.«

»So war es. Das Hotel hatten wir unter demselben Namen gebucht. Wir wollten nicht, dass uns jemand findet.«

»Habt ihr das oft gemacht?«

»Nein. Nicht oft. Manchmal. Frank hatte Spaß daran. Er hat gern so getan, als wären wir andere Leute, vor allem auf Reisen. Was haben die Cops denn noch gesagt?«

»Dass ein junger Mann ein Stoppschild übersehen hat und in Frank reingefahren ist. Frank hat den Mietwagen zurückgebracht, aber keinen neuen bekommen. Also ist er zurück ins Hotel. Sie sind auf der Suche nach dem anderen Fahrer. Bisher haben sie wohl noch kein Glück gehabt. Jerry Caldwell. Ich habe den Kontakt von der Mietwagenfirma.«

»Wohnhaft in LA?«

»Stimmt.«

»Geboren in Singapur?«

»Was weißt du über ihn?«, fragte Casey.

»Dass er nicht existiert«, sagte ich.

Frank hatte sich nicht selbst getötet. Jetzt war ich sicher. Ich wusste es, sobald ich den Namen des Unfallfahrers hörte. Ich wusste alles über Jerry Caldwell. Es war eine Identität, die Frank für Froehmer erfunden hatte. Froehmer hatte darum gebeten und nie erklärt, was er damit vorhatte. Es gab ein Bankkonto,

Kreditkarten, einen Führerschein, vielleicht sogar einen Reisepass. Frank hatte mehrere Identitäten für Froehmer erfunden, aber an Jerry Caldwell erinnerte ich mich, weil Frank so zufrieden damit gewesen war. Er fand den Namen perfekt, hatte ihn irgendwo gefunden, verriet aber nicht, wo. Jedes Mal, wenn Froehmer den Namen Jerry Caldwell benutzte, freute sich Frank diebisch. Er hatte Froehmer damit irgendwie einen Streich gespielt. Nur hatte Froehmer den Streich an jemand anders weitergegeben.

• • •

Ich überlegte, ob ich das Gesicht des Typen am Steuer gesehen hatte. Wohl nicht. Ich konnte mich an kein Gesicht erinnern. Er musste über dem Lenkrad gehangen haben. Es war auch egal, schließlich kannte ich kaum einen der Typen, die für Froehmer arbeiteten. Vielleicht arbeitete er auch gar nicht für ihn. Vielleicht war er nur für diesen Auftrag angeheuert worden. Der lautete, uns entweder nur zu folgen oder absichtlich in uns reinzufahren. Aber warum? Es gab einfachere Wege, uns aufzuhalten, falls er das vorgehabt hatte. Ich tippte daher auf Ersteres. Froehmer wollte sichergehen, dass wir den Auftrag ausgeführt hatten. Und derjenige, der uns überwachen sollte, hatte Mist gebaut. Ergab das Sinn? Ich war nicht sicher. Und konnte mit niemandem darüber reden. Ich musste es allein rausfinden.

»Woher weißt du von Jerry Caldwell?«, wollte Casey wissen.

»Das ist ein falscher Name, wie die, die Frank und ich benutzt haben.«

»Du wirst dir mehr Mühe geben müssen«, sagte Casey.

Sie hatte recht. Ich sagte ihr, dass sie recht hatte, und bat sie um etwas Bedenkzeit. Sie wartete, während ich mir darüber klar zu werden versuchte, wo ich anfangen und wie ich alles erklären sollte. Ich fürchtete, das könnte unser letztes Gespräch werden, und dachte, dass es vielleicht besser so wäre, für sie, meine ich. Für mich konnte alles nur schlimmer werden.

»Ich werde dir ein paar Dinge erzählen, die ich besser für mich behalten sollte«, sagte ich. »Und die mir leidtun könnten; vielleicht willst du danach nichts mehr mit mir zu tun haben, und das würde mir leidtun. Ich möchte das nicht. Aber so bin ich, so bin *ich*, nicht dein Bruder. Er hat mir geholfen. Mehr nicht. Es ist alles meine Schuld.«

Sie schwieg.

»Ich erledige kleinere Aufträge. Kleine Diebstähle. Jemand sagt mir, was er haben will, und ich besorge es ihm. Das ist alles. Ich tue nie jemandem weh. Frank hat nie jemandem wehgetan. Wir haben nur für andere Leute Sachen gestohlen. Deswegen waren wir dort. Und ein Typ fährt in uns rein, fährt in Frank rein, ein Typ, der allem Anschein nach einen Namen benutzt hat, den Frank erfunden hatte. Ich habe keine Ahnung, warum oder woher er den Namen hatte. Ich habe keine Ahnung, warum er uns gefolgt ist oder was er vorhatte. Vielleicht hat er versucht, Frank aufzuhalten. Vielleicht wollte er ihn umbringen und hat den Unfall verursacht. Vielleicht hat er ihn später umgebracht. Ich habe keine Ahnung. Aber ich weiß, dass ich rausfinden muss, wer das war, wer wirklich dahintersteckt. Die Cops dürfen von all dem nichts erfahren. Ich muss wissen, ob sie dir sonst noch irgendwas erzählt haben.«

»Sie wissen über dich Bescheid«, sagte Casey. »Zumindest glauben sie das. Sie haben einen Verdacht. Sie haben mir gesagt, du hättest Dinge gestohlen. Und dass du für jemanden arbeiten würdest Mehr haben sie nicht gesagt.«

»Das stimmt«, sagte ich. »Aber Frank hat nicht dazugehört. Er wusste nicht, für wen ich arbeite, nichts von alldem. Er hat mir nur geholfen. Und versucht, mir da rauszuhelfen. Das sollst du wissen. Dein Bruder hat immer nur geholfen.«

»Ich will auch helfen«, sagte Casey. »Aber du musst mir sagen, was passiert ist. Alles.«

Ich erzählte es ihr, mehr oder weniger. Nur genug, damit sie helfen konnte oder glaubte, es zu tun. Ich erzählte ihr, dass wir etwas gestohlen hatten, aber sagte nicht, was, und dass Franks Tod etwas mit dem Job zu tun hatte, dass er getötet worden war, als er das Ding zurückgebracht hatte. Ich sagte nicht, dass es das Haus war, in dem der Junge gestorben war. Das verschwieg ich ihr.

»Ich verstehe den Zusammenhang nicht«, sagte Casey. »Wie passt der Junge da rein?«

»Ich weiß es nicht«, sagte ich. »Vielleicht passt er nicht rein. Oder vielleicht hat er versucht, denjenigen aufzuhalten, der das Ding haben wollte. Irgendwer war nicht happy mit uns. Er wollte das Ding haben und hat es nicht bekommen.«

»Frank hat es ihm nicht gegeben?«

»Ich glaube, sie haben Frank getötet, nachdem er das Ding zurückgebracht hatte. Die Frau meinte, sie hätte ihn zusammen mit einem anderen Mann aus dem Haus kommen sehen, angeblich mit dem, der da wohnte. Außerdem, wenn sie es von Frank bekommen hätten, warum dann der Junge? Und warum sind sie nicht hinter mir her?«

»Vielleicht wissen sie nichts von dir«, sagte Casey.

»Daran hatte ich gar nicht gedacht«, sagte ich. Es stimmte. Ich hatte die Trophäe und war in Ruhe gelassen worden. Dafür musste es einen Grund geben. Er konnte etwas mit Froehmer zu tun haben. Irgendwie führte alles auf ihn zurück. Und ich brauchte Hilfe.

3

27
DIE SCHULD

Als ich nach der Arbeit zu meinem Auto kam, saß Mobley auf dem Beifahrersitz. Ich hatte abgeschlossen. Ich schloss immer ab. Man weiß nie, was einem sonst geklaut wird. Aber da saß er und wartete auf mich. Da er zu blöd war, um den Wagen allein aufzukriegen, hatte er vermutlich Hilfe gehabt. Wer immer ihm geholfen hatte, war nicht mehr da. Nur Mobley. In meinem Wagen.

»Fahr los«, sagte Mobley. »Tu so, als würdest du nach Hause fahren.« Ich fuhr aus der Parklücke und über den Parkplatz. »Wahrscheinlich haben dich die Überwachungskameras erwischt, als du mein Auto aufgebrochen hast.«

»Die haben mich bei gar nichts erwischt«, sagte Mobley.

Ich nickte so sarkastisch, wie ich konnte, und fuhr vom Lagergelände. Nach etwa einer halben Meile begann Mobley, mir Anweisungen zu geben, wann und wo ich abbiegen sollte, bis wir einen Schotterweg erreichten, wo ein weiterer Wagen wartete. Mobley wies mich an, so zu parken, dass die beiden Kühlerhauben Nase an Nase standen. Ich dachte an Flucht. Ich fragte mich, wie weit ich in der Dunkelheit kommen würde, wo ich hinsollte und ob es das wert wäre. Im anderen Auto war niemand zu erkennen. Wenn Froehmer, oder für wen auch immer er arbeitete, mich töten wollte, würde er das nicht Mobley erledigen lassen. Wir stiegen beide aus, gingen zu dem leeren Wagen und stiegen ein. Jetzt saß ich auf dem Beifahrersitz.

»Froehmer will dich zurückholen«, sagte Mobley.

Okay.

»Du musst nur eine Sache erledigen, um neu anfangen zu können«, sagte Mobley, aber als er mir beschrieb, um was es ging, wollte ich nicht wieder neu anfangen.

»Ich glaube nicht, dass ich Froehmer bei so was eine große Hilfe wäre«, sagte ich. »Ich eigne mich besser dafür, ihm Sachen zu besorgen.«

»Das sieht er anders.« Mobley schaute aus dem Fenster in die Dunkelheit. »Wir haben dich unterschätzt. Das mit dem Jungen hat gezeigt, wozu du fähig bist.«

»Damit hatte ich nichts zu tun. Froehmer weiß das.«

Mobley zuckte die Achseln. »Er weiß, was du zu tun hast. Der Junge kann uns trotzdem angehängt werden. Froehmer hat mehr für dich getan, als gut ist. Was du nicht kapierst.« Er beugte sich vor, und ich sah die Wut in seinem Gesicht. »Du und dein Freund ...«, hob er an und brach ab. »Als du da hin bist und mit allen gequatscht hast, hast du alles versaut. Du hättest dir gleich ein Schild an den Rücken bappen können. Als Wiedergutmachung musst du tun, was dir gesagt wird.«

»Ich sehe nicht, wie so was irgendwas wiedergutmachen könnte.«

Wieder zuckte Mobley die Achseln. »Das ist keine Bitte. Von mir aus kannst du bis in alle Ewigkeit Müll sammeln. Bei Froehmer bringt dich das allerdings nicht weiter.«

Alles war still. Alles war leer.

»Ich hab ihm gesagt, du wirst tun, was nötig ist.«

»Klar. Meinen Hals hältst du immer gern hin«, sagte ich, aber er biss nicht an. Er blieb beharrlich.

»Und dann ist da immer noch der nicht erledigte Job. Den dein Partner versaut hat.«

»Ich weiß nicht, was du meinst.«

»Spiel nicht den Ahnungslosen. Du weißt, was wir haben wollen.« Endlich kam Mobley auf den Punkt.

»Ihr treibt es auf, ich hole es«, sagte ich.

»Du bist da gewesen. Hast du es nicht genommen?«

»Es war schon weg.«

»Und du hast keine Ahnung, wo es ist.«

»Wenn ich es wüsste, hätte ich es bereits«, sagte ich.

»Was mich angeht, liegt der Ball immer noch bei dir«, erwiderte Mobley.

Ich wusste nicht, wie viel von all dem auf Mobleys Mist gewachsen war und was auf Froehmers. Ich wollte direkt mit Froehmer reden, aber das wurde immer unwahrscheinlicher.

»Er will, dass du es auf diese Weise wiedergutmachst«, sagte Mobley. »So läuft das jetzt.« Er gab mir ein Foto, auf dessen Rückseite eine Adresse stand. »Du wirst dich um diesen Typen so kümmern, wie wir uns das vorstellen, und dann sind wir quitt. So läuft es. Und nicht anders.«

Okay.

»Lass ihn offen liegen«, sagte Mobley. »Das ist alles.«

»Ich weiß nicht, wie ich das machen soll.«

»Lass dir was einfallen«, sagte Mobley.

Alles war leer. Mein Auto, das vor uns stand, die dunklen Felder um uns herum, die Erde und der Himmel waren leer, ohne Licht, sternenlos, nur Finsternis. Leere in Mobley und in dem, was er gesagt hatte, Leere zwischen uns, in mir und meinen Gedanken und den Worten, die ich nicht aussprach. Überall nichts als Leere, in meinem Leben, in meiner Arbeit. Früher war es anders gewesen, jetzt war alles entleert. Und musste irgendwie wieder gefüllt werden.

Ich weiß nicht, was ich gesagt habe. Vielleicht habe ich gar nichts gesagt. Ich nahm das Foto und ging zu meinem Wagen zurück. Mobley schaltete die Scheinwerfer an, zwei Sonnen bohrten sich in meine Augen und blendeten mich. Es dauerte etwa eine Minute, bis ich wieder etwas sehen konnte, ich wartete, bis mich dunkle Leere umgab. Es war genau wie vorher, finster und leer und still. Nur noch Nichts. Aber zumindest sah ich es jetzt. Ich hoffte, Mobley wäre weggefahren. Aber nein, er wartete in einiger Entfernung auf mich. Ich fuhr nach Hause und warf ab und zu einen Blick auf das Foto neben mir.

...

Ich hatte keine Ahnung, wie ich das machen sollte, was Froehmer erledigt haben wollte. Jemandem etwas wegzunehmen, ist das eine; jemandem alles zu nehmen, etwas ganz anderes. Im Kino und Fernsehen sieht man so was ständig, aber woher weiß man, ob es auch im echten Leben funktioniert? Vermutlich unterschied es sich nicht so sehr von meinen üblichen Jobs. Man plant und bereitet vor und achtet auf Details. Vielleicht war es so einfach. Also ging ich vor wie immer. Nach der Arbeit im Lager fuhr ich zu der Adresse auf dem Foto und beobachtete und wartete. Das Haus sah nicht nach Geld aus. Niemand kam und niemand ging. Ich wartete die ganze Nacht. Kaffee und Chinesenessen schafften es nicht, mich wach zu halten. In der Stille nickte ich mindestens zweimal ein, beim zweiten Mal döste ich sicher zwanzig Minuten. Für alle Fälle hatte ich eine kleine Kamera am Armaturenbrett und konnte nachsehen, was währenddessen passiert war. Nichts. In wenigen Stunden musste ich zur Arbeit fahren und hatte mir erfolglos die Nacht um die Ohren geschlagen. Das war nicht schlimm, ich kannte das, hatte es aber lange nicht mehr allein machen müssen. Ich war außer Übung und wurde ungeduldig. Ich wartete bis zuletzt, bis ich aufbrechen und ins Lager fahren musste.

Mit Mühe überstand ich den Tag. Fast wäre ich auf dem blöden orangen Karren eingeschlafen und fuhr wie ein Betrunkener Schlangenlinien zwischen den Regalen. Ich musste anhalten und mich zusammenreißen. Es war noch nicht mal Mittag. Als ich endlich Pause hatte, blieb ich auf dem Karren sitzen und schlief ein. Über eine Stunde später wurde ich wachgerüttelt.

»Alles klar?«, sagte der Rüttler. Ich hatte ihn noch nie gesehen. Da er keine orange Weste trug, hielt ich ihn für einen Aufseher. Ich nickte. »Alles klar.«

Er betrachtete den Ausweis, der an meinem Hals hing, und prägte sich mein Gesicht und meinen Namen ein. »Wer ist dein Vorgesetzter?«, fragte er. »Weiß er Bescheid?«

Ich schüttelte den Kopf. »Ist mir noch nie passiert. Ich mache die Zeit gut. Das waren etwa dreißig Minuten. Die können Sie von meinem Lohn abziehen.«

»Das überlasse ich deinem Chef«, sagte er. So ging es weiter. In der ganzen Zeit, in der er da stand und mir Vorträge hielt, arbeiteten weder er noch ich. Ich hätte meinen Rückstand längst aufgeholt, hätte er nicht so viel gequatscht. Das ist der Grund, warum die Leute ihre Arbeit hassen. Das ist der Grund, warum die Leute Hierarchien hassen. Ich saß da und hörte mir an, dass ich gefeuert werden könnte. Man konnte fast meinen, die ganze Firma würde zusammenbrechen, weil ich den Müll dreißig Minuten zu spät einsammelte. Wenn das System dermaßen anfällig war, dann sollte es vielleicht zusammenbrechen. Natürlich ging es nicht darum. Also demütigte er mich noch einige Minuten länger und erlaubte mir dann, an meine Arbeit zurückzukehren. Zumindest hatte er mich aufgeweckt, die Wut hielt mich den ganzen Tag lang wach.

Es folgte eine weitere ereignislose Nacht. Ich schlief längere Phasen, wachte alle paar Stunden auf und schaute mir die Kameraaufnahmen an. Es war, als würde ich ein Standfoto der leeren Straße und des dunklen Hauses sehen. Wieder musste ich los, bevor irgendetwas passiert war. Mein Leben passte nicht zu dem des Hausbewohners. Froehmer wusste Bescheid, er hätte mich im Lager decken können, wenn er gewollt hätte. Wollte er aber nicht. Er hielt sich raus. Ich war auf mich gestellt und hatte es nicht eilig. Ich würde meinen freien Tag nutzen und so lange hier warten, bis etwas passierte.

Ich weiß, was Frank getan hätte. Er hätte den Typen durch den Computer gejagt, herausgefunden, wo er arbeitete, welche Hobbys und Gewohnheiten er hatte, sich vielleicht sein Handy angesehen. In ein, zwei Stunden hätte er ein Profil der Zielperson erstellt. Vielleicht hätte er sogar einen Tracker an seinem Wagen angebracht. Ich tat nichts von alldem. Ich wollte nicht wissen, wer der Typ war. Ich wollte nicht wissen, ob er verheiratet war, Kinder hatte, einen Goldfisch, nichts. Ich wollte nichts von ihm wissen, nicht mal seinen Namen. Ich würde hier sitzen und warten und ihm folgen und fertig. Ich weigerte mich, daran zu denken, was Frank in meiner Lage getan hätte, weil Frank niemals in meine Lage geraten wäre.

Nach der Arbeit besorgte ich mir im Walmart einen Besen und ein paar billige Klamotten. Ich kaufte zu große Schuhe und einen übergroßen Overall, Socken und eine Baseballkappe. Im Home Depot kaufte ich eine Schachtel Gummihandschuhe und einen dünnen Stahldraht. Das alles legte ich originalverpackt in einem großen Müllbeutel in den Kofferraum. Ich fuhr nach Hause, schlief den Großteil der Nacht, machte mich dann auf den Weg und parkte in der Nähe des Hauses der Zielperson. Ich kam zu spät. Das Auto war schon weg. Ich tippte darauf, dass er ausgerechnet an meinem freien Tag – die einzige Nacht in dieser Woche, die ich nicht bis zum frühen Morgen hier verbracht hatte – zum Frühaufsteher geworden war. Egal. Er würde zurückkommen, und ich konnte warten.

Am frühen Nachmittag fuhr ein Wagen auf die Einfahrt, und der Mann vom Foto stieg aus.

Er war etwa in Froehmers Alter, hatte angegraute Haare und trug eine geschlossene Windjacke zu Shorts und Sneakern. Unter seinem Arm klemmte ein Basketball. Der Mann war klein und gedrungen, früher mochte er sportlich gewesen sein, aber bestimmt spielte er nicht Basketball.

Er trat ins Haus und blieb die nächsten vier Stunden lang verschwunden. Als er wieder in sein Auto stieg, trug er die Windjacke, aber keine Sportkleidung mehr. Ich folgte ihm zu einem Heim für betreutes Wohnen. Ich wartete, bis er hineingegangen war, dann fuhr ich auf den Parkplatz. Er hatte in der Nähe einer Überwachungskamera seitlich am Gebäude geparkt. Die Kamera war uralt, hatte mindestens zehn Jahre auf dem Buckel und seit Ewigkeiten nichts mehr aufgenommen. Trotzdem checkte ich das Gebäude.

Er blieb ein paar Stunden lang dort, bis spät in den Abend hinein. Der Parkplatz leerte sich und wurde von kreisrundem Laternenlicht erhellt. Ich fuhr hinter einen anderen parkenden Wagen, um von den Leuten, die aus dem Gebäude kamen, nicht gesehen zu werden. Als er nach Hause fuhr, folgte ich ihm. Er ging hinein, und ich sah ihn erst am nächsten Morgen wieder.

Die meisten Menschen leben nach Mustern, manche absichtlich, die meisten aber folgen einer unbewussten inneren Uhr, die sie zu Gewohnheiten anhält, welche sie heftig abstreiten würden. Mein Mann war morgens unbeständig, aber am Nachmittag und Abend verlässlich. Wahrscheinlich erzählte er rum, er würde jeden Morgen trainieren, und vielleicht glaubte er das selbst, oder vielleicht trieb er im Haus auch Sport, ohne dass ich es mitbekam, aber an manchen Vormittagen (und nie zur selben Zeit) fuhr er allein zu einem Basketballplatz und übte Korbwürfe. Es gab zwei Plätze und vier Körbe, und er bewegte sich von einem Korb zum anderen und warf so lange, bis er jeden Korb zehnmal getroffen hatte. Er brauchte ewig. Jeder Wurf kam direkt, kein Bogen, keine Berührung, ein direktes Werfen auf den Rand. Anfangs rannte er den zurückprallenden Bällen noch nach, dann gab er auf und schlenderte. Manchmal machte er Pause und schaute auf sein Handy, das er am anderen Ende des Platzes auf ein Handtuch gelegt hatte.

Nichts davon sah nach Spaß und nur wenig nach körperlicher Aktivität aus, aber es war mehr, als ich zustande bekam. Ich verbrachte den Großteil meines Lebens im Sitzen, und langsam rächte es sich. Ich sackte immer mehr in mich zusammen und hing gebückt über dem Steuer. Verdammt, dafür war ich zu jung. Nach weiteren zwanzig Minuten, in denen ich mir geschworen hatte, endlich irgendwas zu machen, joggen, schwimmen, Yoga, irgendwas Sportliches, sobald das hier vorbei war, sobald ich nicht mehr in dem energieraubenden, seelentötenden Lagerhaus arbeitete und mehr Zeit für meinen Kram hatte, nachdem ich mir all das vorgenommen hatte, stieg er in seinen Wagen und fuhr davon. Gegen Mittag parkte er am Heim für betreutes Wohnen, verbrachte etwa zwei Stunden dort, fuhr nach Hause und zur Abendbrotzeit kam er zurück zum Heim.

Ich schaute mir das noch einen Tag länger an. Dann sägte ich den Besenstiel in zwei etwa dreißig Zentimeter lange Stücke und verband sie mit einem ähnlich langen Stück Draht. Das alles legte ich wieder in den Kofferraum.

Während der Arbeit ging ich alles im Kopf durch, vermied es aber, zu viel zu grübeln, stellte mir nur das Wie und Wann vor, konzentrierte mich auf den Draht und wie gut er an den Besenstielstücken befestigt sein musste, dachte an die Säge, mit der ich den Stiel durchgeschnitten hatte, und an das Sägemehl, an das Lagerhaus und die irgendwo in der Ferne liegende Tür, die sich irgendwann zum letzten Mal nach außen öffnen würde.

Ich arbeitete zügig, ohne zu hetzen, ließ die Mittagspause ausfallen und hoffte, dass kurz vor Feierabend nicht noch irgendein Unfall passieren oder irgendwas auslaufen würde. Ich musste weg. Ich wartete bis zur letzten Minute und fuhr dann direkt zu dem Parkplatz am Heim für betreutes Wohnen. Ich war nicht sicher, ob ich es über mich bringen würde. Ich bemühte mich, auf dem Weg in die Stadt nicht zu schnell zu fahren, aber ich musste Gas geben.

Ich dachte an Frank und Timothy McVeigh und sein fehlendes Nummernschild. An den Son of Sam und seinen Strafzettel wegen Falschparkens. Man muss auf die kleinen Dinge achten.

Auf dem Parkplatz herrschte Dunkelheit, runde Lichtpfützen lagen auf dem dunklen Asphalt, füllten die leeren Parklücken und beleuchteten ein paar alte Autos, Cadillacs und Continentals, die hier vielleicht ihre letzte Ruhe gefunden hatten. Neben einem solchen parkte ich, am Ende des Platzes, in der Nähe der Ausfahrt. Ich holte die Tasche aus dem Kofferraum und setzte mich auf die Rückbank. Dort wechselte ich meine Kleidung und Schuhe und zog den Overall über. Dann steckte ich die verdrahteten Besenstielstücke vorn in den Overall und ging zu seinem Wagen. Er schloss nie ab. Ich hatte es jedes Mal überprüft. Er schloss nie ab. Ich setzte mich auf die Rückbank und wartete. Es würde nicht lange dauern.

Es dauerte zu lange.

Der Wagen roch nach ihm, ich roch seine Haare und seinen Schweiß, seine Rasiercreme und Zahnpasta, sein Deodorant und das Tiger Balm, mit dem er sich vermutlich nach den miserablen Korbwürfen die Schulter einrieb. Ich dachte an den Jungen in dem Haus unten an der Treppe. Er atmete nicht mehr. Ich überlegte, wer nach mir reingekommen sein könnte und was der Junge ihnen erzählt haben könnte und warum sie ihn gleichwohl getötet hatten. Ich dachte an den Jungen und daran, dass er nie älter werden würde, nicht alt genug, um überhaupt jemandem wieder irgendetwas zu erzählen, nicht alt genug, um in das ganze Schreckliche reingezogen zu werden, das ihn umgab und nach unten riss. Ich dachte an Frank, wie er genau dieses Haus verließ, und fragte mich, ob er geahnt hatte, was ihm hinter der nächsten Ecke widerfahren würde. Ich dachte daran, wie er im Keller des Krankenhauses lag, wie er auf der Straße lag und darauf wartete, gefunden zu werden. Ich dachte daran, wer er gewesen war und wer er nie wieder sein würde. Ich dachte, mich übergeben zu müssen. Ich dachte, ich würde aussteigen müssen. Der Wagen war zu klein und schien zu schrumpfen. Ich dachte, ich würde es nicht über mich bringen. Dann wurde die Tür geöffnet und geschlossen, und ich brauchte nicht mehr zu denken. Nur noch zu handeln.

...

Ich ging zu meinem Wagen zurück und holte eine große Mülltüte aus dem Kofferraum. Ich zog die Schuhe und den Overall und die Handschuhe aus und stopfte sie in die Tüte und legte die Tüte zurück in den Kofferraum. Das alles würde ich später verbrennen, mitsamt der Kleidung, die ich noch anhatte. Den Stahldraht würde ich in winzige Stücke schneiden und sie mit den Klamotten und dem Besenstiel ins Feuer werfen.

Ich fuhr nach Hause und stellte mich unter die Dusche. Danach reinigte ich mir die Zähne mit Zahnseide, starrte jeden einzelnen Zahn und den hin und hergleitenden Faden an. Ich konzentrierte mich auf das, was ich tat. Zwischen dem Eckzahn und einem Schneidezahn fing das Zahnfleisch an zu bluten, das Blut verfärbte die Zähne. Ich ließ das kalte Wasser laufen, bis es nicht mehr kälter werden konnte, füllte meinen Mund damit und spuckte es erst nach Sekunden wieder aus. Dann putzte ich mir vorsichtig und sorgfältig die Zähne. Es war immer das Gleiche. Es war wie gestern und wie morgen. Morgen würde ich aufstehen und zur Arbeit gehen, morgen Abend nach Hause kommen und vor demselben Spiegel in demselben Badezimmer stehen und alles wie immer machen. An mehr brauchte ich nicht zu denken.

Ich legte mich auf die Couch und las ein paar Seiten eines Buchs, das mir Casey gegeben hatte. Es ging um Wissenschaftler, die Fruchtfliegen untersucht hatten. Sie hatten mutierte Fruchtfliegen gezüchtet und sie in Glasbehälter gesteckt und beobachtet, in der Hoffnung, etwas über Genetik und Verhalten herauszufinden. Andere Wissenschaftler versuchten das Gleiche mit Pilzen und Bakterien. Ich las, dass wir nach Millionen Jahren der Evolution immer noch dieselben Gene wie Fruchtfliegen und Pilze und Bakterien haben. Es ist alles das Gleiche. Ich versuchte, an nichts anderes als an Fruchtfliegen zu denken, und an die Tatsache, dass Atome nicht lebendig und wir nichts als Atome sind, und vielleicht sind wir alle nicht lebendig, nicht wirklich, eher von Partikeln kontrollierte Puppen, wie Fliegen und Pilze und Bakterien. Ich versuchte, darüber nachzudenken. Aber in jeden Satz auf jeder Seite bohrte sich der Gedanke an das leere Bett im Nebenzimmer und der Gedanke an Frank und was ich getan und nicht getan hatte und dass nichts mehr war wie immer.

28
DER UNFALL

Casey wollte helfen, also ließ ich sie.

»Ich will den Fahrer finden, den Typen, der in uns reingefahren ist«, sagte ich. »Kannst du rausfinden, ob ein Krankenwagen an den Unfallort gekommen ist, ob vielleicht jemand in die Notaufnahme eingeliefert wurde oder so?«

Casey versprach nachzuforschen.

Vermutlich hatte sie Zugang zum Krankenhausarchiv. Nach einigen Tagen hatte sie eine kurze Namensliste für mich.

»Ich glaube, es ist der da«, sagte sie und zeigte auf den obersten Namen. »Junger Mann, wurde in der Unfallnacht wegen einer gebrochenen Nase und einer ausgekugelten Schulter behandelt. Er scheint zu passen.«

»Und die anderen?«

»Ähnliche Verletzungen, derselbe Abend, Autounfälle, aber alle älter. Ich habe sie auf die Liste gesetzt, falls der Erste ausscheidet.«

• • •

Nach der Arbeit fuhr ich zu der ersten Adresse und legte mich auf die Lauer. Da mir der Name nichts sagte, recherchierte ich ihn. Daniel Dupont, Anfang zwanzig, anscheinend keine feste Arbeit, hatte unter dieser Anschrift eine Wohnung gemietet. Caseys Bauchgefühl stimmte vermutlich. Er passte. Ich stieß auf ein paar Fotos und Social-Media-Einträge, was er aß und wo, wo er mal was getrunken hatte, nichts Interessantes.

Ich verschlang das chinesische Essen, das ich mir auf dem Weg geholt hatte, gebratener Reis mit Huhn und Zuckerschoten. Zwei Stunden später roch das Auto immer noch danach, eher noch mehr. Ich öffnete das Fenster einen Spalt und hoffte auf eine Brise. Vergeblich. Ich nahm die Essenstüte von der Rückbank und kramte nach dem Glückskeks. Im dunklen Auto konnte ich die kleine Schrift nicht lesen, wollte aber nicht das Licht anmachen. Ein bisschen konnte ich erkennen und reimte mir den Rest zusammen. »Die Welt ist weder bedeutsam noch absurd. Das ist das Besondere an ihr.« So was in der Art.

Gegen zehn kam Dupont aus dem Haus und stieg in seinen Wagen. Ich folgte ihm durch die Seitenstraßen. Er fuhr wie jemand, der glaubt, verfolgt zu werden, oder der nicht verfolgt werden will. Ich war unschlüssig, ob es mich kümmerte, dass er von mir wusste, oder nicht. Ich blieb immer etwa einen halben Block hinter ihm, bis er anhielt. Ich war gerade an einer Kreuzung, bog ab, fuhr um den Block und parkte ein Stück entfernt. Er war nicht ausgestiegen. Und tat es auch nicht. Er saß stundenlang im Wagen.

Ich fragte mich, ob Dupont für Froehmer arbeitete und vielleicht genau wie ich ein Zielobjekt observierte. Vielleicht hatte Mobley ihm meine Tricks beigebracht. Oder Froehmer. Ich sah seine Silhouette auf dem Fahrersitz; es kam mir vor, als würde ich den Menschen beobachten, der ich früher gewesen war. Alle paar Minuten stieg eine Rauchwolke aus dem Fahrerfenster auf. Dupont rauchte oder vapte oder was auch immer, auf jeden Fall zog er Aufmerksamkeit auf sich. Viel hatte man ihm also nicht beigebracht, oder nicht genug. Vielleicht war er einfach ein schlechter Schüler.

Ich hoffte, irgendwer würde ihm die Cops auf den Hals hetzen, dachte sogar daran, es selbst zu tun, saß aber dann nur da und sah Dupont da sitzen und bis in die frühen Morgenstunden Wache halten, dann fuhr er los, und ich folgte ihm.

Er hielt an einem Fast-Food-Restaurant, stieg aus und ging hinein. Ich wartete, bis er sein Essen bekam, beobachtete durch das Fenster, wie er das Tablett nahm und sich an einen Tisch setzte. Er hatte eine große Cola, ein Frühstückssandwich und eine Tüte Hash Browns vor sich. Ich ging rein und setzte mich ihm gegenüber. Als er mich sah, wollte er aufstehen, aber ich packte sein Handgelenk. »Du kannst in Ruhe essen«, sagte ich, da setzte er sich wieder hin.

»Weißt du, wer ich bin?«, fragte ich.

»Nein.«

»Ich bin Jerry Caldwell.«

»Nein, sind Sie nicht.«

»Nein, bin ich nicht, aber ich arbeite für ihn, genau wie du.«

»Das glaube ich nicht.«

»Mein Partner und ich hatten von einem Mann, der sich Jerry Caldwell nennt, den Auftrag, ihm etwas zu besorgen, und als wir es hatten, fährst du in uns rein, in einem Wagen, der von einem Mann gemietet worden war, der sich Jerry Caldwell nennt. Was, glaubst du, steckt dahinter?«

»Ich habe den Mann nie getroffen«, sagte Dupont.

»Du hast nur den Wagen gefahren.«

»Genau.«

»Kennst du den hier?« Ich zeigte ihm ein Bild von Froehmer.

»Nie gesehen.«

»Weißt du, was mit meinem Partner passiert ist?«

Er schüttelte den Kopf.

»Er wurde ein paar Stunden nach dem Zusammenstoß ermordet. Ich will rausfinden, was ihm zugestoßen ist.«

»Ich war im Krankenhaus«, sagte Dupont.

»Das weiß ich. Ich will nur wissen, was du tun solltest und für wen.«

Er trank einen großen Schluck von seiner Cola und lehnte sich zurück. »Ich kenne da so einen Typen. Der hat mich gefragt, ob ich leichtes Geld verdienen will, ich soll bloß Ihnen und Ihrem Partner an einem bestimmten Tag folgen und Ihnen was abnehmen. Er nannte das ein Kinderspiel.«

»Also bist du in uns reingefahren.«

»Hab ich nicht zum ersten Mal gemacht.«

»Wo denn noch? Bei *Grand Theft Auto*?«

»Ich hab gesehen, wie so was geht«, sagte Dupont.

»Vielleicht in Filmen«, sagte ich. »In echt ist es danebengegangen.«

»Ich hatte die Airbags vergessen«, sagte er. Als wäre das das Einzige, was schiefgelaufen wäre.

»Aber den Mann auf dem Bild kennst du nicht?«

»Hab ihn nie gesehen. Hab niemanden gesehen. Der Typ, den ich kenne, hat alles organisiert. Ich habe mit jemandem telefoniert, der meinte, mein Kumpel hätte für mich einen Wagen unter dem Namen Caldwell organisiert, den soll ich abholen. Und dass Sie das Ding hätten. Also habe ich versucht, dranzukommen. Danach musste ich meinen Kumpel anrufen und ihm sagen, was passiert war. Er war nicht happy.« Er lehnte sich vor und trank noch einen Schluck.

»Und das wars? Hast du gedacht, das am Telefon wäre Caldwell?«

»Keine Ahnung.«

Ich nannte andere Namen, die Frank für Froehmer erfunden hatte. Ich nannte Froehmers Namen und Mobleys. Er kannte keinen davon. Aber das hieß nichts. »Ich erinnere mich nicht an den Namen«, sagte Dupont. »Aber von denen war es keiner. Ich glaube nicht, dass das der Typ war. Ich glaube, es war jemand anders.«

»Wieso?«

»Mein Kumpel meinte, es wären drei oder vier Leute gleichzeitig hinter dem Ding her. Dass mir nicht viel Zeit blieb, es zu besorgen.

Deswegen habe ich es so gemacht. Er meinte, irgendwer würde es kriegen, und am besten ich.«

»Die Schulden dafür musst du bestimmt abarbeiten.«

»Ich bin dabei. Was ist aus dem Ding geworden?«

»Irgendwer hat es«, sagte ich. »Aber nicht du, und auch nicht ich.«

Ich war nicht sicher, ob mich das nicht nur weiter im Kreis herumgeführt hatte, den ich im Kopf immer wieder drehte. Ich war nicht sicher, ob Dupont mir die ganze Wahrheit gesagt hatte, aber er wirkte recht harmlos und schien keinen weiteren Nutzen für mich zu haben. In beidem irrte ich mich.

29
DER UMZUG

Irgendjemand spielte mit mir.

Eines Abends kam ich von der Arbeit nach Hause und in der Küche stand eine Schüssel mit einem Löffel, die ganz sicher vorher nicht dort gestanden war. Sondern im Abtropfgestell. Das wusste ich. Beim dritten Mal lagen Drogen in der Küche. Ich wusste nicht, ob Mobley (oder Froehmer oder Dupont oder wer auch immer) wollte, dass ich die Drogen nahm, oder ob das eine Warnung war, dass sie mir etwas unterschieben und die Cops auf mich hetzen konnten, wann immer sie wollten. Es war ein Test, es war eine Botschaft, es war eine kleine Menge Meth. Ich würde gern sagen, ich hätte das Zeug sofort entsorgt. Habe ich nicht. Ich habe es im Wagen versteckt. Für den Notfall, redete ich mir ein. Wenn ich mich nicht wachhalten konnte, wenn alles andere nicht funktionierte.

Beim vierten Mal lag eine Schusswaffe in der Küche. Mein erster Gedanke war, das ist die Waffe, mit der der Junge getötet wurde, und ich habe jetzt eine Mordwaffe in der Wohnung. Ich musste sie loswerden. Allerdings – wenn es die Mordwaffe war, wäre es vielleicht besser, sie zu behalten. Ich wusste nicht, was ich tun sollte. Vielleicht hatte sie auch gar nichts mit dem Jungen zu tun. Vielleicht würde ich die Waffe brauchen, vielleicht war das die Botschaft. Mobley (oder Froehmer oder wer auch immer) hatte sie mir hingelegt, weil ich sie in Kürze würde benutzen müssen. Ich brachte sie aus der Wohnung, entsorgte sie aber nicht, sondern verwahrte sie an einem sicheren Ort, der nicht mit mir in Verbindung gebracht werden konnte.

Am Tag danach wurde die ganze Wohnung durchsucht, allerdings nicht ernsthaft. Jede Schranktür und jede Schublade, alles, was sich öffnen ließ, stand offen. Nichts war in Unordnung gebracht worden, aber ich sollte wissen, dass sie sich umgesehen hatten oder umsehen könnten. Ich wusste, wonach sie suchten. Sie konnten die Wohnung mit einer Hundertschaft auseinandernehmen, sie konnten tausend Bluthunde und die besten Forensikteams anschleppen, sie würden nicht die geringste Spur finden. Was sie suchten, war nie hier gewesen. Ich hatte die Trophäe in einem Schließfach deponiert. Und zwar so weit weg, dass sie sie ohne meine Hilfe niemals finden würden. Aber ich hatte die Nase voll von Froehmer oder wen auch immer er als seinen Boten schickte. Ich beschloss, ebenfalls eine Nachricht zu schicken.

Am frühen Morgen stand ich von der Couch auf und verstaute alles, was ich behalten wollte, meine Kleidung und Bücher und Franks Kleidung und Bücher, in Kisten, dann ging ich aus paranoider Vorsicht auf die Straße und schaute nach, ob irgendwer auf der Lauer lag. Die Straße war leer. Also packte ich die Kisten in meinen Wagen und fuhr davon. Sollten sie kommen und gehen, wie es ihnen beliebte. Sie würden nichts finden. Jede weitere Nachricht würde ihren Empfänger nicht mehr erreichen. Sie wussten, wo ich zu finden war, aber wo ich wohnte, würden sie nicht erfahren. Ab jetzt konnten sie ihre Spielchen mit einem Geist spielen, nicht mit mir.

Ich rief Casey an und erzählte, dass ich von gewissen Leuten belästigt worden war. »Du kannst bei mir wohnen«, sagte sie, ohne zu zögern.

»So war das nicht gemeint«, erwiderte ich.

»Komm trotzdem her«, sagte sie. »Bleib eine Nacht, eine Woche oder einen Monat, so lange du willst.«

• • •

Casey hatte ein Gästezimmer, aber ich schlief auf dem Sofa. »In einem Bett kann ich nicht schlafen«, sagte ich. »Zumindest noch nicht.« Ich gab ihr Franks Habseligkeiten, sie stapelte die Kartons in ihrem Schlafzimmer. »Vielleicht willst du sie irgendwann zurück«, sagte sie. Ich stapelte meine Kartons zwischen Sofa und Wand. »Du kannst wenigstens den Schrank im Gästezimmer benutzen«, sagte Casey. Ich wollte nicht. Ich wusste nicht, wie lange ich hier sein würde. Ich war rastloser, als ich gedacht hatte, obwohl Casey alles gab, damit ich mich wohlfühlte.

• • •

Nach etwa einer Woche hatten wir unseren Rhythmus gefunden. Ich arbeitete zu regelmäßigen Zeiten und kam und ging immer zur gleichen Zeit. Caseys Dienstplan war unvorhersehbar – an manchen Tagen arbeitete sie lange Schichten, kam nach Hause, schlief ein paar Stunden und fuhr ins Krankenhaus zurück –, aber meistens war sie lang genug da, um mit mir zu essen und fernzusehen, bevor der Tag zu Ende ging. Sie stellte mir nie irgendwelche Fragen. Sie sprach nie von Frank, wenn ich ihn nicht zuerst erwähnte. Sie erzählte nie irgendwas Persönliches, es sei denn, ich fragte nach. Sie sprach von ihrer Arbeit oder von Themen in den Nachrichten. »Wir mussten doch nicht operieren«, berichtete sie von einem Patienten, der ihr Sorgen gemacht hatte. Oder: »Früher gab es zwölf unterschiedliche Elefantenarten, jetzt nur noch drei. Weißt du, warum ein Landsäugetier nicht so groß werden kann wie ein Wal? Wegen der Schwerkraft.« Sie wusste, was sie sagen musste, um mich abzulenken. Wir lenkten uns gegenseitig ab. Ich schlief auf Caseys Sofa (das mindestens zehn Zentimeter zu kurz für mich war) besser als seit Langem. Wir verfielen in Muster und Abläufe, dazu gehörten auch Meetings. Ich begleitete sie zu ihren Meetings.

Ich sagte nicht viel, hörte aber zu, wie die Familien von Abhängigen die traumatischen Auswirkungen der Sucht auf ihr Leben beschrieben. Ich hörte Casey mit Franks Worten sprechen und sah, wie ähnlich sie ihm war, sie hatte die gleiche entspannte Freundlichkeit, trotzdem erreichte sie die Menschen nicht so wie Frank, ihre Worte hatten nicht die gleiche Wirkung. Die Menschen hörten Casey und nickten, aber sie hörten nicht zu; Caseys Worte erzielten nicht die Wirkung, die sie bei Frank gehabt hatten. Die Botschaft war dieselbe, der Unterschied lag im Boten. Mir gefiel das nicht, ich wollte, dass Casey gehört und verstanden wurde, dass die Menschen die guten Dinge, die sie sagte, annahmen, aber das passierte nur selten. Ich sagte nichts dazu.

»Du solltest mich mit Kindern sehen«, sagte sie nach einem Meeting, bei dem die Teilnehmer irgendwann nicht mehr zugehört hatten. »Mit Kindern bin ich gut.«

»Wir sollten uns ein Meeting für Kinder in Therapie suchen«, sagte ich. »Ich würde mitgehen.«

Einmal unterhielt sich Casey noch mit einem kleinen Grüppchen, als der Leiter des Meetings auf mich zukam. Das war kurz nach dem Job für Froehmer, ich arbeitete im Lager und war völlig erschöpft. Wahrscheinlich sah ich total fertig aus, und das hat den Typen getriggert, jedenfalls erwischte er mich unvorbereitet.

»Ich hoffe, du kommst weiterhin. Ich weiß nicht, ob wir im Moment viel für dich tun können. Wir können nicht dafür sorgen, dass du clean wirst, aber wir können dich unterstützen, damit du es bleibst«, sagte er. Er irrte sich.

»Ich glaube, du verwechselst mich«, sagte ich.

»Ich weiß, wen ich vor mir habe«, sagte er. »Ich hoffe, wir sehen uns wieder.«

»Du hast keine Ahnung, wen du vor dir hast«, sagte ich. »Du weißt nichts von mir.«

»Ich kenne dich«, sagte er. »Mehr will ich nicht sagen. Ich hoffe, wir sehen dich wieder.«

Ich hörte auf, Casey zu begleiten. An den Abenden, an denen sie hinwollte, ging ich ihr aus dem Weg. Sie sagte nichts dazu. Darin war sie gut, und ich fühlte mich nur noch mieser.

»Ich muss mir eine eigene Gruppe suchen«, sagte ich schließlich.

»Das hat mir mal jemand gesagt.«

»Frank?«

»Nein, du«, erwiderte ich.

30
DER ZWEITE

Ich arbeitete weiterhin im Lager, fuhr in meiner orangen Weste herum, sammelte Müll ein und wischte ausgelaufene Flüssigkeiten auf. Froehmer nagelte mich fest und beließ alles beim Alten, dabei wollte ich wieder das machen, was ich früher gemacht hatte. Allmählich bekam ich Zweifel, ob ich das Lager je wieder verlassen würde. Zumindest machte mein Lohnzettel jetzt einen Unterschied. Wenn auch keinen großen. Ich konnte die Rechnungen bezahlen und noch ein bisschen was für den Unterhalt für mein Kind zusammenkratzen, mehr nicht. Ich brauchte nicht viel, aber mehr als das. Meine Nase war nur um Haaresbreite über Wasser. Ich schuftete härter denn je und verdiente weniger. Ich steckte in der Schraubzwinge des Arbeitslebens fest, und es gefiel mir überhaupt nicht. Dann rief Froehmer an.

Er bestellte mich ins Diner. Ich traf eine halbe Stunde vor der verabredeten Zeit ein und setzte mich mit Blick zur Tür, um ihn reinkommen zu sehen. Ich hatte keine Ahnung, worüber er reden und warum er ein Gespräch unter vier Augen wollte. Das Grübeln führte zu nichts Gutem. Ich hätte nicht damit anfangen sollen.

Froehmer setzte sich mir gegenüber, erfreut, dass ich schon da war. »Wie hältst du durch?«, fragte er.

»Gut.«

»Das Lager ist bestimmt nicht dein Traum, aber geht es dir so weit gut?« Es war nicht unbedingt eine Frage.

»Alles okay«, sagte ich.

»Wir versuchen, dich da rauszuholen, dir was Besseres zu geben«, sagte er. »Es sei denn, du bist zufrieden da, wo du bist.«

»Eine Veränderung wäre nicht schlecht.«

»Wo wohnst du jetzt?«

»Bei einem Freund«, sagte ich. »Näher an der Arbeit. Bis ich was Eigenes finde.«

»Such dir lieber nichts so weit draußen«, sagte er. »Das könnte schnell vorbei sein. Ich bin da schon dran.« Ich nickte. »Schade, dass du nicht das Haus deines Dads behalten hast«, sagte Froehmer.

»Das konnte ich mir damals nicht leisten. Jetzt auch nicht.«

»Da kommst du ganz nach deiner Mutter«, sagte er. »Die konnte einen Dollar ausgeben, wenn dein Vater einen Cent nach Hause gebracht hatte.«

»Nachdem ich aus dem Tief raus war, gings mir ganz gut«, sagte ich.

»Und du bist ein zweites Mal aus einem rausgekommen«, sagte Froehmer. »Dein Vater würde sich freuen.«

Ich fragte mich, ob er sich freuen würde.

»Na, jedenfalls«, sagte Froehmer, »ich wollte dir sagen, dass ich dich nicht vergessen habe. Ich arbeite an Verbesserungen.« Er hob die volle Gabel von seinem Teller. »Man kann nie wissen«, sagte er.

»Was nie wissen?«

»Wie die hier kochen.« Die nächste Gabel. »Halt durch, es wird was kommen. Du machst das alles gut. Es wird wieder besser werden.«

»Ich halte durch«, sagte ich. Froehmer streckte die Hand aus und legte sie mir auf die Schulter. »Ich sehe deinen Dad in dir, aber ich sehe auch dich«, sagte er. »Du sollst wissen, dass ich an dich denke, dass ich dich sehe und weiß, was aus dir noch werden kann.« Ich nickte. Er stand auf und überließ mir die Rechnung.

Als ich zum Auto zurückkam, saß Mobley auf dem Beifahrersitz. »Wie liefs?«, fragte er.

»Gut.«

»Ich hab da was, womit du Geld verdienen kannst«, sagte er.

»Gutes Geld.«

»Wie viel?«

Mobley nannte eine Zahl, ich schüttelte den Kopf und nannte ihm eine andere Zahl. Jetzt schüttelte Mobley den Kopf. »Putin hat einem Typen dreitausend Dollar gegeben«, sagte er. »Und einen Wagen, einen sehr teuren Wagen. Ich will keinen Wagen, ich will das Geld. Sonst such dir jemanden, der es für drei macht.«

Mobley tat so, als würde er überlegen, als läge die Entscheidung bei ihm. Ich wusste, dass Froehmer ihm ein Limit genannt hatte, und tippte darauf, dass es ungefähr beim Doppelten dessen lag, was Mobley mir angeboten hatte. Ich nannte ihm eine andere Zahl, eine viel höhere Zahl. »Das kann ich nicht machen«, sagte er. »Du weißt, dass der Russe keine Gelegenheit mehr hatte, den Wagen zu fahren. Oder das Geld auszugeben.«

Das war wohl eine Drohung.

»Wir sollten mit Froehmer reden«, sagte ich.

»Das wird nicht passieren.«

»Dann rufe ich ihn an.«

Mobley nahm mir das Telefon aus der Hand. »So läuft das nicht. Das weißt du.«

Wir saßen einige Minuten lang schweigend da, in denen Mobley vermutlich darüber nachdachte, wie er mir trotzdem noch ein paar Dollar abknöpfen konnte. Vielleicht fiel ihm letztendlich noch etwas ein, vielleicht gab er auf, es war mir egal. »Ich besorge dir das Geld«, sagte er. Es war das einzige Mal, dass ich je verhandelt hatte, und bestimmt hatte ich den Kürzeren gezogen. Ich bekam, was ich gefordert hatte. Zumindest fast, aber ich hätte mehr fordern sollen. Es war meine erste Verhandlung und würde nicht die letzte bleiben.

Mobley gab mir das Handy zurück und ein Foto der Zielperson, auf die Rückseite waren ein paar Informationen gekritzelt. Dann stieg er aus. Als er die Tür zuwerfen wollte, sagte ich: »Das war das letzte Mal, dass du in meinem Auto sitzt.«

Er hielt inne.

Ich konnte Mobley nicht sehen, nur die geöffnete Tür, und wartete, dass er irgendwas tat, irgendwas sagte. Er knallte die Tür zu und wandte sich um, konnte es dann nicht lassen und öffnete die Tür noch einmal, aber ohne sich runterzubeugen, sein Gesicht schwebte irgendwo im Dunkel über mir, sein Mund bewegte sich.

»Der Job geht vor«, sagte er, »aber danach haben wir was zu klären.«

Er warf die Tür zu und ging. Was er gesagt hatte, kümmerte mich nicht. Sollte er mir drohen, so viel er wollte; er konnte mir nichts anhaben. Er konnte nur das tun, was Froehmer ihm auftrug, und Froehmer gab mir Arbeit. Endlich verdiente ich wieder Geld, ein gutes Gefühl. So hatte ich mich lange nicht mehr gefühlt. Es hielt nicht lange an. Das tut es wohl nie. Jedenfalls nicht lang genug. Die Zukunft hält nichts Gutes bereit.

Ich parkte einen Block vom Haus entfernt und wartete, bis sein Wagen an mir vorbeifuhr, dann stieg ich aus und ging zu Fuß zum Haus. Er saß immer noch im Auto, ich sah den dunklen Umriss auf dem Fahrersitz. Ich ging langsamer und wartete, bis er ausstieg. Er schloss die Fahrertür und ging, entfernte sich von mir und von seinem Haus. Vielleicht wusste er, dass ich hinter ihm war, hier in der Dunkelheit. Ich hielt inne und dachte daran, nach Hause zu fahren, für heute abzubrechen. Er setzte seinen Weg fort, lief in eine Senke hinein, und wenn ich es durchziehen wollte, durfte ich ihn nicht aus den Augen verlieren, ihn nicht auf die andere Seite der Senke kommen lassen. Also folgte ich ihm, fast wider besseres Wissen, fast gegen meinen Willen.

In seinem Haus brannte Licht, die Gardinen waren geschlossen. Wie überall in der Nachbarschaft. Vielleicht wurde er zu Hause erwartet, vielleicht hatte er eine Familie. Ich wusste es nicht und wollte es nicht wissen. Ich versuchte, nicht darüber nachzudenken, und konzentrierte mich auf die schattenhafte Gestalt vor mir.

Ich beschleunigte meine Schritte. Weder trat ich schwer auf, noch rannte ich, trotzdem bemerkte er mich. Ich hörte seine Schritte kurz ins Stolpern geraten und wusste, dass er mich bemerkt hatte. Ich hielt Schritt mit ihm, hielt immer denselben Abstand von seiner Silhouette, die sich den kleinen Hügel hinunterbewegte. Ich hätte ihn einholen können, wollte aber warten, bis er auf der anderen Seite wieder hochging. Falls er umdrehte, würde er mir den Hügel aufwärts entgegenkommen. Ich dachte, ich wüsste, was ich tat. Ich dachte, ich hätte den Überblick.

Er war unten in der Senke angekommen, und ich lief schneller. Er behielt sein Tempo bei. So war es besser, besser für Froehmer. Er wollte eine Botschaft und würde sie bekommen, offen auf dem Gehweg liegend, für alle sichtbar. Ich hatte die Entfernung zwischen uns auf etwa sieben Meter verkürzt, als hinter mir ein Auto die Straße entlangfuhr. Ich wich vom Gehweg ab und versuchte, mich in der Dunkelheit zu verbergen. Aber er wurde länger beleuchtet, als mir lieb war. Ich wollte ihn nicht sehen. Ich wollte sein ängstliches Gesicht nicht sehen, als er sich zu dem Wagen umdrehte. Fast schien es, als wollte er um Hilfe rufen, aber das Auto fuhr weiter und ließ uns beide in der Dunkelheit zurück, nur hinter den zugezogenen Gardinen der Häuser war gedämpftes Licht zu sehen.

An der nächsten Ecke blieb er unter einer Laterne stehen und wartete. Vielleicht wollte er mich herausfordern, damit ich es gleich da erledigte, aber ich blieb im Schatten verborgen. Er schaute auf die Uhr, ich regte mich nicht. Nach ein paar Minuten kam ein Wagen, meine Zielperson stieg ein und fuhr davon. Das war sehr ungewöhnlich.

Ich rannte den Hügel hoch und dachte, ich könnte es vor dem Wagen zum Haus schaffen, dabei hatte ich keine Ahnung, wo sie hinfuhren.

Niemand war vor mir angekommen. Niemand kam, niemand würde kommen.

Ich versteckte mich hinter einem Gebüsch, Schierling oder Eibe oder irgend so was, irgendein Gebüsch im Nachbargarten, wo ich stehen und ihn beobachten konnte. In den Fenstern ging das Licht aus, ich wartete immer noch. Fast zwei Stunden lang stand ich dort, und je länger ich da stand, desto mehr kam ich mir wie ein Idiot vor, desto mehr war ich überzeugt, einer zu sein. Vielleicht wäre es besser, in sein Haus einzubrechen und auf ihn zu warten, dachte ich, wo mich niemand im Gebüsch stehen sehen kann. Ich könnte in seinem eigenen Haus auf ihn warten. Vielleicht würde ich tagelang warten. Vielleicht würde ich einschlafen, und die Frau oder Kinder oder wer immer sonst im Haus sein mochte, würden mich finden und die Cops rufen. Es war klüger, im Gebüsch zu bleiben, aber wie lange konnte ich da noch stehen? Ich hatte meine Chance verpasst, er hatte sich in Sicherheit gebracht. Ich würde mir eine Erklärung einfallen lassen müssen. Vielleicht kam er nie zurück.

Ich war für diese Art von Job nicht gemacht. Die Zweifel und Ungewissheit wurden immer stärker, und ich wollte schon nach Hause fahren und umplanen, als vor dem Haus ein Wagen hielt und die Zielperson ausstieg. Der Wagen fuhr sofort weiter. Niemand ahnte etwas von mir. Er hatte keine Ahnung, dass ich ihm folgte. Ich hatte mir das nur eingebildet. Aber das war okay. Ich lief mit dem Messer in der Hand über den dunklen Rasen. Kurz vor der Haustür erwischte ich ihn und erledigte das, was Froehmer wollte. Er keuchte auf, als ich neben ihm auftauchte, hatte aber keine Angst. Jedenfalls nicht lang. Ich tötete ihn mit einem Streich, wie ein Schaf.

Ich rannte durch die Gärten und lief über Umwege zurück zu meinem Wagen, hielt mich von der Straße fern. Niemand sah mich. Da war ich sicher. Die Arbeit war getan, und die Tat selbst war nicht das Problem. Ich hätte nie gedacht, mal in dieser Lage zu sein; ich hätte im Leben nicht geglaubt, mal jemanden töten zu müssen. Aber vielleicht geht es Soldaten genauso. Und Cops. Oder sie denken an nichts anderes. Aber ich nicht. Das Stehlen hatte ich immer rechtfertigen können. Dabei wurde keiner verletzt, jedenfalls nicht richtig. Jetzt hatte ich innerhalb von drei Monaten zwei Menschen getötet, und der Tod eines dritten hing über mir. Nicht das Töten machte mir etwas aus. Sondern die Phasen davor und danach, wenn ich Zeit hatte, über alles nachzudenken, darüber nachzudenken, was aus mir geworden und wie es dazu gekommen war. Ich dachte an den Toten auf dem Gehweg und ob das die Botschaft war, auf die Froehmer wartete. Ich nahm mir vor, in den nächsten Tagen keine Nachrichten zu schauen oder Zeitungen zu lesen.

Ich mochte Jobs, bei denen keine anderen beteiligt waren, die alles versauen konnten. Aber damit war es vorbei. Froehmer hatte andere Pläne. Ich konnte nur hoffen, dass er es vergüten würde. Das tat er. Mobley gab mir einen Umschlag. Darin war mehr Geld, als ich je zuvor gesehen hatte. Ich glaube, sogar mein Vater wäre beeindruckt gewesen.

31
DIE MUTTER

Bevor ich aus dem Wagen steigen konnte, kam sie auf die Veranda. Ich blieb sitzen und wartete. Sie wollte mich nicht im Haus haben. Es gehörte ihrer Mutter. Also blieb ich sitzen.

Ich hatte ihr eine Nachricht geschrieben und gefragt, ob ich vorbeikommen könnte. Ich weiß nicht, wann wir zuletzt miteinander gesprochen hatten. Sie hatte mir ein paar Nachrichten wegen des Unterhalts hinterlassen, die ich ignoriert hatte. Ich hatte kein Geld. Bis jetzt. Jetzt konnte ich dem Kind etwas geben. Deswegen war ich vorbeigekommen, wusste aber nicht genau, was ich sagen sollte. Sie setzte sich auf den Beifahrersitz und wartete, dass ich mir was einfallen ließ.

»Wie gehts Eva?«, fragte ich.

»Sehr gut.«

»Sechste Klasse?«

»Zu klug für die sechste«, sagte sie.

»Ist sie zu Hause?«

»Sie geht nach dem Unterricht zum Science Club.«

Ich hatte ihr gesagt, dass ich Eva sehen wollte. Deswegen war ich nach der Schule gekommen. Ich versuchte, die Ruhe zu bewahren. »Was macht man im Science Club?«

Sie zuckte die Achseln. »Keine Ahnung. Ich glaube, im Moment basteln sie einen Wetterballon oder so. Ist mir alles zu hoch.«

»Mir bestimmt auch«, sagte ich. »Wie geht es deiner Mutter?«

»Gut. Sie hilft, so viel sie kann. Sie ist drinnen. Möchtest du sie sehen?«

Ich wusste, dass das nicht ernst gemeint war.

»Ist sie immer noch sauer auf mich?«

»Sie wird immer sauer auf dich bleiben.«

»Sie hat ihre Gründe.«

»Wir haben alle unsere Gründe«, sagte sie.

Ich gab ihr einen Umschlag, sie nahm ihn und schaute hinein.

»Für Eva«, sagte ich.

Sie schaute unverwandt in den Umschlag. »Wie viel ist das?«

»Etwa fünfunddreißig.« Fast der gesamte Lohn von Froehmer.

»Spar es für ihr Studium oder stecks in den Science Club oder so. Aber für Eva, klar?«

»Du musst von Froehmer weg«, sagte sie.

»Schon gut«, sagte ich. »Ich komme klar.«

»Du musst weg von ihm.«

»Und dann?«

»Ich an deiner Stelle würde mir den Arsch aufreißen, um einen anständigen Job zu finden«, sagte sie in einem Tonfall, der mir bekannt war.

»Da redet deine Mutter.«

»Und sie meint nicht nur mich. Du könntest alles Mögliche machen, wenn du wolltest. Das war schon immer so.«

»So läuft das nicht. Das weißt du genau. Zum ersten Mal seit Langem habe ich Oberwasser, und so soll es bleiben.«

»Das hoffe ich«, sagte sie. »Aber sei vorsichtig. Und pass auf, das meine ich ernst.«

»Froehmer passt auf mich auf. Wie immer.«

»Er passt auf sich selbst auf, mehr nicht. Pass du auf dich auf.«

»Ich versuche es«, sagte ich. »Was ist mit dir?«

»Ich passe auf Eva auf. Das erdet mich. Vielleicht gehe ich noch mal zur Schule. Keine Ahnung. Wir könnten zusammen die Schulbank drücken, wie früher.«

• • •

»Wann ist der Science Club zu Ende?«

»Das dauert noch«, sagte sie. »Ich gehe besser rein, sonst denkt meine Mutter noch, du hättest mich entführt.«

»Ich kann Eva also nicht sehen?«

»Nächstes Mal«, sagte sie. »Ich muss nachdenken.«

»Was gibt es da nachzudenken?«

Sie faltete den Umschlag zusammen, schob ihn in die Tasche und sah mich an. »Ich verabschiede mich jetzt, bevor es noch Streit gibt. Danke für die Unterstützung. Dann sehen wir weiter.«

Sie schloss die Tür vor meiner Nase, und ich ging zum Auto zurück. Als ich nach dem Schlüssel kramte, sah ich einen Wagen auf mich zukommen. Er bremste abrupt und blieb einen Moment lang stehen. Den Fahrer konnte ich nicht sehen, aber die Person auf dem Beifahrersitz erkannte ich. Eva.

Sie stieg aus und kam auf mich zu. Der Wagen wendete und fuhr davon.

»Wer war das?«, fragte ich.

»Moms Freund«, sagte Eva.

»Warum hat er dich da vorn rausgelassen?«

Eva zuckte die Achseln. »Vermutlich musste er wieder los.«

»Wollen wir ein Eis essen gehen?«

Eva stieg ein, und wir fuhren los, ohne ihrer Mutter Bescheid zu sagen.

»Seit wann hat deine Mutter einen Freund?«

»Schon ewig«, sagte Eva. »Er ist jetzt wieder da. Eine Zeit lang war er weg.«

»Aus der Stadt?«

»Keine Ahnung«, sagte sie. »Er meint, er kennt mich schon mein ganzes Leben. Aber ich erinnere mich nicht an ihn. Ich kenne ihn erst seit ein paar Wochen oder so.«

»Magst du ihn?«

»Er ist okay. Er sagt, er kennt dich. Ich vermisse Frank«, sagte sie.

»Ich vermisse Frank auch. Moment. Er kennt mich? Wie heißt er?«

»Moe«, sagte Eva.

»Moe Szyslak?«

Eine Nachricht von Denise kam rein. »*WTF*«, schrieb sie. »*Bring sie SOFORT nach Hause.*«

Ich schrieb zurück. »*Auf dem Weg.*«

»Nicht der Moe.«

Wieder Denise. »*SOFORT.*«

»Hat er eine Bar?«

»Nicht der Moe«, sagte Eva.

»Andere Moes kenne ich nicht«, sagte ich.

»Vielleicht kennst du ihn auch nicht«, sagte Eva. »Aber vielleicht lernst du ihn kennen. Wäre gut.«

»Hätte ja schon passiert sein können«, sagte ich. »Wenn er nicht weggefahren wäre. Wahrscheinlich musste er zu seiner Bar.«

»Nicht der.«

»Klingt aber nach ihm«, sagte ich.

Ich hielt vor Evas Haus. Denise stand auf der Veranda und schien bereit, mir an die Kehle zu springen. Ich stieg nicht aus. Sie zeigte mir den Finger, ich winkte zurück und fuhr los.

32
DAS MEETING

Ich ging zu einem Meeting. Nach dem Gespräch mit Denise hatte mich das dringende Bedürfnis gepackt, irgendwas zu nehmen, um alles ein, zwei Stufen runterzudimmen, mal kurz alles zu löschen. Das war mir lange nicht mehr passiert. Ich hatte lange nicht mehr den Impuls verspürt, das Bedürfnis in die Tat umzusetzen, von dem man sich einredet, man hätte es im Griff, dieses eine Mal oder das eine oder andere Mal, und am Ende ist man selbst im Griff. So hatte ich mich nie gefühlt. Und deswegen ging ich zu einem Meeting. Ich fühlte mich danach nicht besser, aber zumindest verhinderte es, dass ich noch eine Entscheidung mehr zu bereuen hatte.

Die Gruppe war groß, ich saß vorn und hörte den Geschichten der anderen zu. Es ist immer das Gleiche, jedenfalls meistens. Ich versuche, empathisch zu bleiben – ich bin empathisch –, aber im Grunde sind es alles Klischees. Vermutlich bin ich selbst eins. Wenigstens hielt ich den Mund. Ich saß da, hörte zu, nickte und klatschte mit den anderen, aber die Zeit, die ich hier verbrachte, gehörte mir und verschaffte mir, was ich brauchte, ohne dass ich aufstehen und irgendwas sagen wollte.

Als ich gehen wollte, kam jemand auf mich zu und sagte: »Können wir reden?« Es war der Nachbar, den ich nach Frank gefragt hatte. Der damals auf Drogen gewesen war und dem ich alles Mögliche erzählt hatte, das ich besser gelassen hätte. Der, nach dem mich die Cops gefragt hatten. Und von dem ich behauptet hatte, ihn nicht zu kennen, weil ich seinen Namen nicht wusste. Robert Bowie. Ich erkannte ihn kaum wieder.

»Klar«, sagte ich, »kurz.«

»Lass uns lieber woanders hingehen«, sagte er. »Du steckst in Schwierigkeiten. Ich will helfen.«

Wir gingen zu einem nahe gelegenen Park und standen an einer Straßenecke. Ich hatte gleichzeitig den Park und den Block im Blick und sah mich wachsam nach allen Seiten um. »Lass uns da reingehen«, sagte er und deutete auf den Park. Ich rührte mich nicht.

»Bist du nervös?«, fragte er.

»Habe ich Grund dazu?«

»Ja«, sagte er. »Aber nicht meinetwegen. Ich will nur helfen. Keiner weiß, dass ich hier bin.«

Ich folgte ihm in den Park, wir setzten uns abseits des Wegs auf eine Bank. Er saß, ich stand wieder auf und riss mich zusammen, um nicht hin und herzulaufen.

»Sie sind hinter dir her«, sagte er.

»Wer?«

»Das weiß ich nicht genau. Vermutlich soll ich es nicht wissen. Und du auch nicht. Aber die wissen, dass du das Ding hast, und wollen es sich holen.«

»Ich habe es nicht.«

»Wir wissen beide, dass das gelogen ist. Alle wissen das.«

»Weil der Junge es dir gesagt hat, und du es allen anderen gesagt hast.«

»So sollte es nicht laufen.«

»Und wie sollte es dann laufen?«

»Die haben mir gesagt, der Typ würde in dem Haus da dealen, und wenn ich ihm den Stoff abnehme, sollte es mein Schaden nicht sein. Das haben sie gesagt. Also habe ich gewartet und das Haus beobachtet, und als ich dich reingehen sah, wusste ich nicht, was ich tun sollte. Ich bin erstarrt. Dann ist der Junge rein, und ich wusste erst recht nicht, was ich tun sollte. Also habe ich nichts getan.«

»Das ist nicht wahr. Du hast ihn erschossen. Und vorher noch verprügelt. Das hättest du nicht tun müssen.«

»Hab ich nicht. Ich bin rein, und er saß auf der Treppe. Sah übel aus. Ich wollte wissen, was passiert war, mehr nicht. Vielleicht hattest du den Stoff nicht mitgenommen. Ich wusste es nicht. Er saß auf der Treppe, hat wohl versucht, sich aufzurappeln. Ich dachte, du hättest ihn zusammengeschlagen und wärst abgehauen, aber bevor ich ihn irgendwas fragen konnte, ist er auf mich losgegangen. Hätte mich umgebracht, jedenfalls dachte ich das. Da habe ich ihn erschossen. Es war nie geplant, die Waffe zu benutzen. Die haben mir gesagt, ich müsste sie dir nur vor die Nase halten, dann würdest du mir die Tasche geben. Ich hab Mist gebaut, aber die meinten, sie könnten es geradebiegen. So war das.«

»Für wen arbeitest du?«

Er zuckte die Achseln.

»Was ist aus der Waffe geworden?«

»War nicht meine. Ich hab sie dem Typen zurückgegeben, von dem ich sie hatte.«

Ich beschrieb ihm Froehmer. Es war nicht Froehmer. Ich beschrieb ihm Mobley. Es war nicht Mobley. Oder zumindest sollte ich das glauben. Ich wusste nicht, was ich überhaupt glauben konnte.

»Du hast doch genauso wenig Ahnung, für wen du arbeitest, wie ich«, sagte er. »Ich bin deinetwegen da reingezogen worden, und deswegen stehe ich jetzt hier. Pass auf dich auf. Ich will nicht, dass du endest wie dein Freund.«

»Weißt du, wer meinen Freund getötet hat?«

Er schüttelte den Kopf. »Ich weiß gar nichts, aber eins ist mir klar: Das hier ist größer, als wir ahnen. Es sind mindestens drei Leute hinter der Trophäe her. Es könnte jeder davon sein.«

»Ich muss es rausfinden.«

»Dabei kann ich dir nicht helfen. Ich habe bloß einen Job erledigt. Ich hatte keine Ahnung, dass du das warst. Ich bin in was reingezogen worden, das ein Kinderspiel hätte sein sollen, und ich hab Mist gebaut. Deswegen bin ich hier. Die haben mich am Kragen. Das weißt du jetzt. Du weißt, wie das ist. Du weißt, wie es läuft. Ich erzähle dir das, um dir zu helfen. Du musst die Statue abgeben. Du hast keine Ahnung, wie schlimm das alles werden kann.«

»Ich habe eine Ahnung«, sagte ich. »Vielleicht entsorge ich sie einfach ein für alle Mal. Dann kriegt sie niemand. Und keiner kann mehr hinter ihr her sein.«

»Du weißt, dass es so nicht läuft. Gib sie dem, der dich beauftragt hat, wenn er dich beschützen kann. Sonst sind die hinter dir her.«

»Das sind sie wahrscheinlich sowieso.«

»Wahrscheinlich.«

»Wie hast du mich gefunden?«

»War nicht schwer«, sagte er.

»Warum hast du dann so lange gebraucht?« Das war ein Scherz, aber er gab trotzdem eine Antwort.

»Ich war eine Weile weg. Und musste dann erst alles regeln. Aber ich habe es nicht über mich gebracht, dir den Jungen anzuhängen. Das konnte ich nicht.«

»Es könnte auf dich zurückfallen.«

»Vielleicht. Ich trage Schuld. Ich bin schuldig.«

»Wir sind alle schuldig«, sagte ich. »Mein Freund Frank hat immer gesagt, man kann nichts anderes machen als zu leben und sich schuldig zu machen.«

»Das stimmt vermutlich.«

»Du weißt, dass ich keinen Stoff vertickt habe, ja?«

»Jetzt ja.«

»Weißt du, was für mich dabei rausgekommen ist?«

Er schüttelte den Kopf.

»Das Gleiche wie für dich. Nichts. Bisher. Aber ich hole da noch was raus, vielleicht für uns beide.«

Es war egal. Mir blieb keine Zeit, irgendwas zu tun. Bevor es mir angetan wurde.

33
EVA

Ich versuchte, irgendwas richtig zu machen, und richtete nur mehr Falsches an. Zwei Tage, nachdem ich Denise das Geld gegeben hatte, bekam ich eine anonyme Nachricht. *»Wie gehts Eva?«* Ich antwortete nicht, sondern rief sofort Denise an. Sie machte sich Sorgen. Eva war nach der Schule nicht nach Hause gekommen. Niemand wusste, wo sie war.

»Jemand hat sie entführt«, sagte ich und erzählte ihr von der Nachricht. Sie wollte die Polizei rufen. Ich musste einiges an Überzeugungsarbeit leisten, um sie davon abzubringen, ohne sicher zu sein, dass sie später nicht doch noch anrufen würde. »Ich bringe sie zurück«, versprach ich. »Die tun ihr nichts. Sie wollen was von mir. Ich kümmere mich darum.«

»Wer sind die?«, fragte sie, wollte es aber eigentlich nicht wissen. »Dahinter steckt Froehmer, stimmts?«

»Nicht Froehmer.« Das Gespräch dauerte länger, als es sollte.

»Ich sollte die Polizei rufen«, sagte sie gegen Ende.

»Gib mir ein bisschen Zeit«, sagte ich wieder. »Ich bringe sie zurück. Versprochen. Gib mir nur ein bisschen Zeit.«

Ich schrieb zurück. *»Was wollt ihr?«*

»Du hast da was.«

»Was?«

»Ziege.«

»Ich hab sie nicht. Ehrenwort.«

»Dann besorg sie. Für Eva.«

Und das wars. Sie beantworteten keine weiteren Nachrichten.

Ich saß rum und überlegte, was ich tun sollte. Aber nicht lange genug. Ich rief Froehmer an und sagte, dass ich ihn sehen müsste, dringend.

Wir trafen uns ein paar Blocks vom Diner entfernt. Ich setzte mich auf die Rückbank seines Wagens. Froehmer saß auf dem Beifahrersitz, Mobley am Steuer. »Eva ist entführt worden«, sagte ich. »Und ich muss rausfinden, von wem.«

»Was wollen die?«

»Etwas, das ich nicht habe. Die Trophäe von damals. Meinen Sie, das sind die Leute, die Ihnen den Auftrag gegeben haben? Können Sie mit denen reden?«

»So läuft das nicht«, sagte Froehmer. »So was würden die nicht tun.«

»Wer dann?«

»Gib mir Zeit«, sagte Froehmer.

»Ich habe keine Zeit«, sagte ich.

»Was soll ich deiner Meinung nach tun?«

»Sagen Sie denen, ich habe das Ding nicht.«

»Ich weiß nicht, wer die sind«, sagte Froehmer.

»Sagen Sie es einfach.«

»Vielleicht solltest du ihnen geben, was sie haben wollen«, sagte Mobley.

»Und vielleicht bist du nicht so schlau, wie du glaubst«, erwiderte ich.

»Vielleicht ist er klüger, als du denkst«, sagte Froehmer. Er sagte es zu Mobley, aber der war dumm genug zu glauben, Froehmer würde mit mir reden.

»Ich habs nicht«, sagte ich zu beiden. »Er geht mir ständig damit auf die Nerven«, sagte ich zu Froehmer, »und er hat keine Ahnung, wovon er redet.«

»Und jetzt glaubt irgendwer anders, dass du es hast«, sagte Froehmer.

»Vielleicht weiß Mobley, wer die sind«, sagte ich. Mobley drehte sich um, und einen Moment lang schien es, als würde er sich auf mich stürzen wollen. Ich wünschte, er hätte es getan.

»Ich wusste nicht mal, dass du ein Kind hast«, sagte Mobley. »Ich weiß nur, dass du den Job nie zu Ende gebracht hast. Wegen dir und deinem Partner ist alles im Arsch.«

»Wenn ich das Ding hätte, hätte ich es euch gegeben«, sagte ich. »Schon längst. Und ihr wisst genau, dass ich es nicht habe, schließlich habt ihr meine Sachen durchsucht.«

Mobley wollte etwas sagen, aber Froehmer schnitt ihm das Wort ab. »Hier geht es um das Mädchen«, sagte er. »Darum, sie zu retten. Gib mir ein paar Stunden. Ich höre mich um. Mehr kann ich nicht für dich tun.«

Ich fuhr zu Casey zurück und war froh, dass sie nicht zu Hause war. Ich versuchte, Froehmers Anruf abzuwarten, konnte aber nicht einfach rumsitzen. Also stieg ich wieder ins Auto und fuhr durch die Gegend. Endlich rief Froehmer an. Er hatte nichts Neues. »Es muss jemand sein, den Sie kennen«, sagte ich zu ihm. »Wer weiß von mir und dem Job?«

»Vielleicht war es Frank«, sagte er. »Vielleicht hat er darüber gesprochen. Dem solltest du nachgehen.« Froehmer war fertig mit der Sache. Ich hätte ihn nicht anrufen sollen. Aber ich wollte wissen, wer die waren, bevor ich tat, was ich von Anfang an hätte tun sollen.

»*Ich habe es*«, schrieb ich und hängte ein Bild von irgendeiner Trophäe an. Sobald sie das Bild anklickten, installierte sich ein kleines Stück Code auf ihrem Handy, und ich konnte sie orten. Es gab einfachere Wege, das wusste ich, aber diesen Trick hatte Frank mir beigebracht.

»*Wir treffen uns*«, kam zurück. »*Details folgen.*«

Ich schrieb, dass ich ein Bild von Eva sehen wollte, aber sie ignorierten es. Egal. Sie hatten das Bild angeklickt. Es war Mobley, das Arschloch. Er hatte mich angelogen. »Ich wusste nicht mal, dass du ein Kind hast«, hatte er gesagt. Scheißmobley. Er handelte auf eigene Faust, und ich musste etwas dagegen unternehmen.

Ich überlegte, wieder Froehmer anzurufen, aber vielleicht steckte er dahinter. Vielleicht hatte Denise recht, was ihn betraf. »Ich wusste nicht mal, dass du ein Kind hast.« Stimmte das? Froehmer wusste es, seit Jahren schon. Aber vielleicht hatte Mobley es nicht gewusst. Vielleicht hatte er erst davon erfahren, als ich ihn direkt zu ihr geführt hatte. Jemand war mir gefolgt. Ich war nicht vorsichtig genug gewesen, und jetzt hatten sie Eva. Ich ging davon aus, dass Mobley nicht allein war. So was konnte der allein nicht durchziehen. Ich überlegte, wer sonst noch dabei sein könnte. War im Moment aber auch egal; ich hatte ihn. Jetzt musste ich ihn nur im Blick behalten. Mobley hielt Eva nicht gefangen, wusste aber, wo sie war, und würde sicher hin und wieder nach dem Rechten sehen. Ich wusste jetzt, wie es laufen würde, oder wie die dachten, dass es laufen würde.

»Ich weiß, wer dahintersteckt«, sagte ich zu Denise. »Und ich weiß, was sie wollen. Das muss ich ihnen nur geben, dann bekommen wir Eva zurück. Sie ist bald wieder da, versprochen. Ich warte nur noch auf Anweisungen.«

Aber sie war nicht erleichtert. Ich auch nicht. Es konnte immer noch vieles schiefgehen.

»Ich werds nicht versauen«, versprach ich ihr.

Es überzeugte niemanden, nicht mal mich.

• • •

Ich zog los und besorgte mir eine Waffe. Nicht die, die man mir hingelegt hatte. Ich brauchte was Sauberes, also kaufte ich mir eine bei jemandem, der nicht wusste, wer ich war, und dem es auch völlig egal war, ebenso egal wie, was ich damit vorhatte. Eine Pistole, klein genug für meine Jackentasche. Darin acht Patronen im Magazin und eine in der Kammer. Ich wusste nicht, ob ich mehr brauchen würde – ich wusste nicht, ob ich sie überhaupt brauchen würde –, trotzdem kaufte ich zur Sicherheit noch ein paar Magazine dazu. Ich hatte seit Jahren keine Schusswaffe mehr benutzt, zuletzt in der Highschool, als wir auf alles ballerten, was sich im Wald bewegte, anstatt was Vernünftigeres zu machen. Ich fühlte mich unwohl, das Ding auch nur in der Hand zu halten, aber schließlich hatte ich keine Ahnung, mit wem ich es zu tun bekommen würde oder was mich erwartete. Ich wusste auch nicht, was *ich* tun würde. Also kaufte ich mir eine Schusswaffe wie jeder Idiot. Geladen wog sie nicht mal zwei Pfund. Es fühlte sich an wie eine Tonne. Fast hätte ich eine zweite gekauft. Ich hätte ganze Kanonen mitgeschleppt, hätte ich gedacht, ich würde sie brauchen.

· · ·

Früher hatte ich Angst vor Mobley, dieser Dynamitstange, die jederzeit explodieren konnte. Jetzt nicht mehr. Jetzt lag der Vorteil bei mir. Ich wusste, wo er war und wie ich ihn und Eva finden würde. Er würde mich nicht aufhalten, er würde mir nicht mal in die Quere kommen. Der Vorteil lag bei mir.

· · ·

Ich bemühte mich, nicht alle paar Sekunden auf mein Handy zu schauen, aber Mobley war ständig in Bewegung. Pausenlos. Das war sein Tagesgeschäft, er rannte für Froehmer von A nach B, oder mit ihm, jedenfalls immer wegen ihm, immer am Ende der Leine. Nur jetzt nicht. Früher oder später würde er allein sein. Am liebsten wäre ich ihm gefolgt, wollte mich an ihn heften, ins Auto steigen und ihn nie aus den Augen lassen, aber so war es besser. Ich brauchte bloß auf die Karte zu schauen und wusste, wo er war. Meistens an den üblichen Orten, aber irgendwann würde er zu Eva fahren. Ich hoffte nur, dass es so weit sein würde, bevor wir die letzten Vorbereitungen getroffen hatten.

• • •

Als Casey mich sah, wusste sie sofort, dass es Ärger gab.
»Was ist los?«, fragte sie.
Ich erzählte ihr alles, zumindest das meiste.
»Du musst die Polizei anrufen«, sagte sie.
»Die versaut nur alles«, erwiderte ich. »So ist es einfacher. Ich gebe denen, was sie wollen, und bekomme Eva zurück.«
»Was wollen sie?«
Ich sagte es ihr.
»Wieso hast du das Ding noch?«
»Ich weiß es nicht«, sagte ich. »Aus vielen Gründen, keiner davon ein wirklich guter.«
»Zum Beispiel?«
»Zum Beispiel habe ich gedacht, es könnte noch nützlich sein, ich könnte es für irgendwas brauchen. Nicht so was wie das hier, irgendwas anderes. Oder weil es das letzte Ding war, das Frank gehabt hatte, das wir zusammen hatten. Ich weiß es nicht. Laut ausgesprochen klingt alles dämlich.«
Casey sagte nichts. Wir saßen in ihrer Wohnung am Tisch und schwiegen. Dann stand sie auf und ging in ihr Zimmer. Ich dachte, sie wäre fertig mit mir. Wirklich. Doch sie kam zurück und setzte sich wieder zu mir.
»Habe ich dir die Geschichte von Frank und der Armbanduhr erzählt?«, fragte sie.
Ich erinnerte mich nicht.
»Erzähl sie mir«, sagte ich.
»Frank war auf irgendeiner Party, einer Silvesterparty, glaube ich. Und da hat ein Mädchen mit einer teuren Uhr angegeben, die sie zu Weihnachten bekommen hatte. Irgendwann in der Nacht ist

sie ihr runtergefallen oder vom Arm gerutscht, was weiß ich, jedenfalls lag die Uhr auf dem Sofa. Frank ist hingegangen und hat sie genommen. Das Mädchen hat ihn gesehen oder meinte, ihn gesehen zu haben, und hat es ihrem Freund erzählt. Als Frank gehen wollte, hat ihn der Freund daran gehindert. ›Ich verstehe nur Bahnhof‹, hat Frank gesagt. Du kennst ihn ja, er hat einfach seelenruhig dagestanden und es abgestritten. ›Du glaubst also, ich hätte sie genommen‹, hat er gesagt. Andere standen um ihn herum, und Frank blieb ganz ruhig, und der Freund hat sich immer mehr aufgeregt. ›Sag einfach, du hättest sie aus Spaß genommen, und wir lassen es gut sein‹, hat der Freund gesagt. ›Aber ich habe sie nicht genommen‹, hat Frank gesagt. ›Ich kann es beweisen.‹ Er hat seinen Mantel ausgezogen und ihn dem Mädchen gegeben, zum Durchsuchen. Er hat seine Taschen entleert und umgestülpt. Keine Uhr. ›Ich habe gesehen, dass er sie genommen hat‹, hat das Mädchen gesagt. ›Er hat sie nicht‹, hat irgendwer geantwortet, und plötzlich waren alle auf Franks Seite. ›Soll ich mich ausziehen?‹, hat Frank gesagt und angefangen, sein Hemd aufzuknöpfen. ›Er hat sie nicht‹, hat wieder jemand gesagt. Frank hat seinen Mantel wieder angezogen und zu dem Mädchen gesagt: ›Das mit deiner Uhr tut mir leid, aber ich habe nichts damit zu tun. Vielleicht war es jemand anders. Vielleicht hast du sie verloren. Ich weiß es nicht. Ich hoffe, du findest sie. Frohes Neues Jahr.‹ Dann ging er.«

»Mit der Uhr.«

»Der Freund und zwei andere Jungs sind Frank gefolgt und haben ihn auf der Straße gestellt. Sie haben die Uhr gefordert, und Frank hat immer noch abgestritten, sie zu haben. Sie haben ihn verprügelt, richtig schlimm, und dann seine Kleidung durchsucht. Keine Uhr. Frank ist blutbesudelt nach Hause gekommen, und ich weiß noch, wie mitleidlos mein Vater reagiert hat, als Frank erzählt hat, dass drei Typen auf der Straße über ihn hergefallen waren. ›Die sind nicht ohne Grund über dich hergefallen‹, hat er gesagt.

›Was hast du angestellt?‹ ›Gar nichts‹, hat Frank gesagt. ›Dann ruf die Cops‹, meinte mein Vater. Er wusste, dass Frank das nicht tun würde. Mein Vater meinte, Frank hatte bekommen, was er verdiente, und fertig.«

Wir saßen einen Moment lang schweigend da, dann sagte Casey: »Du sollst mich nach der Uhr fragen.«

»Ich weiß, was mit der Uhr war«, sagte ich. »Frank hatte sie.«

»Du kennst die Geschichte.«

»Ich kenne Frank.«

Casey stand wieder auf, ging in ihr Zimmer und kam mit einer teuren Uhr zurück. »Er hat sie mir gegeben. Er hatte sie in der Unterhose versteckt. Er meinte, wären sie nicht von einer Menschenmenge umringt gewesen, hätte er sie zurückgegeben. Und dass er sie nur genommen hatte, um sie in Drogen umzusetzen, deswegen hat er sie mir gegeben. Ich war damals noch nicht mal auf der Highschool. Er hatte mir noch nie irgendwas gegeben. Und jetzt bekam ich was, das er gestohlen hatte, und ich wusste, dass er die Uhr gestohlen hatte und dafür verprügelt worden war. Aber ich habe sie genommen und behalten, bis heute. Ich hätte sie eigentlich nicht nehmen dürfen. Er hat sie mir gegeben, deswegen habe ich sie behalten. Nur wir beide wussten davon, verstehst du, wir waren die einzigen Menschen auf der Welt, die davon wussten. Ich habe sie vor meinen Eltern versteckt, vor allen. Du bist der einzige Mensch, dem ich sie je gezeigt habe.«

34
DIE TROPHÄE

Ich musste mir überlegen, wie ich das Ding holen konnte. Ich war sicher, dass jedes Auto, das hinter mir war, mich in Wahrheit verfolgte. Sie waren mir zu Eva gefolgt, und jetzt hofften sie, dass ich sie zu dem führen würde, was sie eigentlich wollten. Mobley hatte ich im Blick, aber er war nicht derjenige, der sich an mich dranhängen würde. Mobley war zu Hause; ich starrte die ganze Nacht hindurch den unbeweglichen Punkt auf meinem Handy an, konnte aber die Trophäe erst am Morgen aus dem Schließfach holen. Also starrte ich den Punkt an und überlegte, wie ich unbemerkt an das Fach kommen konnte. Allerdings musste ich am Morgen zur Arbeit fahren und durfte meine Routine nicht ändern. Ich wusste nicht, was ich tun sollte.

Die Sonne ging gerade auf, als Casey aus ihrem Zimmer kam und mich auf dem Sofa aufs Handy starren sah. »Du hast nicht geschlafen«, sagte sie.

»Ein bisschen.«

»Ich habe die ganze Nacht das blaue Licht schimmern sehen«, sagte sie. »Wann holst du das Ding?«

»Sie haben noch nichts gesagt. Wahrscheinlich bringen sie sie erst woanders hin.«

»Bist du bereit?«

»Ich muss holen, was sie haben wollen, dann bin ich bereit.«

»Wo ist es?«

»In einem Schließfach. Ich weiß nicht, wie ich da rankommen soll, ohne dass sie es merken.«

»Ich hole es«, sagte Casey, ohne zu zögern. Das war eine Lösung, aber keine, die mir gefiel. Ich versuchte, es ihr auszureden, ich versuchte, es mir auszureden, aber ein besserer Plan fiel mir nicht ein. »Ich kann heute Morgen hinfahren«, sagte sie.

Ich gab ihr die Adresse und die Zahlenkombination für das Schließfach. »Das Fach sollte ansonsten leer sein, aber falls nicht, es geht um einen Pappkarton, mit rotem und blauem Klebeband umwickelt. Etwa so groß«, sagte ich und zeigte mit den Händen die Größe an.

»Ich hole ihn und bringe ihn her.«

Ich ging nach draußen und sah mich um. Niemand, der in irgendeinem Auto auf mich wartete. Bevor ich zur Arbeit aufbrach, machte ich das Gleiche noch einmal. Keiner da. Niemand würde mir folgen. Niemand würde Casey folgen. Ich war mir sicher, so sicher wie ich mir sein konnte, nachdem ich bereits einen großen Fehler gemacht hatte. Bald würde es vorbei sein. So oder so. Ich war bereit.

Ich fuhr zur Arbeit und versuchte, meinen Job zu machen, starrte aber in erster Linie auf mein Handy. Mobleys Punkt bewegte sich auf den üblichen Routen, kontrolliert von Froehmer. Fast glaubte ich, er hätte doch nichts mit der Sache zu tun. Aber mir war klar, dass dem nicht so war. Und dann schrieb er eine anonyme Nachricht. »*Morgen früh um 5. Bereit?*«

»*Ich bin bereit.*«

»*Anweisungen folgen.*«

Ich rief Denise an. »Morgen früh hole ich sie ab.«

»Ich finde immer noch, wir sollten die Cops rufen.«

»Morgen«, sagte ich. »Wenn sie morgen früh nicht wieder da ist, ruf die Cops an. Kannst du so lange noch warten?«

»Nein«, sagte sie, »aber ich tus.«

• • •

Als ich nach der Arbeit nach Hause kam, war Casey nicht da, aber der Pappkarton stand auf dem Tisch. Ich öffnete ihn und betrachtete die Trophäe. »Was die Leute für den größten Mist alles anstellen«, hörte ich Frank sagen.

Ich verstaute die Trophäe in einer Tasche und legte die Pistole (die, die sie mir in die Wohnung gelegt hatten) dazu. Mit der neu Gekauften übte ich Laden und Nachladen. Ich übte mit den drei Magazinen auf dem Tisch, dann in meiner Tasche, dann ließ ich sie sogar zu Boden fallen und versuchte nachzuladen, ohne hinzusehen. Ich bemühte mich, nicht daran zu denken, was passieren musste, damit ich irgendwas davon würde anwenden müssen; ich übte einfach immer weiter. »Disziplin hilft beim Überleben«, hatte mal jemand in einem Meeting gesagt. Das stimmt vermutlich, aber auch nicht unbedingt. Manche Menschen überleben durch Glück, andere kommen auch mit Disziplin nicht weit. Disziplin trägt einen nur bis zu einem bestimmten Punkt. Ich steckte die Waffe in meine Jackentasche und verdrängte den Gedanken. Als ich gerade einen Happen aß, kam Casey nach Hause. Sie sah die Tasche und fragte: »Ist es so weit?«

»Ich weiß nicht genau«, sagte ich, »aber bald.«

»Du gibst ihnen, was sie haben wollen, ja?«

Ich nickte und betrachtete die Tasche.

»Geh kein Risiko ein. Hörst du?«

»Ich weiß«, sagte ich. »Ich halte mich an das, was Frank denken würde. Kein Risiko.«

Casey musterte die Tasche. »Kann ich mal sehen, um was es bei dem ganzen Hype überhaupt geht?« Ich gab ihr die Tasche und sah zu, als sie sie öffnete. Ihre Miene verriet, dass sie wusste, was sie da vor sich hatte.

»Verdammt«, sagte sie.

»Weißt du, was das ist?«

Sie nickte.

»Und? Was ist es?«

»Etwas, das Menschen zu Arschlöchern macht.«

»Red nicht rum«, sagte ich. »Sag es mir einfach.«

»Es hat mit College-Sport zu tun«, sagte Casey. »Lacrosse. Über diese Trophäe streitet sich ein Haufen Lacrosse-Arschlöcher schon seit gut zwanzig Jahren. Willst du die ganze Geschichte hören?«

»Lieber nicht. Woher weißt du davon?«

»Von Frank. Er hat auf der Highschool eine Zeit lang begeistert Lacrosse gespielt. Hatte Poster an der Wand hängen. Er hätte ein erstklassiger Spieler werden können, aber, tja, den Rest kennst du ja.«

»Nicht alles«, sagte ich. »Davon hat er mir nie erzählt. Nichts von alldem.«

»Vielleicht wollte er dich schützen«, sagte Casey. »Es muss einer der Typen gewesen sein, die euch beauftragt haben, vielleicht hat es damit was zu tun.« Sie erzählte noch mehr, aber ich hörte nicht zu. Mein Handy leuchtete auf, ein Bild von Eva erschien auf dem Bildschirm. Mobley war dumm genug, ein Bild zu schicken. Ich schaute auf die Karte und sah, dass er ein Stück außerhalb der Stadt war. Dort war er heute schon zweimal gewesen. »Ich muss los«, sagte ich und nahm die Tasche.

»Ich komme mit.«

»Nein«, wehrte ich ab, »und ich habe keine Zeit für Diskussionen.«

»Dann halt den Mund«, sagte sie und folgte mir zum Wagen.

Ich ließ sie einsteigen und dachte nach, während ich losfuhr.

»Du kannst nicht mitkommen«, sagte ich.

»Ich weiß«, sagte Casey. »Aber ich kann da sein, wenn du sie holst. Ich kann gut mit Kindern, weißt du?« Ich wusste, dass sie lächelte. Ich wollte es nicht sehen, jetzt nicht. Ich schaute sie an und versuchte, nicht daran zu denken, was gleich passieren würde.

Ich wusste es sowieso noch nicht.

• • •

Wir fuhren zu einer kleinen Siedlung an einer Sackgasse, fünf Häuser, vor Kurzem gebaut, keins davon fertiggestellt. Die Wände standen, die Dächer und die meisten Fenster waren eingebaut, zum Schutz gegen Wind und Regen, um drinnen weiterarbeiten zu können, wenn der Winter kam, wenn er denn kam. Früher einmal wäre ich mit Freude durch diese Häuser gezogen und hätte alles eingesackt, was ich finden konnte, Werkzeuge, Kupfer, sogar übrig gebliebene Ziegelsteine und Holzbretter. Dazu würde es nie mehr kommen. Wir fuhren an der Sackgasse vorbei und bogen etwa eine halbe Meile weiter in eine Seitenstraße ein, von der aus man die Rückseite der Häuser sehen konnte, zumindest von dreien. Wir parkten, und Casey schaute auf die Karte. »Ist er noch da?«, fragte ich. »Er ist weg«, sagte sie. Wir wussten nicht genau, in welchem Haus er gewesen war, auf jeden Fall war es gut, Mobley aus dem Weg zu haben. Vielleicht würde er die ganze Nacht wegbleiben, weil er erst am Morgen mit mir rechnete. Ich konnte nur hoffen, dass mich niemand erwartete.

»Bleib hier und halt die Augen auf«, sagte ich zu Casey. »Wenn du Eva allein rauskommen siehst, schnapp sie dir und bring sie weg. Warte nicht auf mich.«

»Hört überhaupt jemand auf so was?«

»Sei nicht wie die anderen«, sagte ich. Bald würde es dunkel sein, und mein Bauchgefühl riet mir, abzuwarten und mich dem Haus im Schutz der Dunkelheit zu nähern. Ich wartete nicht ab. Ich wollte Eva holen.

Ich nahm die kleine schwarze Tasche, öffnete sie und gab Casey die Pistole. Ich wusste nicht, was ich damit machen sollte, und sie sah mich zögern. »Ich kenne mich aus mit Waffen«, sagte sie, »und habe kein Problem damit, auf jemanden zu schießen, der ein Kind entführt hat.« Ich sah sie an, sie war ruhig, ihr Blick war hart und stark und fest. »Das meine ich ernst«, sagte sie.

»Vielleicht solltest du gehen, und ich bleibe hier.« Es war nicht der Moment für Witze.

»Du weißt, was du tust«, erwiderte Casey. »Du hast alles durchdacht. Du wirst dir deine Tochter holen.«

»Ja, ich hole sie mir.«

Ich lief in Schlangenlinien auf die Häuser zu, zwischen ein paar dürren Bäumen hindurch, die schnell in eine ungemähte Wiese übergingen. Ich bückte mich ins hohe Gras und beobachtete die Fenster der Häuser. Niemand zu sehen, aber das musste nichts heißen. Ich war sicher, dass man mich sehen konnte, wenn denn jemand Ausschau hielt, vor allem aus dem oberen Stock. Ich kniete im Gras und beobachtete die Häuser. Und meinte, in einem unten ein Licht angehen zu sehen, aber es war schwer zu sagen, weil die tief stehende Sonne sich auf den Scheiben spiegelte. Ich stand auf und rannte zu dem Fenster mit dem vermeintlichen Licht.

Die Strecke war etwa so lang wie ein Footballfeld, ich rannte vielleicht zwanzig Sekunden lang, das Gras behinderte mich, ebenso das Extragewicht in meiner Jacke und die Tasche. Ich kam nah genug ran, um eine nackte Glühbirne von der Decke hängen zu sehen. Ich zog die Pistole aus der Tasche und wartete, bis sich mein Atem beruhigte. Eigentlich wollte ich keine Sekunde warten.

Bis auf einen Plastikklapptisch und ein paar Stühle war der Raum leer. Auf dem Tisch standen ein paar Limoflaschen, daneben lag eine offene Chipstüte. Von Eva keine Spur. Ich kauerte mich hin und wartete, hoffte, irgendwen zu sehen, als plötzlich jemand auftauchte, was mich überraschte. Zuerst erkannte ich die Person nicht. Und mir ging auf, dass ich keine Ahnung hatte, was ich tun sollte. Die ganze Planung in meinem Kopf hatte sich aufgelöst, und ich stand in der Dämmerung und wusste auf einmal, dass es völlig schwachsinnig war, Eva auf diese Art retten zu wollen. Es wurde mir so klar wie das Muster auf einem Schachbrett, ein Geistesblitz. Ich sollte tun, was sie von mir verlangten. Ihnen geben, was sie haben wollten, und hoffen, dass sie mir Eva bringen würden. Ich hielt die Pistole fest und versuchte, nachzudenken, aber bevor ich so weit war, drehte der Typ sich um und bemerkte mich und schien nach etwas zu greifen. Bei der ersten Bewegung schoss ich. Ich glaube, ich traf seine Hüfte. Ich trat das Fenster ein und sprang in den Raum.

Der Mann lag auf dem Betonboden, hielt seinen Oberschenkel umklammert, unter ihm bildete sich eine Blutlache. Ich durchsuchte ihn nach einer Waffe, und als ich mich über ihn beugte, versuchte er aufzustehen, woraufhin ich ihm ins andere Bein schoss. Er fiel in sich zusammen, drehte sich um und sah mich an. Ich kannte ihn. Es war Daniel Dupont.

»Wo ist das Mädchen?«

»Hier ist kein Mädchen«, sagte er. »Du solltest gar nicht hier sein. Erst morgen.«

»Wo ist das Mädchen?«

»Es gibt kein Mädchen, Blödmann. Du bist reingelegt worden. Mobley und Denise, die haben sich das Ganze ausgedacht.«

»Was hat sie damit zu tun?«

»Herrgott. Du hast null Ahnung. Die beiden sind ein Paar.«

»Und du?«

»Ich gehöre nicht dazu«, sagte er. »Ich habe bloß Mo geholfen.«

Ich hatte es die ganze Zeit vor der Nase gehabt. Man sieht hin und erkennt nichts.

»Und Froehmer?«

Er schüttelte den Kopf. »Mobley.« Er versuchte, sich aufzusetzen, ließ es dann sein, legte den Kopf auf den Boden und sah mich an. Ich hielt immer noch die Waffe auf ihn gerichtet. »Das läuft schon lange.«

»Zu lange«, sagte ich. »Er hat meinen Partner getötet.«

»Das war Froehmer«, sagte er.

»Nein.«

»Na ja, Froehmer hat die Spritze nicht eigenhändig angesetzt, aber er hat bekommen, was er wollte. Wie immer. Das weißt du doch, oder?«

Frank hatte recht gehabt.

»Frank hat nicht auf ihn gehört. Und du hast auf Frank gehört. Und keiner von euch beiden hat gewusst, wie es läuft.« Mein Gesicht verriet ihm etwas, das ich nicht zeigen wollte. »Du hast keine Ahnung.«

»Man kann nicht alles wissen«, sagte ich. »Ich weiß nur, dass ich etwas habe, das alle anderen haben wollen.«

»Und jetzt schau, wohin dich das gebracht hat«, sagte er.

»Ich will das Ding nicht«, sagte ich. »Ich habs nie gewollt.«

»Trotzdem hast du es.«

»Es ist draußen«, sagte ich. »Soll ich es dir geben?«

»Ist völlig egal«, sagte er. »Das weißt du auch. Du kannst mich jetzt abknallen, aber damit ist es nicht zu Ende. Du wirst dafür geradestehen müssen. Du wirst es mit Froehmer zu tun bekommen.«

Er war fertig. Er schloss die Augen, und ich schoss auf ihn. Dann knallte mein Gesicht auf den Boden.

• • •

Als ich abdrückte, sah ich einen Schatten auf mich zustürmen, dann riss Mobley mich zu Boden. Ich ließ die Pistole fallen; Mobley war auf mir und drückte mich mit seinem ganzen Gewicht auf den Beton, drückte mir mit dem Unterarm die Luftröhre zu. Ich versuchte, ihn abzuwerfen, es war, als würde man gegen einen Haufen Backsteine treten. Er legte sein ganzes Gewicht in den linken Unterarm, drückte gegen mein Kinn, mit der rechten Faust schlug er auf mein linkes Ohr ein. Ich wand mich und trat um mich und tat alles, um einen Arm freizubekommen, aber er hatte mich im Griff. Es fiel mir immer schwerer zu kämpfen, zu atmen, irgendwas zu tun. Mobley hatte mich im Griff. Meine Lunge leerte sich, die Kräfte verließen mich. Hinter meinen Augen schwappte ein dunkler See, und ich wusste, dass ich gleich eintauchen würde. Aber es kam anders. Zwei Schüsse knallten, und Mobley hörte auf, auf mein Ohr einzuprügeln, und drückte mir nicht länger die Luft ab. Er sackte mit seinem ganzen Gewicht auf mir zusammen, und ich dachte daran, ebenfalls reglos liegen zu bleiben, vielleicht war eine der Kugeln ja für mich bestimmt gewesen, aber dann hörte ich Casey »Heilige Scheiße« sagen.

Ich kroch unter Mobley hervor und musste erst mal zu Atem kommen. Ich blieb gebückt stehen, unsicher, ob ich es schaffen würde, mich aufzurichten. Casey zitterte und weinte und fühlte all das, was in so einer Lage angemessen ist. Ich ging zu ihr und nahm ihr die Waffe aus der Hand. »Ich hab ein Auto kommen sehen«, sagte sie. »Ich wusste nicht, was ich tun sollte. Entweder er oder du«, sagte sie, ohne mich anzusehen. Meine Kehle schmerzte so sehr, dass ich nicht sicher war, ob ich sprechen konnte. »Etwas anderes darfst du gar nicht denken«, sagte ich.

»Wo ist Eva?«

Ich schüttelte den Kopf. Mehr ging nicht. Sie sah mich an und bemerkte das Blut an meiner Jacke. »Heilige Scheiße«, sagte sie wieder.

Ich versuchte, tief durchzuatmen. »Das ist von ihm.« Ich wischte die Waffe ab, die ich Casey abgenommen hatte, und legte sie neben den toten Typen, Dupont. Mein Kopf tat weh. Mein Hals tat weh. Meine Schulter tat weh. Ich glaube, alles tat weh. Mobleys Angriff war heftig gewesen. Ich nahm die andere Pistole, wischte sie ab und legte sie auf den Boden, ohne ganz sicher zu sein, welche Waffe wohin gehörte. Sicher war ich nur, dass meine Schulter schmerzte und dass Casey neben mir stand. Ich schaute mich um. Sollten die Cops sich den Kopf zerbrechen. Sie hatten die Waffe für den Mord an dem Jungen. Vielleicht würde ihnen das reichen, und sie würden alles andere ruhen lassen. Dann wären wir aus dem Schneider. Zumindest Casey. Das reichte mir. Mit dem Rest würde ich umgehen.

. . .

Wir machten das Licht aus, holten im Dunkeln die Tasche, die ich unter dem Fenster hatte liegen lassen, und kehrten zum Auto zurück. Ich erklärte Casey so viel, wie ich konnte. »Fahren wir nach Hause«, sagte sie. »Darum kümmern wir uns später.« Ich sagte, dass ich mit Denise sprechen wollte. »Und was soll das bringen?«, fragte Casey. »Lass es. Denk erst darüber nach. Denk an Eva.« Das reichte.

Die Schmerzen waren stärker geworden. Ich konnte kaum noch den Arm heben, meine Schulter durchfuhr ein Blitz, als ich die Hand auf das Lenkrad legte. Ich war nicht sicher, ob ich fahren konnte, ob ich noch irgendwohin konnte. Aber ich tat es. Ich biss mir in die Wange, konzentrierte mich auf die Straße und versuchte, die Schmerzen zu verdrängen. Ich wollte mich bloß irgendwo ins Bett legen, und dass Mobley aufhörte, auf meinen Kopf einzuprügeln und mir einen glühenden Eisenstab in die Schulter zu rammen. Ein, zwei Sekunden länger, und ich wäre erledigt gewesen, dachte ich. Auf jeden Fall bewusstlos, und dann hätte er sich Zeit lassen können. Ich öffnete das Fenster und ließ die kühle Luft herein.

»Soll ich fahren?«, fragte Casey.

»Danke. Es geht schon«, sagte ich. »Ich meinte, danke für alles. Danke, dass du nicht auf mich gehört hast.«

»Ich weiß.«

Sie wusste, dass ich noch nicht auf dem Weg nach Hause war. Sie nahm die Tasche von der Rückbank und legte sie auf ihren Schoß. »Kann ich noch mal sehen?« Ich nickte, sie öffnete die Tasche und schaute hinein, vielleicht um zu begreifen, worum es bei all dem eigentlich gegangen war. »Fick die alle«, sagte sie.

»Menschen, die alles haben, streiten sich um nichts«, sagte ich.

Ich fuhr an Froehmers Haus vorbei, sein Wagen stand in der Einfahrt. Ich parkte ein paar Blocks weiter und bat Casey, im Wagen zu bleiben. »Diesmal meine ich es ernst. Ich bin gleich wieder da.«

Trotz der Schmerzen hatte ich wieder einen klaren Kopf. Ich trug die Tasche in der linken Hand, die rechte steckte ich in die Jackentasche. Bis auf zwei ungenutzte Magazine war sie leer. Ich überlegte, die Magazine in die Tasche zu legen, tat es aber nicht.

Im ganzen Haus brannte Licht. Als Kind war ich unzählige Male hier gewesen. Mein Vater hatte im Vorbeifahren oft darauf gezeigt und gesagt: »Das ist Froehmers Haus.« Wenn mein Vater reingegangen war, hatte ich im Wagen gewartet. Ich weiß noch, wie beeindruckend ich das Haus fand, wie viel größer und schöner es zu sein schien als unseres. Jetzt wirkte es klein, und mir wurde klar, dass ich nie drinnen gewesen war. Ich kannte Froehmer fast mein ganzes Leben und war nie in seinem Haus gewesen, nie eingeladen worden. Egal. Froehmer würde die Trophäe bekommen.

Vielleicht wollte er sie selbst haben, vielleicht stand er auf so was, vielleicht war sein Haus voll von geklauten Trophäen. Oder vielleicht war sie doch für jemand anders, ein wertloses Stück Ruhm, das selbst zum Wettkampf geworden war, zum Geschäft. Es hatte ihn etwas gekostet. Wenigstens hatte es ihn etwas gekostet.

Ich ging zur Hintertür und hämmerte dagegen, als würde mir das Haus gehören. Jedes Klopfen war wie ein Schlag gegen meine Schulter. Ich klopfte so lange, bis ich Froehmer kommen sah. Er wirkte wütend. Vielleicht wusste er bereits, was passiert war. Es war mir egal. Ich lehnte mich an den Türrahmen, und als er öffnete, gab ich ihm die schwarze Tasche.

Als er sie öffnete, leuchteten seine Augen auf wie die eines Kindes an Weihnachten.

»Ich habe sie Mobley abgenommen«, sagte ich. »Er hatte sie für jemand anders besorgt.«

Er bestaunte unverwandt die Trophäe. Ich musste hier weg.

»Wo ist Mobley?«

»Tot.« Froehmers Gesicht zeigte keine Regung. Nicht die geringste.

»Aber wo ist er?«

»Ich hab alles erledigt.«

Er schaute auf. »Du brauchst Hilfe«, sagte er. »Ich rufe jemanden an.«

»Ich brauche bloß ein bisschen Ruhe.«

»Hast du eine Waffe? Dann gib sie besser mir.«

»Es ist alles erledigt«, sagte ich. »Ich habe mich um alles gekümmert. Und jetzt gehört sie Ihnen.«

Er steckte die Trophäe in die Tasche.

»Ich habe es für Sie getan«, sagte ich. »Ich habe nie … Sie haben nie … Sie haben mir in all den Jahren nie gesagt, dass Sie selbst gespielt haben.«

Sein Gesicht verzog sich langsam zu einer gehässigen Fratze. »Niemand will davon hören«, sagte er. »Aber ich war besser als die meisten. Was die anderen genau wussten. Ich war besser als sie. Aber das ist Vergangenheit.«

»Wozu dann das Ganze?«

»Sie sind es mir schuldig, deswegen habe ich sie ihnen abgenommen«, sagte er. »Nicht meinetwegen. Ich sorge für Gerechtigkeit.« Er sah mir direkt in die Augen. »Du gehst jetzt besser.«

»Und Frank? Und Mobley? Was ist mit denen?«

»Du gehst jetzt besser«, wiederholte Froehmer. »Du musst auf dich aufpassen.«

»Sie haben noch Zeit, um die Frage nach Mobley zu beantworten«, sagte ich. »Wie konnten Sie das tun? All die Jahre.«

»Wir reden noch darüber«, sagte er. »Wir reden über Mobley. Er wird schwer zu ersetzen sein, weißt du? Aber wir kümmern uns darum. Mach dir keine Sorgen.«

»Ich bin fertig«, sagte ich. Ich wollte sagen, dass ich fertig war mit dem Stehlen und dem Töten, aber ich konnte es in dem Moment nicht aussprechen.

»Wir reden darüber«, sagte er und schloss die Tür, und ich sah ihn mit der schwarzen Tasche im Haus verschwinden.

Ich dachte daran, ihm die Trophäe wieder abzunehmen, nur um ihm die Zufriedenheit aus dem Gesicht zu wischen, um ihn daran zu erinnern, dass sie nicht ihm gehörte, dass er keinen Anspruch darauf hatte, dass ihr Besitz nichts bedeutete. Wenn sie für ihn so wichtig war, dann könnte ich ihm zeigen, dass ich sie mir immer wieder holen konnte, wann immer ich wollte.

Ich hatte beschlossen, Froehmer zu töten. Er könnte versuchen, mich zuerst zu erwischen, oder jemand anders auf mich hetzen. Oder vielleicht würde er weitermachen wie immer und mich benutzen, wann immer er mich brauchte, für was auch immer er mich brauchte. Vielleicht würde er mir Mobleys alte Stelle anbieten. War das nicht der Weg nach oben in dieser kaputten Welt? Ich war sicher, dass Froehmer sich schneller etwas überlegen würde als ich. Er hatte mich in einer Ecke, aus der ich seiner Meinung nach nicht entwischen konnte. Vielleicht würde ich weitermachen wie immer, alles tun, was Froehmer mir auftrug. Was sollte ich sonst tun? Ich wusste nicht, wozu das alles führen oder wie lange es dauern würde. Aber ich wusste, ich würde ihn töten.

Ich kehrte zum Auto zurück. Casey saß auf dem Beifahrersitz und wartete. Ihre Silhouette, der dunkle Umriss ihres Kopfs, sah einen Moment lang fast wie Frank aus. So war es unzählige Male gewesen, nach unzähligen Jobs; ich war zum Auto zurückgekommen, und Frank hatte gewartet. Wie oft? Wie oft war ich mit irgendetwas unter dem Arm, in meiner Jacke, in einer Tasche zurückgekommen? Nicht für uns, es ging alles an Froehmer. Jedes Mal. Alles für Froehmer.

Einmal würde es anders sein. Einmal, ein letztes Mal würde ich nichts dabeihaben. Nichts. Dann würde ich einsteigen, und er würde sagen: »Was ist passiert? Hast du es wieder hingestellt?« Ich habe es wieder hingestellt. Wie ich es getan hätte, hätte er darum gebeten. Ich hätte es wieder hingebracht, ich hätte es sofort zurückgebracht. Er hätte nur fragen müssen. Nur hat er das nicht getan. Sondern beschlossen, es selbst zurückzubringen. Und jetzt wartete da nicht er.

Ein Wagen kam die Straße entlang, ich richtete den Blick geradeaus, die Scheinwerfer beleuchteten Caseys Gesicht. Ich setzte mich ans Steuer und dachte zum ersten Mal, dass da mehr Blut war als zuvor. Überall schien Blut zu sein.

»Ich glaube, es ist besser, du fährst«, sagte ich.

Casey musste mich versehentlich angeschossen haben. Wahrscheinlich war eine Kugel durch Mobley hindurchgejagt und in meine Schulter eingedrungen. Oder ein Querschläger war vom Boden abgeprallt. Wie auch immer sie dahin gekommen war, in meiner Schulter steckte eine Kugel, und die musste raus. In die Notaufnahme konnte ich nicht, aber so konnte ich auch nicht weitermachen. Ich zog die Jacke von der Schulter und tastete nach dem Loch. Überall war Blut.

»War ich das?«, fragte Casey.

»Nein«, sagte ich. »Mobley. Ich glaube, es ist übel.«

Sie zog mir das Hemd von der Schulter und betrachtete die Wunde. Holte ein Handtuch von der Rückbank und drückte es gegen meine Schulter. Ich hielt es fest, und sie sagte: »Ist nicht so schlimm, wie es aussieht. Ich kümmere mich darum. Wir fahren nach Hause, dann kümmere ich mich darum.« Ich wusste, dass sie das tun würde. Es gab nicht viel auf der Welt, das ich sicher wusste, aber in diesem Fall war ich sicher. Es reichte. Erst mal.

KOMPLIZEN UND LEICHTE ZIELE

Deb Aaronson, *Aufruhr in Santa Sierra (The Sound of Fury)*, Michael Barson, A. I. Bezzerides, Leigh Brackett, Carl Bromley, Richard Brooks, W. R. Burnett, Raymond, G. K. Chesterton, Jim Collins, *Das Doppelleben des Arsène Lupine (The Confessions of Arsene Lupin)*, Charles Dickens, Fjodor Dostojewski, Marina Drukman, *Entscheidung in der Sierra (High Sierra), Frau ohne Gewissen (Double Indemnity)*, Daniel Fuchs, *Gefahr in Frisco (Thieves' Highway)*, Jean Genet, *Tagebuch des Diebes (The Thief's Journal)*, *Gewagtes Alibi (Criss Cross)*, David Halpern, *Hexenkessel (Mean Streets)*, George V. Higgins, John C. Higgins, Patricia Highsmith, John Huston, *Der Idiot (The Idiot)*, Peter Kranitz, Maurice Leblanc, Michael Lindgren, Ross MacDonald, *Die Macht des Bösen (Force of Evil)*, Gina Maolucci, *Der Mann, der Donnerstag war (The Man Who Was Thursday)*, *Maskeraden oder Vertrauen gegen Vertrauen (The Confidence-Man)*, Herman Melville, Melville House, Eddie Muller, Edmund H. North, Oliver Twist, Janet Oshiro, Kazu Otsuka, Jo Pagano, Abraham Polonsky, *Rächer der Unterwelt (The Killers)*, Nicholas Ray, Alain Robbe-Grillet, *The Robbins Office, Der Schatz der Sierra Madre (The Treasure of the Sierra Madre), Der Schnee war schmutzig (Dirty Snow), Schweine, Geishas und Matrosen (Pigs and Battleships)*, Martin Scorsese, Georges Simenon, *Ein Tag zu viel (The Erasers), Der talentierte Mr. Ripley (The Talented Mr. Ripley)*, Ross Thomas, *Der Tod kennt keine Wiederkehr (The Long Goodbye), Tödliche Grenze (Border Incident)*, B. Traven, John Twist, Antony Veiller, *Vertrauen (Trust), Vogelfrei (Colorado Territory), Wenig Chancen für morgen (Odds Against Tomorrow)*, Billy Wilder, Mary Wowk.

»Herzschmerz und Abgründe«

Ein Nachwort von Jon Bassoff

»Wir hatten keine Ahnung, wie es dazu gekommen war, aber als wir aufwachten, lag vor dem Hotel ein totes Pferd auf der Straße.« Mit diesem brillant absurden ersten Satz beginnt Gregory Galloways höllenschwarzer Roman *Die Verpflichtung*, und er bereitet uns in keiner Weise auf den Herzschmerz und die Abgründe vor, die dann folgen. Galloways Roman erinnert an *Noir*-Größen wie James M. Cain, Dorothy B. Hughes und vor allem Dashiell Hammett, er ist gleichzeitig Liebesgeschichte, Kriminalroman, eine Geschichte über Sucht und Schuld und ein traditioneller Whodunnit.

Auffällig ist die Struktur des Romans. Die meisten Krimis werden linear erzählt und bewegen sich auf ziemlich geradem Weg von A nach B. Galloway aber weiß, dass Beziehungen das Wichtigste im Leben sind und sich im Lauf der Zeit vorwärts und rückwärts entwickeln. Immer wieder wird die Handlung von Ricks Erinnerungen an Frank unterbrochen, seinen ebenfalls (ehemals) suchtkranken Freund und Kollegen. Rick liebt Frank und würde gern nach dessen philosophischen Grundsätzen leben, auch wenn sie manchmal Krimis oder Glückskeksen entstammen. Franks großes Lebensthema ist Kontrolle – oder Kontrollverlust. Er ist überzeugt, »dass die Welt mit einer effizienten unterschwelligen Bösartigkeit operiert; alles läuft nach bestimmten Regeln, und wer achtgibt, kann Schaden von sich abwenden«. Immer wieder kommt es im Roman zu Situationen, in denen die

Protagonisten vergeblich versuchen, die Kontrolle zu erlangen. Und sehnen sich Suchtkranke oft nicht genau danach? Frank hat vor allem dann das Gefühl, alles im Griff zu haben, wenn er auf Diebestour geht. Hier kann er dafür sorgen, dass alles seine Ordnung hat, am richtigen Platz ist. Und deswegen bringt ihn das tote Pferd so aus der Fassung. Es symbolisiert den Verlust von Ordnung, die Absurdität der Welt. Aber obwohl Frank und auch Rick irgendwann überzeugt sind, dass allein das tote Pferd den ganzen Horror ausgelöst hat, waren ihre Schicksale schon lange besiegelt, bevor das Pferd in ihr Leben kam. Wir ahnen früh, wie das Ganze endet. Und zwar nicht *happy*.

Das heißt nicht, dass die beiden keine guten Diebe wären. Das sind sie. Frank achtet auf jedes kleine Detail, für Diebe vermutlich eine nützliche Eigenschaft. Und Rick hat den Vorteil, völlig unauffällig zu sein. Er sagt: »Mein Gesicht bleibt nicht hängen und ist schwer zu beschreiben. Nicht gut aussehend, aber auch nicht hässlich. Beliebig.« Und da sie nie für sich selbst klauen, sondern immer im Auftrag ihres Bosses Froehmer, kommt ihnen bei ihrer Arbeit keine Gier in die Quere.

Im Vordergrund des Romans steht Ricks Liebe zu Frank. Es wäre leicht, hier einen unausgesprochenen homoerotischen Subtext hineinzuinterpretieren, aber ich glaube, darum geht es nicht. Sondern um gegenseitige Abhängigkeit (auch wenn es scheint, als braucht Rick Frank mehr als umgekehrt). Frank sorgt nicht nur dafür, dass Rick auf dem geraden Weg bleibt, er versucht auch, Ricks Leben einen Sinn zu geben. Rick ist in vieler Hinsicht ein Mann ohne Familie. Seine Mutter starb, als er ein Kind war, sein Vater starb, als er ein junger Mann war. Frank wird also ein Bruder für ihn. Frank wird sein Vater. Die Lederjacke, die Frank Rick geschenkt hat, trägt er wie eine Schutzhülle. Ja, er sehnt sich nach Frank, aber nicht auf sexuelle, sondern auf psychologische Weise. Nachdem Frank verschwunden ist, geht Rick durch den Kopf:

»Seit ich Frank zuletzt gesehen hatte, waren fast vierundzwanzig Stunden vergangen. Ich glaube nicht, dass wir in unseren fünf gemeinsamen Jahren je annähernd so lange getrennt gewesen waren. Wir waren immer zusammen.« Er bemerkt ein Buch, das auf dem Tisch liegengelassen wurde, ein auf das Bett geworfenes Hemd, und sagt, dass er ihn die ganze Zeit vermisst. Also, ja: Dies ist eine Liebesgeschichte.

Aber auch ein irrer Whodunnit. Ich habe Galloways Nähe zu Dashiell Hammett bereits erwähnt und die Parallelen zu *Der Malteser Falke* sind offensichtlich. Wir haben ein mysteriöses Objekt der Begierde (bei Hammett der Falke, bei Galloway die Ziege), das als MucGuffin beginnt, aber im Verlauf der Geschichte immer wichtiger wird. Im *Malteser Falken* finden wir heraus, dass die Falkenstatue gefälscht ist, was die Sinnlosigkeit der Suche und der Gewalt unterstreicht. Bei Galloway ist die Ziege keine Fälschung, allerdings hat sie nur für wenige Menschen Bedeutung und ist für alle anderen wertlos. All die Toten, all die Gewalt gehen auf diese triviale Lacrosse-Trophäe zurück. Obwohl Rick sich bewusst entscheidet, die Ziege zu holen und vor Froehmer zu verstecken, interessiert er sich nicht für die Statue an sich. Ihr Wert ist ihm egal. Er weiß, dass sie irgendwem etwas bedeutet, aber nicht, warum. Wieder die Absurdität von Gier.

In beiden Romanen wird ein Partner ermordet, und der Protagonist begibt sich auf die Suche nach dem Mörder. Spade konnte seinen Partner natürlich nicht ausstehen, schließlich schlief er mit seiner Frau. Aber er wusste, dass er seinem konstruierten Moralkodex gerecht werden musste. Ricks Motivation ist eine andere. Ihm geht es nicht um einen Moralkodex. Sondern um Liebe. Er muss die Wahrheit herausfinden und Franks Tod rächen, weil er so verdammt leidet.

Und es gibt noch eine interessante Parallele zum *Malteser Falken*. Nach der Hälfte des Buchs erzählt Sam Spade eine Geschichte, die wie ein Gedankensprung wirkt, aber letztendlich Spades Philosophie erklärt. In der Geschichte geht es um einen Mann namens Flitcraft, der ein profunde Nahtoderfahrung erlebt, als er auf der Straße um ein Haar von einem herunterfallenden Balken erschlagen wird. Dieses traumatische Ereignis lässt ihn begreifen, dass das Leben fragil und der Tod unberechenbar ist. Er beschließt spontan, sein bisheriges Leben samt seiner Familie zu verlassen und ein neues Leben zu beginnen, das mehr Bedeutung hat. Als er Jahre später gefunden wird, stellt sich heraus, dass er in eine Stadt gezogen ist, die der alten sehr ähnlich ist, eine neue Familie hat, die wie die alte aussieht, und in einem Job arbeitet, der sich kaum von seinem früheren unterscheidet. Spade scheint sagen zu wollen, dass Menschen, egal was sie tun, egal, welche Veränderungen sie anstoßen, immer zum Alten zurückkehren. Und ist das nicht das Leben eines Suchtkranken? Ist das nicht das Leben eines Diebes? Im Lauf der Geschichte spielt Rick immer wieder mit dem Gedanken, sich einen anderen Job zu suchen, ein ehrliches Leben zu leben, aber trotz aller traumatischen Erlebnisse, die ihn dazu bringen sollten, sein Verbrecherleben an den Nagel zu hängen, schafft er es nicht. Das Klauen liegt in seiner Natur. Er arbeitet also weiter für Froehmer – obwohl er ahnt, dass der etwas mit Franks Tod zu tun haben könnte –, weil es seinem Wesen entspricht, ein Dieb zu sein und Befehle auszuführen. Und auch wenn er am Ende schwört, Froehmer aus Rache für alles, das schiefgegangen ist, umzubringen, sind Zweifel an diesem Vorhaben angebracht – selbst wenn Rick die Schusswunde am Ende des Romans überleben sollte. Viel wahrscheinlicher ist, dass er weiterhin für Froehmer arbeiten und stehlen wird. Nicht um des Geldes willen. Sondern weil er ist, wie er ist.

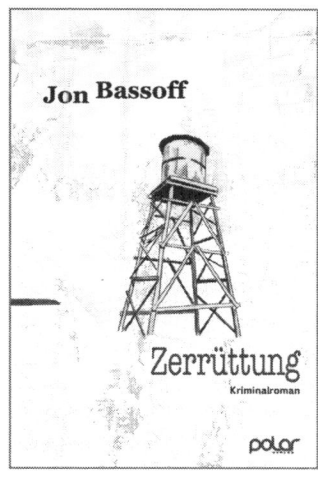

Aus dem Amerikanischen von Sven Koch

252 Seiten | Klappenbroschur
ISBN 978-3-945133-41-5
EUR (D) 14,90 / (A) 15,40
auch als E-Book erhältlich
Cover Illustration © Detlef Kellermann

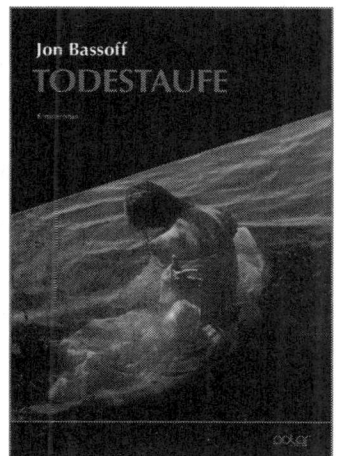

Aus dem Amerikanischen von Sven Koch

256 Seiten | Klappenbroschur
ISBN 978-3-948392-22-2
EUR (D) 14,00 / (A) 14,60
auch als E-Book erhältlich
Coverfoto © gui-yong-nian / Adobe Stock

Aus dem Amerikanischen von Sven Koch

328 Seiten | Klappenbroschur
ISBN 978-3-910918-28-3
EUR (D) 17,00 / (A) 17,50
auch als E-Book erhältlich
Coverfoto © gamicj / shutterstock

ET: August 2025

Weitere Informationen sowie Leseproben und Interviews finden Sie unter www.polar-verlag.de

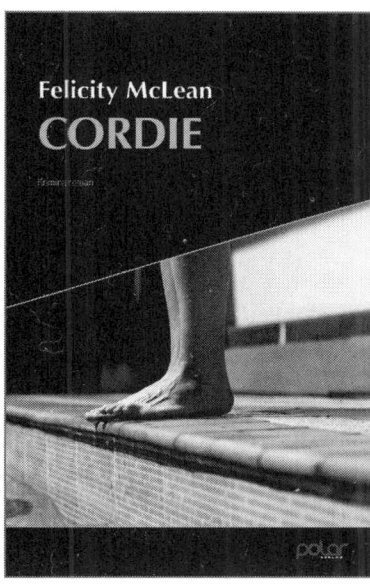

Aus dem australischen Englisch von Kathrin Bielfeldt

384 Seiten | Klappenbroschur
ISBN 978-3-948392-34-5
EUR (D) 15,00 / (A) 15,50
auch als E-Book erhältlich
Coverfoto © Rawpixel.com/Adobe Stock

Aus dem australischen Englisch von Kathrin Bielfeldt

ca. 304 Seiten | Klappenbroschur
ISBN 978-3-910918-33-7
EUR (D) 17,00 / (A) 17,50
auch als E-Book erhältlich
Coverfoto © Alex/Adobe Stock

ET: Oktober 2025

„RED ist voller brodelnder Spannung und zugleich tragisch und düster-komisch … Indem sie sich von [Ned] Kelly inspirieren lässt, beleuchtet McLean die Idee, dass, obwohl über 100 Jahre vergangen sind, zu viele hässliche Wahrheiten gleichgeblieben sind."
Books+Publishing

Weitere Informationen sowie Leseproben und Interviews finden Sie unter www.polar-verlag.de

Aus dem Amerikanischen
von Jürgen Bürger

284 Seiten | Klappenbroschur
ISBN 978-3-948392-36-9
EUR (D) 15,00 / (A) 15,50
auch als E-Book erhältlich
Coverfoto © Wirestock / Adobe Stock

Aus dem Amerikanischen
von Jürgen Bürger

352 Seiten | Klappenbroschur
ISBN 978-3-910918-32-0
EUR (D) 17,00 / (A) 17,50
auch als E-Book erhältlich
Coverfoto © Sono Creative / Adobe Stock

ET: Oktober 2025

„(Eine) außergewöhnliche Geschichte von Verbrechen und Mut …
Scharf gezeichnete Charaktere werden durch überzeugende Prosa ergänzt.
Diesen einfühlsamen Roman, eine Parabel auf die harten sozialen Konflikte
unserer Zeit, sollten Sie sich nicht entgehen lassen."

Publishers Weekly

Weitere Informationen sowie Leseproben und Interviews finden Sie unter www.polar-verlag.de